चुड़ैलें

और रोमांचक कहानियाँ

AF104067

फिल्म, शॉर्ट फिल्म तथा वेब सिरीज के लिए
बेमिसाल कहानियाँ

लेखक : हेमंत चोडणकर

BlueRose ONE.com
Stories Matter

© Hemant Chodankar 2023

All rights reserved

All rights reserved by author. No part of this publication may be reproduced, stored in a retrieval system or transmitted in any form or by any means, electronic, mechanical, photocopying, recording or otherwise, without the prior permission of the author.

Although every precaution has been taken to verify the accuracy of the information contained herein, the author and publisher assume no responsibility for any errors or omissions. No liability is assumed for damages that may result from the use of information contained within.

First Published in May 2023

ISBN: 978-93-93899-74-3

BLUEROSE PUBLISHERS

www.BlueRoseONE.com

info@bluerosepublishers.com

+91 8882 898 898

Cover Design:

Hemant Chodankar

Typographic Design:

Rohit

Distributed by: BlueRose, Amazon, Flipkart

आभार ज्ञापन

लिखना मेरा केवल शौक मात्र नहीं बल्कि एक जुनून सवार रहता है दिलों दिमाग पर। मन में उभरते कभी कल्पनाओं को जब तक पन्नों पर उतारा नहीं जाता तब तक मैं बेचैन रहता हूँ, तड़पता रहता हूँ। यह बेचैनी बिल्कुल किसी प्यास की तलाक की तरह रहती है। जैसे शराबी मदिरापान के बिना नहीं रह सकता, साधक साधना के बिना नहीं रह सकता, भक्त नामस्मरण के बिना नहीं रह सकता...... वैसे ही वैसे ही!

कई वर्षों से मैं निरंतर, अविरत लिखते जा रहा हूँ। मराठी और हिंदी दोनों ही भाषाओं में कथा, काव्य, रचना, शायरी, कहानियाँ इत्यादि.......पर इन्हें छपवाने की बात में गंभीरता से नहीं ले पा रहा था। मेरे यार दोस्त हितैषी मेरी रचनाओं को सुनकर उन्हें छपवाने की सलाह दे रहे थे। और मैं हँसकर टाल देता था।

इसी चक्कर में उम्र ने कई ढलाने पार की तब जाकर सोचा कि अब और देर नहीं करनी चाहिए, अब नहीं तो फिर कब? कम से कम मेरे जीते जी तो मेरी अपनी खुद की किताब छपनी चाहिए।

तो दोस्तों आपकी दुँवाओं की बदौलत, फल स्वरुप मेरी कहानियों की किताब छपवाने का दुस्साहस कर रहा हूँ। वैसे मेरी एक साझा शायरी की किताब प्रकाशित हो चुकी है लेकिन उसमें दस और नामों के साथ एक मेरा नाम भी जुड़ा था। पर मैं चाहता हूँ कि किताब पर लेखक के नाम की जगह सिर्फ मेरा नाम हो और यह सपना ब्ल्यू रोज पब्लिकेशन के माध्यम से पूरा हो रहा है, इस अवसर प्रदानी के लिए उन्हें अनेकानेक धन्यवाद!

किताब लिखने की इस प्रक्रिया में अनेकों–अनेकों का मैं शतशः ऋणी रहूँगा, मेरे अपने जिन्होंने मेरे वक्त–बेवक्त लिखते रहने के शौक को बर्दाश्त किया काफी असुविधाओं को झेला उनका आभार! मेरे आप्त, मित्र प्रियजनों ने मेरे लिखे शब्दों की तारीफ कर मुझे प्रोत्साहित किया, कुछ अच्छे सुझाव दिए, मेरा मनोबल बढ़ाया। विशेष रूप से मेरी एक चचेरी बहन तथा उनकी एक

शिक्षिका सहेली का आभार, जिन्होंने मेरे हिंदी को व्याकरण के दोष से मुक्त कराया।

और मुझे पसंद नापसंद करने वाले सभीं का आभार! क्योंकि जाने अनजाने में ही सही मुझे उन सभी से प्रेरणा मिली है, चेतना मिली है।

धन्यवाद! धन्यवाद!! धन्यवाद!!!

प्रस्तावना

प्रस्तुत है "चुड़ैलें और रोमांचक कहानियां"

कहानियों के इस संग्रह में 'चुड़ैलें' एक शीर्षक कथा है, बाकी कहानियाँ उसके मुकाबले में थोड़ी छोटी है। पहली ४ कहानियाँ जैसे 'चुड़ैलें, बिल्लियां, मच्छर की जन्मकथा, चांद और भूत योनि' अद्भुत रस में पिरोई गई है जो की रहस्य, रोमांच, भय, चमत्कार और रोमांस से भरपूर है।

उसके बाद की ४ कहानियों का कथानक बिल्कुल उनसे विपरीत है, इनसे समाज के सभी वर्ग, आयु के लोगों को सीख हासिल हो सकती हैं। और आखिर में एक एकांकिका है...... जो मुंबई की लोकल सफर पर आधारित बोधकथा है।

मेरे लिए यह सब कहानियाँ मात्र नहीं है तो इन पर फिल्में बन सकती है। पहली ४ पर पूरी लंबाई की फिल्में तो बाकी कहानियों पर शॉर्ट फिल्में बन सकती है। और इसी उम्मीद से उन्हे लिखा गया है। मैं किसी अच्छे निर्माता दिग्दर्शक की तलाश में हूं जो इनपर फिल्मों का निर्माण करें।

खैर कहानियों के इस संग्रह से मेरी कोशिश पाठकों के उम्मीदों पर खरा उतरने की है पाठकों के प्यार, सुझाव की प्रतीक्षा रहेगी...
.... हक से कहियेगा!

नमस्कार !

आत्म परिचय (लेखक के बारे में)

हम हैं कौन?

हम है कौन? किस जहां से उतरे हैं? आज तक के जिंदगी में कौन–कौन से मुकाम हासिल किये हैं? कौन से तीर मारे हैं? उनमे से कितने सटीक निशानों पर बैठे? कितने रास्ता भटक गए? हमने ऐसे कौन झंड़े गाड़े है?

इन सारे वाहियात सवालों के जवाब हम खुद पिछले कई वर्षों से बेतहाशा खोज रहे है पर हमें नाकामी हासिल हुई।

हमारे "उनके" बारे में लिखते वक्त शब्दों के अंबार लगाने वाले हमने, खुद के बारे में लिखने की कोशिश क्या की...... हमें हैरतअंगेज वास्तव का, सच्चाई का परिचय हुआ। हमेशा हमारे इर्दगिर्द घूमने वाले, अपने इस्तेमाल के लिए रो रो कर हमारे गले पड़ने वाले शब्दोंने...... अचानक हमसे कोसो दूर जाना शुरू किया, जैसे हमें कोई छूत की बीमारी ने जकड़ लिया हो!

तमाम उम्र हमारे पीछे भागनेवाले शब्दों को...... आज हमें उनके पीछे भाग भागकर पकड़ लाना पड़ा। नतीजन हमारे अपने बारे मे लिखे शब्द शायद सही जगह, सटीक नहीं बैठ पाए है...... कोशिशे जारी है!

चलो बता ही देते हैं अपने बारे में...... नाम हेमंत चोडणकर, महाराष्ट्र के ठाणे जिले के कल्याण के पास के निवासी है। गोवा मेरा गाँव है, कोंकणी और मराठी मेरी मातृभाषा है। शुरुवाती शिक्षा हमने मराठी माध्यम से हासिल करने के बाद कमर्शियल आर्ट में स्नातक किया। कुछ साल डिझायनर के हैसियत से एड़व्हर्टायजिंग एजेंसी में काम करने के बाद हमने ड्रॉईंग टीचर की उच्चतम शिक्षा प्राप्त की और तब से हम स्कूल में ड्रॉईंग टीचर अर्थात चित्रकला शिक्षक की भूमिका निभा रहे हैं, साथ में ड्रॉईंग के प्राइवेट ट्यूशन्स भी लेते हैं।

महाविद्यालय स्तर पर पहुँचते पहुँचते हिंदी जगत के जाने माने हास्य व्यंग्य रचनाकारों के प्रभाव के चलते हमने भी हास्य व्यंग्य रचना लिखना आरंभ किया कमजोर अंग्रेजी के चलते जब हमारे चहेते लेखक 'जेम्स हेडली' की अनुवादित किताबें मराठी भाषा में कम मात्रा में उपलब्ध होने लगी तो हमने 'जेम्स हेडली' की हिंदी में अनुवादित किताबों की ओर रुख किया। साथ ही हिंदी पॉकेट बुक्स के दुनिया के नामचीन उपन्यास कारों की किताबे पढ़ते–पढ़ते थोड़ी बहुत हिंदी कि समझ आती गयी।

पढ़ने के साथ साथ ऊपरवाले ने हमसे शायरी, रचनाएँ, किस्से कहानियाँ भी लिखवा ली। लिखते थे...... पढ़कर यार दोस्तों को सुनाते रहते थे, ऐसे ही उनकी वाह वाही बटोरना शुरू था कि एक सुनहरे पल एक संपादक के निवेदन पर हम हिंदी की रचना और शायरी की किताब का हिस्सा बने।

अब वक्त आ गया है हिंदी कहानियों को छपवाने का! इन कहानियों पर फिल्में बने ये मेरी मनोकामना है। सारी कहानियों का अंतिम लक्ष्य वही है।

उम्मीद है हमारे प्रथम प्रयास को आप अपना प्यार देंगे। हमारी गलतियों के लिए हमारा कान खींचने के लिए आप सदैव सादर आमंत्रित रहेंगे। आप सभी को प्यार भरा नमस्कार

हेमंत चोडणकर

hemantchodankar2673@gmail-com /

hamdam121@rediffmail.com

WhatsApp: 9834312144

प्रतिज्ञा पत्र

मैं हेमंत चोडणकर इस कहानियों का लेखक

प्रतिज्ञा पूर्वक कबूलता हूँ कि "चुड़ैलें और रोमांचक कहानियाँ" इसमें छपी हुई सारी कहानियां स्वरचित है, मूल स्तंभ है, ओरिजिनल है। यह कहानियों की कहीं से, किसी भी माध्यम से नकल नहीं उतारी गई है, कॉपी नहीं किया गया है।

यह सारी कहानियाँ पूर्णतया काल्पनिक, कवि कल्पनाओं की उपज है। इनके पात्र का वास्तविकता से कोई रिश्ता नहीं हैं। नाम साधर्म्य केवल योगायोग होगा।

इन सारी कहानियों का एकमात्र उद्देश्य मनोरंजन तथा हास्य-व्यंग्य का निर्माण करना हैं। समाज के किसी भी जाति धर्म या किसी भी वर्ग के दिल को ठेस पहुँचाने का दूर दराज कोई उद्देश नही हैं।

किताब के बारे में

किताबें पढ़ना एक शौक मात्र नहीं तो वह जीने का सहारा भी बन सकता है। माना कि आज मनोरंजन के बहुत अवसर ६ साधन उपलब्ध है। इस नई पीढ़ी किताबें पढ़ने से ज्यादा महत्व उसे देती है, फिर भी अच्छी किताब पढ़ने से जो सुकून हासिल होता है वह किसी और से नहीं मिल पाता क्योंकि लेखक केवल अपने शब्दों से चित्र को दृश्यमान करता है।

इस कहानी में चार बड़ी और चार छोटी कहानियाँ है। इसकी शीर्षक कथा का नाम चुड़ैले है। चुड़ैलें का मुख्य किरदार 'नारायण' नाम का लेखक है जो उसके अंदर के सुप्त, छिपी शक्तियों के बारे में अनजान है। इन्हीं शक्तियों के चलते पाँच–पाँच खून की प्यासी चुड़ैलें ना ही व्यक्तिगत रूप से उसे अपने सम्मोहन जाल में फंसा सकती है और ना ही उन सभी का समूह सम्मोहन नारायण पर कारगर साबित होता है।

चुड़ैलें दूसरे शिकार खोजती है, लेकिन नारायण चतुराई से उन इंसानों को चुड़ैलों के चंगुल से बचाता है। अपने शिकार को छिनता देख चुड़ैलें बहुत क्रोधित हो उठती है और नारायण को बिना सम्मोहित किए उठा लेती है। उसका खून चूसने से पहले, उसे मारने से पहले उसकी अधुरी इच्छाएं जानना चाहती है, जब नारायण बताने में असमर्थ होता है तो वह चुड़ैलें अपनी मायावी शक्ति से नारायण की ना सिर्फ अधुरी इच्छाएं जान जाती है बल्कि नारायण की उन अधूरी कामनाओं को भ्रम रूप से, अपने मायाजाल से दृश्यमान, जीवित करती है। नारायण उन सुनहरे पलों को वास्तव में जीता है। उसकी वह सभी इच्छाएँ नशीली, रोमांस, काम से भरपूर होती हैं।

कौन सी इच्छाएं होती है...... नारायण की ? पढ़िए इस कहानी में.. .... आगे क्या होता हैं ? क्या चुड़ैलें नारायण का खून पीने मे कामयाब होती है?

पढ़िए.........रहस्य और रोमांच से भरपूर कहानी चुड़ैलें !

अनुक्रमणिका

चुड़ैले 1

बिल्लियां 59

एक मच्छर की जनम कथा 77

  एक मच्छर की जनम कथा रहस्य से भरपूर......................78

  इच्छा जन्म 1) मानव 93

  इच्छा जन्म 2) कोबरा नाग 102

  इच्छा जन्म 3) मच्छर 106

चाँद और भूत योनि 109

  चाँद और भूत योनि एक दिलचस्प कहानी 110

छोटी बोधपर कहानियाँ 123

  अनोखी सजा (दंड)..124

  जन गण मन 131

  बगीचा...136

  अपंग / अपाहिज...142

  रेल सफर : एकांकिका...148

  परदा खुलने से पूर्व महत्वपूर्ण 148

  परिचय पत्र...166

चुड़ैले

कौन कहता है कि आईना कभी झूठ नहीं बोलता? हम तो रोज हर पल उनके झूठ पर झूठ बर्दाश्त करते रहते हैं। जब–जब हम आईने में झाँकते हैं, हर तरफ से, हर कोने से अपने आप को निहारते हैं, तब–तब हर वक्त कोई महाभयंकर डरावना चेहरा हमें अपनी ओर घूरता हुआ नजर आता है। ऐसा डरावना चेहरा किसी को पसंद आने की कोई वजह हम तलाश नहीं कर पाते।

तो क्या उन तमाम लड़कियों का, माफ करना मुझे कहना था 'खूबसूरत लड़कियों का' दिमाग खराब हो गया है? जो हमें कभी चोरी छुपे तो कभी खुलेआम मुड़ मुड़कर देखती है और तो और अपनी नाजुक होठों से जानलेवा स्माइल दिया करती है। हमें कुछ समझ में नहीं आता।

हमने उन चुड़ैलों के बारे में कहीं पढ़ा था, जो किसी खूबसूरत बला का रूप धारण कर हट्टेकट्टे जवान मर्दों को फाँसती है और उस सफर के आखिरी मोड़ पर एकांत जगह में ले जाकर उसका खून चूसती हैं। क्या ऐसा सच भी हुआ करता है भला? वैसे एक बात हमारी समझ से परे हैं कि इतनी सारी खूबसूरत लड़कियों का एक साथ हम पर निछावर होने का मन करना... यह बात मुझे कुछ हजम नहीं हो रही है।

असली मजे की बात तो आगे ही है कि हममे ऐसी कौन–सी विशेषताएँ हैं, जिसका कोई कायल भी हो सकता है? ना तो हम हट्टेकट्टे हैं और ना ही जवान! थोड़े उम्र दराज है, उम् की ढलान पर है। सरेआम ना कहने वाली बात यह है कि हमारी जवानी का जोश ना तो अब तक बुझा है और ना ही ठंडा पड़ चुका है। एक बात कि तसदिक करना चाहते हैं कि क्या चुड़ैलों की तादाद इतनी बढ़ गई है कि हर दस में से सात चुड़ैल हो गई है? यानी सत्तर प्रतिशत तक आंकड़ा पहुँच गए हैं। बिना वजह हम गणित में उलझकर रह गयैं

हममें ऐसी कौन–सी विशेषताएँ हैं, जो खूबसूरती को अपनी ओर खींच सकती है? कुछ पल्ले नहीं पड़ रहा था। बहुत सोचा। बेतहाशा सोचा, सोचते–सोचते हमारी सोच एक जगह आकर खामोश हो गई। खामोशी की वजह यह थी कि भले ही हम

डरावनी महाभयंकर सूरत के स्वामी हो, उम्र की ढलान पर हो, पर हम यह कैसे भूल गए कि हम एक शायर है।

एक ऐसे शायर जिन्हें अपनी शुरुआती दौर पर ना जाने कितने बेवफाओं से झटके क्यों न खाने पड़े हो, हमने ना तो कभी शराब का सहारा लिया और ना ही हम पागल हुए, हर बार मिले गम के पहाड़ों के इर्द गिर्द खुद अपने आप पर कसें हास्य व्यंग्य के झंडे गाड़े। हमने अपने दर्द को सामाजिक हास्य व्यंग्य का विषय बना कर उसे दोस्तों और दुश्मनों के सम्मुख पेश किया उनके मुँह से निकले कुछ हंसी के फव्वारों को गमों के आसपास ऐसे जकड़ कर रखा कि उन दीवारों के पीछे बंद गमों का बाहर निकलना दुश्वार हो।

क्या किसी शायर का खून इतना लजीज या टेस्टी होता है? जिसे पाने की या पीने की होड़–सी लग जाती हो। अगर ऐसा ही है तो हम कुछ बदनाम शायरों के नाम–पते उन चुड़ैलों को लिखित स्वरूप में दे सकते हैं। बात इतनी सारी 'चुड़ैलों' की, जो हमारे पीछे हाथ धोकर पड़ी है, क्या वह सारी एक दूसरे को जानती हैं? क्या उन्हें इस बात की शत–प्रतिशत गारंटी है के हम उन्हें बेहद आसानी से हासिल हो सकते हैं? एक बात गले में हड्डी की तरह फस जाती है कि यह साली सब के सब इतनी खूबसूरत है कि यह समझ नहीं आता कि किस चुड़ैल पर अपना खून निछावर कर दूँ। अफसोस सिक्के के भी तो सिर्फ दो ही सिरे होते हैं, तो क्या चुनने के लिये हमें साँप सीढ़ी के फाँसे फेंकने पड़ेंगे?

कभी कभार उन्हें अपनी और मुस्कान बिखेरते देखता हूँ तब हमे आभास होता है, जैसे हमने उनके चुभने वाले नुकीले दाँत देख लिए हो, जैसे किसी सिनेमा में ड्रैकुला के खून पीते वक्त बाहर निकल आते हैं। कभी–कभी तो उनकी आँखों में गहरे हरे रंग की आभा नजर आती है। क्या यह सब हमारा वहम मात्र है? खयाली पुलाव है? आभासी प्रतिमाएँ हैं? या फिर हमारे इश्क में गुजरे बिखरे दिमाग की उपज है। सिर में चले गैर विचारों के इस आंदोलन को हमने अपने सिर को दाए–बाए जोर–जोर से

हिला कर बिखेरना चाहा, जिसमें हमें कामयाबी हासिल नहीं हो सकी।

खैर...... इन गए गुजरे विचारों के जंजाल से हम बाहर नहीं निकल पा रहे थे। वक्त तेजी से बीतता चला जा रहा था, लेकिन करना क्या है? यह समझ में नहीं आ रहा था। अजीब–सी बेचौनी महसूस होती थी। कभी तो लगता था थोड़ी–सी मदहोशी–सी छा गई है। ऐसा लगता था जैसे कोई हमें सम्मोहित कर अपनी ओर खींचने की कोशिश कर रहा हैं। इसी के चलते हम सोचने पर विवश हो गए कि वह चुड़ैल है, तो सम्मोहित करने की विद्या तो यकीनन जानती होंगी और हम महसूस कर रहे थे कि वह चुड़ैल अपनी सारी शक्तियाँ हमें उनकी ओर खींचने पर लगा रही थी। पर कामयाब नहीं हो पा रही थी।

हमें उनकी नजरों में आश्चर्य तथा गुस्से के मिले जुले भाव साफ नजर आ रहे थे। वह चुड़ैल थी। किसी को अपने वश में कर लेना उनकी नजरों में चुटकियों में होने वाला काम था, पर उसके लिए उन्हें अपनी सारी शक्तियाँ दाँव पर लगानी पड़ रही थी...... वह भी किसी एक चुड़ैल की नहीं तो इतने सारे चुड़ैलों की एक साथ की गई कोशिश भी कोई रंग नहीं ला रही थी। हमें उनके बेहद खूबसूरत चेहरे पर हताशा और निराशा के भाव के साथ अपनी नाकामी की वजह से गुस्से का प्रदर्शन भी दिख रहा था।

एक तों यहाँ पहले ही गमों की तादाद बहुत थी, जो संभली नहीं जा रही थी, ऊपर से हम अक्सर उलझनों में घिरे रहते थे, नई–नई उलझनों को पैदा करके आ बैल वाली स्थिति की चरम सीमा पर पहुँच कर उससे जूझने में हमारा काफी समय निकल जाता था। स्वयं ही पैदा की उलझनों से पीछा छुड़ाने की नित्य नई तरकीब, तरीके खोजने में शायद हमें विकृत समाधान प्राप्त होता था। इस बात को थोड़ी विस्तार से बताना हो तो इतना बताना चाहेंगे के मिसाल के तौर पर –मान लो कोई खूबसूरत लड़की हम पर मर मिटती है, जान छिडकती है। यह जानते हुए भी हम उसकी तरफ पीठ कर एक ऐसी लड़की की तरफ मुड़ते

थे जिसका हमें हासिल होना नामुमकिन हो, ऐसी लड़कियों/औरतों की होड़ में लगे रहते थे और मुश्किलों की तादाद बढ़ने का कारण वह सारी पहले से ही किसी और की शरण में होती थी। कितनी बार तो हम उनके गले में बंधन बंधा देखने के बावजूद अपने उद्देश्य से टस से मस नहीं होते थे, जहाँ तक हम खुद को जानते हैं उसके मुताबिक उस बंधन के होते हमारी चाहत में हजार गुना इजाफा होता था।

तो बात रह गई उन चुड़ैलों की! उनमें से बहुतों के गले में भी हमने हल्के-फुल्के काले मणी के साथ सोने की मणिओं को पिरोए हुए देखा था। कुछेक ने तो उस गंदे बेवजह बाँधकर रखने वाले बंधन को बेशकीमती लॉकेट या किसी खास किस्म की हीरो जवाहरों के साथ गले में लटकाया था और तो और उनके बेहद उभरे सीने पर सजाए रखा था। तो किसीने उसकी अंतिम सिरे को नजरों को चुभती चीजों के अंदर ऐसे बंद दिया था मानो अंदर की बात रही हो। जबकि अंदर की बहुत-सी बातें वह खुली हवाओं में रोशनदान करती थी जो देखने वालों के दिमाग में गहरा असर छोड़ जाती थी। मजे की बात। गुलदस्ते में बंद रखने वाली चीजों की नुमाइश हो रही थी और नुमाइश की चीजें पर्दा नशीन हो रही थी। वोह! हमें अपनी शायराना प्रतिभा पर गर्व महसूस हो रहा था।

उन चुड़ैलों को क्या हम कुंभ के मेले से आए साधु-संत-महात्मा नजर आ रहे थे? जिनकी नजर में गधे, घोड़े, बैल और जर्सी गाय एक बराबर होती हैं। हम एक आर्टिस्ट थे, यह कम था कि हम एक शायर भी थे। यह दोनों चीजें हमारे समूचे व्यक्तित्व में ऐसे घूम मिल गई थी कि हसीनाओं की विशेषताओं से अपना ध्यान हटा पाना हमारे लिए असंभव-सा हो जाता था और यहाँ तो उन चारों-पांचों में विशेषताओं के अंबार लगे हुए थे। विशेषताएँ सर से लेकर पैर तक कूट-कूट कर भरी थी। उनका वजन तोलना मामूली वजन काटे के बस में नहीं था, उन्हे तोलने के लिए वे-ब्रिज की जरूरत पड़ सकती थी। यह किसी साधारण व्यक्ति के लिए आँखों में समेटना नामुमकिन-सा

था। हम हर वक्त भगवान के सामने यही रोना रोते बैठे रहते थे कि अगर आपको हमे 'शायर' बनाना ही था तो सिर्फ दो ही आँखें क्यों दी??

खैर... माफ कीजिए, हमारे खयालों ने ना जाने कहाँ–कहाँ कि सैर की। वर्तमान में हम जान चुके थे कि उन चुड़ैलों के साथ यह पहली बार हो रहा होगा कि उनके सम्मोहन का जाल बेकार साबित होता हो, वैसे तो वह सारी गुस्सें में नजर आती थी, लेकिन हमारी नजरें मिलने की देर थी उन्हे जबरन मुस्कुराने की कोशिश करनी पड़ती थी। वह जता रही थी के वह इतनी जल्दी हार मानने वालों में से नहीं थी। और अब तो बात उनके इज्जत पर आ ठहरी थी कि एक मामूली इंसान उन्हें चुनौती दे रहा था। उनके चेहरे के हाव–भाव ऐसे थे मानो यह बता रहे हो कि हम आपके चुनौती का स्वीकार करते हैं। कभी कभार हम सहम से जाते थे, शायर हुए तो क्या हुआ, आखिर हम एक इंसान ही थे।

एक बात बताना भूल गये वह हैं खतरे को भाँपने की, उसे महसूस करने की गजब की शक्ति हममें थी, जब भी हम आसानी से हासिल होने वाली चीजों को छोड़कर असाधारण और नामुमकिन चीजों को हथियाने की कोशिश में लग जाते थे तो पता नहीं कैसे...... हमें कुछ संकेत मिलते थे जैसे। मानो आगे खतरा हो, दिमाग में घंटियाँ बजने शुरू हो जाती थी, हमारे कदम भारी हो जाते थे। जाना कहीं और होता था पर जाकर कहीं और रुक जाते थे, बिल्लियाँ बार–बार रास्ता काटा करती थी, पेड़ों पर खामोश बैठे हुए कौए अचानक दर्दनाक स्वर में चिल्लाना शुरू कर देते थे। सुरीली कोयल अचानक बेसुरे राग अलापती रहती थी, कुत्ते तो सर्दियों के मौसम के उनके विशेष काम को छोड़कर हमारे पास आकर हमें ही घूरते रहते थे। उनकी नजरों में अजीब से भाव होते थे। मानो वह हमारी आगे होने वाली हालत से वाकिफ हो, परिचित हो, दुख जाहिर कर रहे हो। इन सब इशारों का मतलब हमें तब गहराइयों से पता चलता था जब पानी सर के ऊपर से बहने लगता था और तैरना ना आने की सूरत में /

हालत में हम पानी में तड़पकर हाथ पैर मारने लग जाते थे और डूब जाते थे।

समझदार इंसान को जब पता चलता है कि यह राह हमें गहरी खाई कि तरफ पहुँचाएगी३..तब राह बदल देनी चाहिए, रास्ते बदल देने चाहिए, लेकिन नहीं! हम उसी रास्ते से हो गुजरते थे। शायद हमें उम्मीद होती थी कि एक ना एक दिन हम तैरना सीख ही जाएँगे, शायद मुँह कि खाने की आदत पड़ चुकी थी...। या फिर अपने शायर होने का फर्ज अदा करने के खातिर ऐसा होता होगा।

क्योंकि हर बार 'हमारा दिल' इतनी जोरों से टूटता था के हलक से चार लाइने निकल ही जाती थी बेबसी में। इन चार लाइनों को हम बडा संभाल कर रखते थे। जिंदगी में अगर हमारा कुछ अपना था... तो यह चार–चार लाइनें थी! जिन्हें हम से कोई नहीं छीन सकता था। जैसे हमने पहले कहा था इन अनुभवों के इर्द गिर्द हमने अपने आप पर कसे 'हास्य व्यंग' गिने–चुने लोगों को सुनाते थे और वाहवाही लूटते थे, उन कुछेक तालियों के बलबूते पर हम अपने आप को बड़ा 'तीस मार खाँ' समझते थे।

खैर हमारी अनगिनत विशेषताओं के बारे में फिर कभी।

अभी–अभी की बिल्कुल ताजा खबर यह हैं कि खूबसूरत चुड़ैलों में से एक ने एक कदम अपनी मकसद कि तरफ बढ़ाया हैं। वह हमारे बिल्कुल करीब आ रही हैं। हम उसे अपनी ओर आते देख कर सकपका गए, धड़कनें अपना काम तेजी से करने लगी, उस हालत में भी हम सोच रहे थे कि उस चुड़ैल के सब्र का बाँध शायद टूट चुका हैं और वह सरेआम इस बगीचे में... इस भरी महफिल में हमारा खून चूसना चाहती हैं।

आपकी जानकारी के लिए... वह बिल्कुल हमारे करीब आकर रुकी, गजब की मिठास में बोली, "क्या मैं दो मिनट के लिए आपसे पेन माँग सकती हूँ?" उसकी आवाज में जैसे सम्मोहन था। कोई भी आराम से बिखर सकता था।

हमारी जेब में अक्सर तीन-चार पेन रहते हैं, नीले कलर की स्याही वाले दो और लाल और काले रंग की स्याही वाले एक-एक। हमने तुरंत सारे पेन निकालकर उसके सामने रखे और कहा, "आप जो चाहे लीजिए" उसने चौककर देखा और उसमें से एक नीले रंग कि स्याही वाला पेन लेते हुए कहा, "बस दो मिनिट में देती हूं" और अपने हाथ पर कुछ लिखने लगी। हमने अपनी उदारता का परिचय देते हुए हमारे बॅग में से एक छोटी-सी डायरी उसकी ओर बढ़ाते हुए कहा, "मैडम आप चाहे तो इसमें लिख सकती है" मैंने देखा उसने लो कट स्लीवलेस ब्लाउज पहना था, जिसके अंतरंग में पूरा ब्रह्मांड नजर आ रहा था। डायरी देखते ही उसकी आँखों में चमक आ गई,

"शुक्रिया!" कहते हुए वह डायरी लेकर उसमे कुछ लिखने लगी, वह तुरंत मुड़ गई, यानी अब 'वह' हमारी ओर पीठ किए खड़ी थी। हम ऐसे जता रहे थे जैसे हमें उससे कुछ लेना देना नहीं है, पर हम बड़ी ही बारीकियों से उसकी हर गतिविधि पर नजर रखे हुए थे। आसपास घूमने वाली दूसरी चुड़ैल भी इस घटना को आश्चर्य स्वरूप देख रही थी। खैर यहाँ हमने देखा कि लिखते-लिखते वह पीछे मुड़ गई उसने मेरी पेन को कुछ सेकंड के लिए अपने आँखों से लगाया और बाद में डायरी में कुछ लिखा और "थैंक्स!" कह कर पेन हमे लौटा दिया, हम से इजाजत लेकर वह पन्ना भी निकाल दिया जिस पर उसने कुछ लिखा था। दोबारा "थैंक्स!" कहा और मेरी तरफ प्यार भरी मुस्कराहट बिखेरते चली गई। इस वक्त उसकी आँखें मेरी आँखों के गहराइयों में उतर रही थी। मानो निमंत्रण दे रही थी। झुकते हुए उसकी कलाई में बंधे सोने के कंगन में जड़े दो घुंघरू झंकार पैदा कर रहे थे।

जाते हुए वह जान चुकी थी कि जिस काम के लिए आई थी, वह काम पूरा हो चुका था। पता नहीं कैसे हमें लगा। जैसे उसने उस 'पेन' को अभिमंत्रित कर दिया हो। क्योंकि उसके जाने के बाद हम उस पेन को देखते-देखते कुछ क्षणों के लिए सम्मोहित से हो गए थे और उसी स्थिति में हमने उस डायरी के कुछ पन्ने

खोलें और देखा कि उसने जो पन्ना फाड़ लिया था उसके अगले पन्ने पर उसने "हाय" लिख कर आगे एक मोबाइल नंबर लिखा–लिखा था।

इतनी खूबसूरत और सुंदर लिखावट हमने अपनी जिंदगी में नहीं देखी थी। उसने लौटाया हुआ हमारा 'पेन' हमने बड़े आराम से जेब के हवाले कर दिया और डायरी को बंद कर रख दिया। फिर अपने रोजमर्रा के काम में व्यस्त हो गए।

वह चुड़ैल गार्डन के चक्कर लगाती रही, उसके चेहरे पर आश्चर्य के मिले–जुले भाव थे जो उसके चेहरे पर साफ पढ़े जा सकते थे। एक दूसरी चुड़ैल उसके पास पहुँच गई उसने उसे कुछ कहा, हमें ऐसा लग रहा था जैसे वह हमारे बारे में कुछ पूछ रही हो। दोनों में बातचीत हुई दूसरी के चेहरे पर भी असमंजस के भाव थे। बीच–बीच में दोनों हमारी तरफ देख रही थी। लेकिन अब उनकी नजरों में आमंत्रित करने वाले भाव नहीं थे। उनकी बेहद जानलेवा मुस्कुराहट लापता थी और एक चक्कर लगाने के बाद दोनों गायब हो गई... और थोडी देर बाद बाकी सारी भी।

हमने वह पैन और डायरी निकाली उसका वह पन्ना निकाला जिस पर कुछ समय पहले बड़ी ही खूबसूरत लिखावट में "हाय" और "मोबाइल नंबर" लिखा था, वह नंबर अब तहस–नहस हो गया था। नंबर को पहचान पाना भी मुश्किल हो गया था। यह देखकर हम डर गए अब नजारा ऐसा था मानो सैंकड़ो कीड़े उस पन्ने पर रेंगते हो। अर्थात ये सिर्फ आभास मात्र था। हमने उस डायरी को तुरंत बंद करके बॅग के हवाले कर दिया और पेन को जेब के।

हमारा गार्डन से निकलने का वक्त हुआ। हम अपनी ही धुन में बाहर की तरफ जा रहे थे कि अचानक घंटियों की आवाज से हम होश आया, पास के मंदिर में आरती शुरू हो चुकी थी, पुजारी घंटानाद कर रहे थे। पैदल ही हम उस मंदिर की तरफ निकल पड़े। आरती खत्म होने तक हाथ जोड़े खड़े रहे बाद पुजारी से प्रसाद लिया। पुजारी ने हमारे मस्तिष्क पर तिलक लगा दिया, पता नहीं पुजारी को क्या सूझा उन्होंने एक धागा निकालकर कुछ

क्षणों के लिए देवी के चरणो में रख कर उसे गंध लगाकर हमारे हाथों में रख दिया और कहा, "इसे हमेशा अपने पास में रखो, कल्याणमस्तु!" हमने उसे अपने जेब रख दिया। दस रुपये का एक सिक्का निकाला और पुजारी के थाली में रख दिया, उनको नमन करके बाहर निकल आए।

पता नहीं हमें क्या हुआ मंदिर के बाहर निकलते ही हमने उस पेन को निकाल कर देखा, तो क्या देखता हूँ? नीली स्याही का वह पेन अब लाल स्याही में बदल चुका था। डायरी का वह एक पन्ना भी जल चुका था। हमने वह दोनों चीजों को मंदिर के कोने की एक बर्तन में फेंक दिया और बाइक लेकर घर लौट आए। पूरी रात हम ठीक से सो नहीं पाए। सपने में भी वह 'चुड़ैल' ही नजर आ रही थी।

हम सोच रहे थे "हम में ऐसी कौन-सी शक्तियाँ है, जो पैशाचिक शक्तियों को काट सकती है और उन दुष्ट शक्तियों के सम्मोहन जाल का हम पर कोई असर क्यों नहीं हो रहा था?" हमने कही सुन रखा था कि हर इंसान के भीतर शक्तियाँ होती है और वह उस से बेखबर रहता है। वह सुप्त अवस्था में रहती है, उसे जागृत करना मात्र होता है। इस ख्याल मात्र से हम चौक गए। क्या इस शक्तियों को पहचान कर उसे जागृत करने का कोई जरिया भी होता होगा या इन सभी बातों का विवरण किसी पुस्तिका में होगा? अगर हाँ! तो उस पुस्तिका का शीर्षक क्या होगा? कहाँ से हासिल हो सकती है ऐसी पुस्तिका? क्या गूगल सर्च में कुछ लिखने के बाद पता चल सकता है? लेकिन सर्च करने के लिए क्या टाइप करना पड़ेगा? उसे अंग्रेजी में क्या कहते हैं? क्या इस पॉवर के बारे में किसी विशेषज्ञ को पूछना होगा? किससे पूछना सही होगा?

पहले ही हमारे अजीब आचरण से हम हमें जानने वालों के लिए 'हसी मजाक' का जरिया बन चुके थे। ऊपर से हमसे ऐसी जानकारी इकट्ठा करने की भनक थी उन्हें लगती तो वह सब हमारी वाट लगा देंगे, हमें बर्बाद कर देंगे।

कभी सोचते थे क्या फायदा है ऐसी शक्तियों का? जिसके रहते ना हम किसी के वश में हो सकते हैं और ना ही हम किसी को अपने वश में कर सकते हैं।

यहाँ उन बाकी चुड़ैलों का काम पूरी ईमानदारी से जारी था। उनमे से दो तो भाग गई थी, या फिर गायब हो गई चुकी थी। शायद उनका बाकी चुड़ैलों से कोई रिश्ता या मानसिक संपर्क नहीं था। नहीं तो ये उनके आजमाइश के बारे में भी जान चुकी होती। कभी-कभी वह चुड़ैलें ऐसी खतरनाक कपड़े पहनती थी कि साँस गले में अटक जाती थी। इतनी खूबसूरत सेक्सी लड़कियाँ आपके एक 'हाँ' के इंतजार में है और आप याने हम बेकार कि बातों में फँसे हैं।

मन करता था भाड़ में जाए वह चुड़ैलों वाला एंगल! उन्हे एक बार अपने आगोश में लेने के लिए दुनिया मचलती होंगी। हमें भी आगे बढ़ना चाहिए...... जो होता है वह देखा जाएगा। कभी-कभी तो सब बर्दाश्त नहीं होता था के हम यहाँ लिखने के लिए आते थे पर एक लाइन भी नहीं लिखी जा रही थी। सिर्फ इन खूबसूरत चुड़ैलों के जाल में उलझ कर मात्र रह गए थे, क्यों ना हम चुड़ैलों पर कुछ लिखे?

हमने सोचा हम एक लेखक है और लेखक को किसी भी विषय की सीमा में बंधना नहीं चाहिए। एक सिद्धहस्त लेखक वह होता है जो हर विषय के मर्म को समझें। हम बड़ी-बड़ी विचारधाराओं में बहते जा रहे थे आज तक जितनी भी कहानियाँ हमने लिखी थी, उनको लिखते वक्त हमने कभी यह नहीं सोचा था कि इस कहानी कि शुरुआत फला-फला तरीके से होनी चाहिए। कुछ देर बाद कहानी में यह मोड़ आएगा। बाद में कहानी के बीचो बीच ऐसा परिवर्तन होगा...... बाद पढ़ने वालों को ऐसे-ऐसे झटके बैठेंगे और धीरे-धीरे कहानी आगे बढ़ेगी और फिर फला-फला तरीके से अंत होगा...... वगैरा-वगैरा वगैरा वगैरा,

यह सब सिस्टमैटिक बातें नव लेखकों के लिए ठीक थी। या किसी लेखन कार्यशाला में पढ़ाने हेतु सदिक हो सकती हैं। पर

हम इस तरह से नहीं लिखते थे, हमारे लिखने का अंदाज ही अलग था। जैसे कभी-कभी एक या दो पंक्तियाँ सूझ जाती थी तो उसे नोटबुक के आखिरी पन्ने पर उतार लेते थे। सोचते थे चार पंक्तियों की जान है, नया नोटबुक क्यों बिगाड़ा जाए......

लेकिन चार पंक्तियों से शुरू कि रचना होते होते...... चार कि आठ......आठ कि बारह...। बारह कि चौबीस......... पंक्तियाँ, इस तरह आगे बढ़ते रहती थी कि वह आखिरी पन्ना तक भर जाता था, फिर उल्टे लिखने की नौबत आ जाती थी। मानो हम उर्दू लिख रहे थे और पन्ना भर जाने के बाद...। ''पीछे देखिए'' लिखकर एक उल्टे तीर का निशान बनाना पड़ता था।

लेकिन इस चुड़ैलों कि आपबीती वाली कहानी के शुरुआती दौर तो हम बड़े ही आसानी से लिख सकते थे। क्योंकि उसके बारे में तो हमे सोचना तक नहीं पड़ेगा...... वह सब हमारे साथ घटित जो हुआ था। चुड़ैल की तरफ से हमसे पेन कि मांग करना और बाद...... उसका हश्र याने उसका गार्डन छोड़कर निकल भागना...... यहाँ तक लिखना तो आसान था लेकिन आगे क्या?

अरे एक बात तो हम बताना ही भूल गए वो चुड़ैल और उसकी चुड़ैल सहेली ने उस दिन के बाद गार्डन में आना ही छोड़ दिया था लेकिन बाकी चुड़ैलों कि कोशिशें जारी थी। बाकी उत्साहजनक कुछ खास नहीं हो रहा था। रोजमर्रा की तरह दिन बीत रहे थे। खटकने वाली बात यह थी कि हमारे गार्डन से जाने तक सात से साडे आठ बजे तक सब चुड़ैल गार्डन में ही रहती थी। लेकिन किसी भी चुड़ैल को हमने ना गार्डन के बाहर जाते हुए कभी देखा था और ना ही आसपास कहीं पर आते-जाते देखा था। हमने कई बार कोशिश की जैसे। गार्डन के बाहर निकल जाने का बहाना बनाकर राह में कही छिपकर गार्डन के बाहर जानेवाले गेट पर नजर जमाकर देख लिया तो कभी-कभी तो बाइक पर एक चक्कर काट कर थोड़ी देर बाद दुबारा लौट कर आते थे। तबतक सारी की सारी बलाए गायब हो चुकी होती थी।

यह सब हमारे सोच से परे था। हम सोचने पर मजबूर होते थे कि वे हमारे लिए ही वहाँ आती थी? क्या उनका कार्यक्षेत्र सिर्फ गार्डन तक सीमित था? सोचते समझते कुछ और दिन निकल गए। हाल फिलहाल कुछ अजीब–सी बातों पर हमने गौर किया। गार्डन में मॉर्निंग वॉक, योगा और कसरत करने आनेवाले कुछ हट्टे कट्टे नौजवानों को बहुत दिनों से गार्डन में आते जाते नहीं देखा था। शायद उन सब ने गार्डन में आने जाने का समय बदल दिया होगा, लेकिन सब के सब एक साथ अपना समय कैसे बदल सकते हैं?

उन सबसे हमारी "हाय हेलो" की पहचान थी। अचानक हमें डरावने खयालों ने घेरा। कही ये सब उन चुड़ैलों के मायाजाल का नतीजा तो नहीं? हमने घर जाकर उस दिन के अखबार टटोलने शुरू कर दिए...... टीवी की खबरें भी हम गौर से देखने लगे, उसमे इन दोनों में कुछ अनजान व्यक्तियों की लाश आसपास के अलग–अलग एकांत स्थान में बरामद होने की खबर थी। उसके बारे में जानकारी यह थी कि "उनके शरीर के अलग–अलग हिस्सों पर छोटे–छोटे घाव के निशान थे। फॉरेंसिक साइंस के विशेषज्ञों के लिए हैरत की बात यह थी कि उन सभी इंसानों को एक ही तरीके से मारा गया था। उनके बदन से सारा खून निचोड़ा गया था। उनके मृत्यू कि वजह थी। शरीर में खून की कमी।

किसीने कहा "ये सब किसी जंगली जानवर का काम है।" यह सब बेकार की बातें थी। अगर उनको जंगली जानवरों ने मारा होता, तो वह उन लाशों से ना सिर्फ खून चूसते बल्कि उनके मांस को भी नोंच खाते। जानवरों ने शरीर के विभिन्न अंगों को भारी मात्रा में क्षति पहुँचाई होती, लेकिन शरीर अवयव बिल्कुल सही सलामत थे। इस मामले में दूसरी बात यह थी कि ऐसे रिहायशी इलाके में किसी जंगली जानवर का बिना किसी के नजर में आए। आना और फिर कही छिपे रहना, बिल्कुल नामुमकिन–सी बात थी।

किसी ने तो यहाँ तक कह दिया कि ये ड्रैकुला का ही काम हो सकता है। इन सब दावों को झुठलाते हुए कुछ गणमान्य विद्वान इस बहस में उतर आए, उनके कहे अनुसार, "ड्रैकुला के बारे में कही सुनी बातों से पता चलता है कि ड्रैकुला की विशेषता यह है कि वह सिर्फ गले के विशिष्ट नसों में अपने दांतो को गाड़ कर खून चूसता है और वह जिसका खून चूसते हैं वह मरते नहीं बल्कि वह भी ड्रैकुला बन जाते हैं। अर्थात यह सब कहानियों की और उस पर आधारित बने सिनेमा की बातें थी जिसमें ऐसा दर्शाया गया था। जो कि असंभव था।"

हमने कुछ रोज पहले के घटनाक्रम तथा उन चुड़ैलों की गतिविधियों को याद करने की कोशिश की। हमने उन चुड़ैल सुंदरियों की हरकतों को याद किया तो हमें याद आया उनमें से कुछ चुड़ैलों की देहबोली ऐसी थी मानो मुद्दतों बाद मनपसंद खाना मिल गया हो। हमारी ओर देखते वक्त उनकी आँखों में चमक और चेहरे पर मुस्कान थी जो यही बात कह रही थी कि आखिर उन्होंने निशाना साध ही लिया था।

हम सोच रहे थे कि "क्या हमें किसी नजदीकी पुलिस थाने में, उनके खिलाफ कंप्लेंट करनी चाहिए थी, लेकिन उन्हें बताएंगे क्या? यह जो खून हो रहे हैं, जो खून चूसी लाशें बरामद हो गई है, वह सब इस गार्डन में घूमती चुड़ैलों का कियाधरा है।" अगर ऐसा हम कहते तो पुलिस हमारा मजाक उड़ाएंगी और सबूत क्या दूंगा उनके खिलाफ? इस गार्डन के बाहर तो वह कभी नजर आती नहीं! क्या वे सिर्फ उन्हे नजर आती है, जो उनके शिकार हो? या जिनका खून उन्हे चूसना हो?

कुछ दिन और गुजर गए। एक दिन हमने देखा कि रोज गार्डन के चक्कर काटने वाला हट्टा कट्टा तगड़ा कवायती शरीर का मालिक मंत्रमुग्ध–सा कहीं जा रहा है। हमने बिना समय गवाए धीरे–धीरे उसका पीछा करना शुरू किया। वह गार्डन की गेट की तरफ सम्मोहित–सा जा रहा था। आगे देखा तो किसी सुंदर लड़की की झलक दिखाई दी, अब मामला हमारी समझ में

आया... किसी चुड़ैल ने उसे सम्मोहित कर अपने पीछे आने पर विवश कर दिया था। अच्छा तो यह बात थी!

हम उस आदमी को अच्छी तरह जानते थे। हमसे आमना सामना होने पर वह कहता था, "नमस्ते अंकल कैसे हैं आप?" हालांकि इसके आगे हमारा संभाषण शायद हमारे बीच के उम्र के फासले के कारण आगे नहीं बढ़ा था। फिर भी उसे बचाना हम अपना कर्तव्य मान चुके थे। हमने तुरंत एक बात सोच ली और तेजी से उसकी ओर बढ़ने लगे। उसके पास पहुँचकर उसके पीठ पर हाथ मारा। वह इतने जोर से चौंक उठा... बौखला गया और प्रभाव से मुक्त हो गया। उसने हमारी तरफ ऐसे देखा मानो भूत देख लिया हो। वह कुछ क्षण हमें पहचान ही नहीं पा रहा था। वास्तव में लौटने के लिए उसे कुछ क्षण लगे।

हमने उससे पूछा, "क्यों मित्र, आज बड़े जल्दी जा रहे हो?" इतने में उसे आभास हुआ वह गेट के पास खड़ा है, उसने यहाँ वहाँ देखा, वह खुद समझ नहीं पा रहा था कि आखिर वह गेट के पास पहुँचा तो कैसे पहुँचा? हमारे सवाल के जवाब में वह "नहीं... मैं... मेरी ... मेरी बॅग?" करके वह पलट कर अंदर की तरफ दौड़ा। जहाँ वह कसरत और योगा किया करता था और उसकी बॅग वहा बेंच पर मौजूद थी। वह वहाँ बैठकर असमंजस में सोचने लगा। हम जानते थे कि वह कुछ भी याद नहीं कर पाएगा।

हमने गेट के पास के एक बड़े से पेड़ के पीछे छिपकर बाहर की तरफ देखा। क्या देखा...... चलते–चलते वह चुड़ैल एक जगह रुक गई, उसने पीछे मुड़कर देखा। जिसे उसने सम्मोहित किया था उसे अपने पीछे ना पाकर उसे झटका लगा। वह कुछ कदम पीछे चली आई और उस आदमी को अपनी पहली वाली जगह पर बैठा पाया। यह जो हुआ था वह उस चुड़ैल के सोच से परे था। इस बीच उसने पेड़ के पीछे से उसकी ओर चुपके से ताकते हुए हमें देख लिया। अब वह शायद जान चुकी थी कि उसके उम्मीदों पर हमने ही पानी फेरा था। वह गुस्से भरी नजरों से हमें देख रही थी, उसकी आँखों में अँगार था, क्यों ना हो! हमने

उसका शिकार जो उससे छीन लिया था। मानो वह कुछ कह रही हो "कमीने तुझे देख लूंगी, तू मेरे हाथों से नहीं बचेगा।" और वह निकल गई।

यह सब जो हमने उस नौजवान के साथ किया था। वह किताबों की देन थी दरअसल हम रहस्य कथाएँ पढ़ने का काफी शौक रखते थे और हमने एक पुस्तिका में पढ़ा था कि। सम्मोहित व्यक्ति के पीठ पर जोर से थपथपाने से वह सम्मोहन से बाहर निकल सकता है। बहुत से और तरीके भी बताए थे और हमने वही किया और हमारा उद्देश्य सफल रहा तो हमने चैन की साँस ली। हमने एक आदमी को उस चुड़ैल की भेंट चढ़ने से बचाया था।

अबतक की जिंदगी का शायद यह हमारा पहला नेक काम था। इस घटना के बाद भी हमने बिल्कुल अलग–अलग पैंतरों का इस्तेमाल कर के कुछ और जवाब मर्दों को उन चुड़ैलों के सम्मोहन जाल से बचा लिया।

लेकिन एक दिन अजीब हादसा हुआ। उसी गार्डन में मॉर्निंग वॉक और योगा करने वाली एक खूबसूरत लड़की जो उन चुड़ैलों में श्रेणी में शामिल नहीं थी।

यानी वह चुड़ैल नहीं थी, जीती जागती हँसती मुस्कुराती इँसान थी, ये वह लड़की थी जिसे पाने की हम जी जान से कोशिशों में थे और वह कमबख्त हमें घास नहीं डाल रही थी। हम उसकी हाय तौबा अदाओं के कायल थे। क्या नहीं था उसके पास खूबसूरती भी और गदराया हुआ जिस्म भी! हम उसे घंटों ताकते रहते थे और वह हमेशा हमें हवा में उड़ाती थी। एक दिन हमने उस हसीन लड़की को शून्य में नजर गाड़े सम्मोहित–सी गार्डन की गेट की तरफ बढ़ते देखा। उसे कोई होश नहीं था कि वह क्या कर रही थी।

हम सकपकाएँ "तो अब लड़कियों को भी निशाना बनाया जाएगा? मतलब लड़कियाँ भी सुरक्षित नहीं है? लड़कों की बात अलग थी हम उनके पीठ पर हाथ मारकर या किसी का हाथ

खींच कर उन्हें गहरे सम्मोहन से बाहर निकालने की कोशिश कर सकते थे। लेकिन लड़कियों का क्या करें?''

हमारे सामने वह खींची चली जा रही थी, हमें तुरंत कुछ करना था। एक बात सोचकर हम तेजी से उसके पीछे–पीछे भागे, उसके पास जाकर हमने हमारी पानी की बोतल को जोर से उसके पैरों के आगे पटक दिया, जानबूझकर हमने उसका बूच थोड़ा खुला रखा हुआ था......जब पानी की बोतल धड़ाक से जमीन पर आ गिरी तो उसका बूच खुला होने की वजह से उसमें से बहुत सारा पानी उसके पंजाबी ड्रेस पर उछला। वैसे भी बोतल पटकने कि जोरदार आवाज से वह लड़की दहक उठी और सम्मोहन से बाहर निकल गई......

उसने जब अपने आपको गेट के करीब पाया तो बौखला गई और तो और हमें अपने इतने पास देखकर हड़बड़ा–सी गई। हमने अनजान बनते हुए कहा ''माफ करना बोतल हाथ से छूट गई थी।'' उसने अपने पंजाबी ड्रेस पर, लहँगे पर काफी पानी पड़ा हुआ देखा। लेकिन वह कुछ कह नहीं पाई, कुछ याद कर, वह तुरंत तेजी से पीछे की तरफ भाग कर खड़ी हुई...... जहाँ के बेंच पर उसका सामान बिखरा पड़ा था और उसकी बॅग पास ही में थी। वह समझ नहीं पा रही थी कि सामान छोड़कर वह गेट के पास क्या कर रही थी?

वह असमंजस में फँस गई थी। बेचारी! इस बात से बेखबर थी कि कुछ पल पहले वह मौत के मुँह से बच गई थी। हमने बाहर की तरफ देखा, वह चुड़ैल गुस्से से तिलमिलाते हुए हमें देख रही थी। हमने एक बार फिर उसका निवाला उससे छीन लिया था।

खैर यहाँ के अखबार और टीवी समाचार में अब बड़ी–बड़ी हेड लाइन नजर आ रही थी जैसे कि। ''लगातार एक हफ्ते से एक भी कत्ल की वारदात शहर में नहीं हुई हैं। आगे की खबरें विस्तार से इस तरह...... शहर में लगातार हो रही खूनी खेल को अब ना जाने कैसे रोक लग गई है। पाँच से छह दिनों पहले लोगों की रहस्यमय तरीके से मौतें हो रही थी। जैसा कि हमने

आपको पहले भी बताया था कि सारे खून एक ही तरीके से हुए थे, उन सब के शरीर से खून चूसा गया था। विशेषज्ञों का मानना था... यह सब बिल्कुल अजीब हत्याएँ है, उन सब कि मृत्यु शरीर का सारा खून खतम हो जाने की वजह से हुई थी। हमारे संवाददाता ने कहा कि उस जगह पर या उसके आसपास खून का एक कतरा तक नहीं मिला था।'' किसी दूसरे न्यूज चौनल ने कहा ''लगाकर हुई इन वारदातों को सुलझाने में पुलिस बिल्कुल नाकाम साबित हुई हैं।'' और किसी चौनल में कहा जा रहा था कि ''हत्याओं का सिलसिला शायद इसलिए रुका था क्योंकि पुलिस अब हर जगह छानबीन कर रही हैं।''

आप चैनल पर चौनल बदल दीजिए पर खबरें लगभग उसी के बारे में थी। जैसे ''शायद हत्यारों ने अपने कार्यक्षेत्र को बदल दिया होगा, यानी किसी और जगह से खूनी खेल शुरू करने वाले हो सकते हैं। लेकिन कहाँ? यह मालूम कर पाना तब तक असंभव–सा हैं जब तक किसी दूसरे इलाके में, इसी तरह की वारदात नहीं हो जाती। ''सभी चौनल से लोगों से अनुरोध किया जा रहा था के'' सभी से नम्र निवेदन है कि वह किसी भी अजनबी या किसी भी अपरिचित व्यक्तिंयों पर भरोसा ना करें और उनके साथ ना जाए। किसी से मिलते वक्त यह कोशिश कीजिए कि वहा आपके पहचान का कोई ना कोई मौजूद हो।''

हर वह न्यूज चौनल फिर वह राष्ट्रभाषा का हो, क्षेत्रीय भाषा का हो या अंग्रेजी समाचार पत्र ही क्यों न हो, वही सब बातें उनकी अलग–अलग अंदाज में बता रहें थे। खैर...... यहाँ हम हर रोज की भांति अपनी दिनचर्या के अनुसार गार्डन में जाया करते थे।

एक बार फिर किसी लड़की को सम्मोहित किया जा रहा था। यानी वह चुड़ैल अपनी हरकतों से बाज नहीं आ रही थी। हमने एक और लड़की को सम्मोहित होकर बाहर की तरफ जाते देखा। तो हमने वहाँ पर उपस्थित किसी जान पहचान वाली औरत से कहा कि वह उसे बुलाए, क्योंकि वह अपना सामान यहाँ पर भूल गई है। उस औरत ने उसे आवाज देकर बुलाया लेकिन जब

आवाज से बात नहीं बनी तो उसने उसके नजदीक जाकर पीछे से उसका हाथ खींचा तब जाकर वह सम्मोहन से जागी और जान से बच गई। इस बार हमने बाहर देखा... तो क्या देखता हूँ एक नहीं दो नहीं तीन चार खूबसूरत चुड़ैलें रस्ता पार थोड़ी दूरी से हमारी तरफ घूर-घूर कर देख रही थी। हमने उनके मुँह से एक और निवाला छीन लिया था। उनकी चमकती भूरी हरी आंखों में हमने हमारे प्रति बहुत सारा गुस्सा देखा-देखा था।

वह जान से बची लड़की बेंच पर बैठकर अपनी सोच में डूबी थी। हम जानते थे, वह यकीनन यही सोच रही होगी कि वह अपना सामान छोड़कर बाहर किस तरफ और क्यों जा रही थी? हमें यकीन था इससे पहले का सब कुछ वह भूल चुकी होगी। यह जो कुछ घटित हो रहा था 'वो कौन कर रहा था? किसके सम्मोहन के प्रभाव में चल रहा था?' यह सिर्फ हम जानते थे।

खैर, यह समझ लीजिए इस तरह हमने बहुत सारे लड़के लड़कियों की जान उन खून की प्यासी चुड़ैलों से बचाई थी। अब उनका हमारे प्रति गुस्सा चरम सीमा पर पहुँच गया था, वे सब जान चुकी थी कि किसी कारणवश हमारे ऊपर उनका सम्मोहन/वशीकरण तथा समूह सम्मोहन तक काम नहीं करता था। मतलब हम उनके वश में आने वालों में से नहीं है।

प्राप्त परिस्थितियों में पुलिसकर्मियों की गश्त हर तबके के आसपास बढ़ा दी गई थी। पुलिस की वॅन हर आधे घंटे बाद सायरन देते हुए आसपास के इलाके का जायजा लेते रहती थी। हमारा खबरे सुनने का सिलसिला जारी था, हम देश विदेश की ताजा खबरें बड़े ध्यान से पढ़ते थे। किसी भी क्षेत्र से रहस्यमयी मौत की कोई खबर नहीं थी।

यहाँ पर हुए अनसुलझे मौतों के मुद्दों पर पुलिस पर दबाव बना हुआ था। मीडिया में काफी बवाल मचा हुआ था। एक तरफ अलग-अलग संगठन तथा आम आदमी रास्ते पर उतरकर "पुलिस हाय-हाय। इन्हें सिर्फ घूस खाना आता है। यह कर्तव्य परायण नहीं है।" ऐसी नारेबाजी पुलिस मुख्यालय के सामने लगा रहे थे। तो दूसरी तरफ विपक्ष को इसमें चुनावी मुद्दा नजर आ

रहा था। सारे विरोधी पक्ष हाथ में हाथ में लिए और साथ में मृतकों के सगों को साथ किए मोर्चों पर निकल रहे थे। पुलिस के आला अफसरों के तबादले की माँग के साथ स्वयं गृह मंत्री तथा मुख्यमंत्री के इस्तीफे की माँग भी कर रहे थे। वातावरण काफी तप्त था। हताशा में मजबूरियों में इन हत्याओं की जांच की तफ्तीश राज्य पुलिस से निकालकर सी.बी.आई. को सौंपी गई। लेकिन नतीजा शून्य था, नतीजे में कोई फर्क नहीं था।

सी.बी.आय वालों ने किसी तरह से यह महत्त्वपूर्ण जानकारी इकट्ठा की थी के "मौत के घाट उतरे वह सारे बदनसीब रोजाना सुबह–शाम हमारे सपना गार्डन में मॉर्निंग वॉक तथा योगा–कवायत करने आया करते थे।"

तो इस तरह से सी.बी.आय। के कुछ आला अफसर जिनमें कुछ महिलाएँ भी थी, उन्होंने इस गार्डन में आकर पूछताछ का सिलसिला आरंभ कर दिया।

पूछताछ के दौरान कुछ एक ने बताया कि "उस व्यक्ति में से फला–फला को गार्डन में जरूर देखा था, लेकिन उन्हें बाहर जाते हुए देखा था।" एक शख्स ने बताया कि "इस आदमी को गेट के बाहर की तरफ जाते हुए उसने देखा था, लेकिन वह बिल्कुल अकेला था, किसी को मिलने नहीं जा रहा था।"

वो सब किसी से मिलने जा रहे थे या फिर किसी से मिले थे? ऐसे कुछ एक सवाल अनसुलझे ही थे। कत्ल की वारदात को गार्डन से थोड़ी दूरी पर स्थित सुनसान जगहों पर अंजाम दिया गया था। मौत के घाट उतारे सभी में एक बात कॉमन थी कि वह सभी अपनी बॅग गार्डन के बेंच पर छोड़ कर गए थे। अचरज की बात यह थी कि अगर किसी से मिलने जाना होता तो वह अपने बैग साथ ले जाते। सी.बी.आय। वालों ने अनुमान लगाया कि यह सब थोड़ी देर के लिए कहीं गए होंगे। उन्हें दोबारा लौटना था, इसलिए बॅग वहीं छोड़कर गए होंगे। उन सबके बॅग कब के उनके घर वालों के हवाले कर दिए गए थे, क्योंकि हर किसी का कोई ना कोई पहचान वाला गार्डन में मौजूद था जिन्होंने उनके घर खबर भिजवा दी थी।

तफ्तीश करने वालों में से एक अफसर टहलते, सोचते सीधे हम तक पहुँच गया और उनके स्वभाव के विपरीत आदर सहित हमसे पूछा कि "आप इन हादसों के बारे में कुछ जानते हैं? इन सारी मौतों के रहस्य से पर्दा उठाना चाहोगे?" हमने उनसे इतना ही कहा कि, "हमारे खयाल से यह किसी इंसान का नहीं, बल्कि पैशाचिक शक्तियों का किया धरा लगता है..... जैसे ड्रैकुला!"

उस अफसर ने हमारी तरफ गौर से देखा, फिर जोर से ठहाके मार के हँसने लगा और हमसे पूछने लगा कि, "आपको ऐसा लगता है कि ड्रैकुला वास्तव रूप में हो सकता हैं? वह तो उस कहानी के लेखक जोनाथन पार्कर के कल्पना की उपज है।" हमने रहस्य से परदा उठाते हुए कहा की "यकीनन ऐसा हो सकता है। हो सकता है, वह किसी औरत का काम हो, जैसे चुड़ैल!" और उस गार्डन में घूम रही चुड़ैल की तरफ हाथ दिखाया और कहाँ "जैसे...... जैसे वह चुड़ैल!" "कहाँ है? वहाँ तो कोई नहीं है?" उसने वहाँ देखा और हमारी तरफ देख कर हँसते हुए कहा कि "बड़ी ही दिलचस्प कहानी है आपकी, आपको तो टीवी सीरियल के लिए लिखना चाहिए। आप रामसे ब्रदर्स से क्यों नहीं मिलते?" और वहॉ से निकलते वक्त वह अपने–आप से बड़बड़ा रहा था, "क्या आदमी हैं, कहता हैं... ड्रैकुला या किसी चुड़ैल का काम हैं।"

हम यहाँ सदमे में थे कि हमें दिखाई देने वाली वह 'चुड़ैल' उस इंस्पेक्टर को क्यों नजर नहीं आ रही थी? क्या वह सिर्फ उन्हें नजर आती है जिन्हे वह शिकार बनाना चाहती है? निशाना बनाना चाहती है? अगर वह इस इलाके में कुछ भी नहीं कर पा रही है तो किसी दूसरे शहर में जाकर अपने मंसूबे को अंजाम क्यों नहीं दे रही है? क्योंकि खबरों के अनुसार ऐसी अजीब वारदात की कोई खबर दूसरे किसी भी क्षेत्र से नहीं आई थी। यही गार्डन क्यों? क्या उनका कार्यक्षेत्र मात्र इसी गार्डन तक सीमित है?

हमने ऐसी बहुत–सी कहानियाँ पढ़ी थी। किस्से सुन रखे थे, जैसे किसी बाधित जगहों पर रात के वक्त अगर कोई गुजरता है,

तो उसे उस जगह पर स्वामित्व पानेवाली आत्मा द्वारा मार दिया जाता है। यह सिलसिला तब तक चालू रहता है। जब तक पुलिस को उस जगह पर सालों पहले हुए हत्या की वारदातों के सबूत नहीं मिल जाते।

किसी की अमानुष तरीके से हत्या कर उसे दफना कर सबूत मिटाए जाए। तो उसकी आत्मा राह चलते इंसानों को तब तक मारते रहती हैं जब तक उसे दफनाई हुई जगह कि खोज कर उसका विधिपूर्वक अंत्यसंस्कार कर दोषियों को सजा नहीं हो जाती थी। उसके बाद उस आत्मा को मुक्ति मिल जाती थी। क्या इस तरह की कोई वारदात इस गार्डन में हुई थी या नियमित रूप से आने जाने वाले किसी युवक ने यहाँ की किसी हसीन लड़कियों को बहला-फुसलाकर सब कुछ हासिल किया करने के बाद शादी से इंकार कर दिया हो? उस सूरत में उस शर्मसार लड़की ने अपनी जान दी हो। या फिर उस नामर्द ने शादी के झमेले से बचने के लिए उसका खून कर के इस गार्डन या इसके आसपास ही कही दफनाया हो और फिर वह चुड़ैल बनकर प्रतिशोध की ज्वाला में जलकर हर उस इंसान को खत्म कर रही हो जो तगड़ा और खूबसूरत हो?

इसी खयाली पुलाव की तफ्तीश के चलते हमने इस गार्डन के सबसे पुराने बुढ़े माली से जो बहुत पहले से इस गार्डन में आते थे, उनसे तफ्तीश की लेकिन "नहीं, ऐसा कुछ नहीं हुआ था।" यह जवाब मिला।

एक लेखक होकर भी हम कुछ लिख नहीं पा रहे थे। उन चुड़ैलों ने हमारे मस्तिष्क पर गहरा असर डाला था। हैरतअंगेज बात यह थी कि उनका कार्यकाल मात्र डेढ़ घंटे से दो घंटे का याने सुबह सात बजे से लेकर ज्यादा-ज्यादा से ज्यादा साढ़े आठ बजे तक होता था। उसके बाद वह सब गायब हो जाती थी।

चार-पाँच दिनों से सारी चुड़ैले गायब थी। इसका मतलब मायाजाल वाले करतूत बंद थे। लगता था वह सारी परेशान होकर यहाँ से चली गई होगी।

इसी दौरान हमने इस कहानी को लिखना आरंभ किया... अब तक जो घटित हुआ था उस पर। लेकिन आगे इस कहानी का क्या अंत होगा? इस तरह के सवालों ने मुझे वश में कर रखा था, झंझोड़कर रख दिया था।

एक दिन। इन्हीं सवालों के चलते हम अपने आप में खोए हुए थोड़े जल्दी ही गार्डन से बाहर निकले और अपने बाईक के पास आकर जेब से चाबी निकाली ही थी, ठीक उसी वक्त हमें हमारे आसपास किसी की आहट सुनाई दी और थोड़ी हलचल भी महसूस हुई। तो हमने नजरें उठाकर देखा, तो क्या देखता हूँ...... वह चार पाँच खूबसूरत चुड़ैले हमें घेर कर खड़ी थी। सब हमें खा जाने वाले नजरों से घूर रही थी। उनमें वह भी थी... जिसने हमसे पेन की गुजारिश की थी। पेन चुड़ैल!

संक्षिप्त में...... अब हमारा मरना तय था। शायद इस नक्कारे जीवन से अवकाश लेने का...... विदा लेने का समय आ चुका था। उस वक्त हमें कुछ देर पहले मिली चेतावनी याद आ रही थी। जैसे...... कौए जोर-जोर से काँव-काँव कर रहे थे। कुत्तों ने अजीब आवाजों में भौंकना शुरू कर दिया था, एक कुत्ते ने तो हमारे बेहद करीब आकर हमारी आँखों में देखा था। जबकि इन सब की हमें आदत थी, तो हमने उन्हें बिंदास नजरअंदाज कर दिया था। वह कुत्ते, कौए मेरे पीछे गार्डन के गेट तक आए थे। लेकिन हम अपने ही खयालों में उलझे हुए थे। इस नजरअंदाजी का परिणाम सामने हाजिर था। होनी को कौन टाल सका हैं भला? हमने अपनी कलाई कि तरफ देखा तो क्या देखता हुँ कि पुजारी ने दिया धागा भी कलाई पर नही था।

वह पेन चुड़ैल तो कुटील मुस्कुराहट लिए हमें घूर रही थी। उन सब की काली आँखें अब पीली-हरी पड़ चुकी थी। हम दहल गए थे, यह सब कुछ सेकंड मात्र में हुआ था। देखते-देखते उन सब ने हमें जकड़ लिया और अगले ही पल हम हवा में थे। ठंडी शीतल हवाएं हमारे कानों में गूँज रही थी। उस हालत में भी हमने हमारी बॅग को ताकत से पकड़ रखा था।

जो चाहे हो हम अपने बैग को कभी नहीं छोड़ते थे, भले उसमें फूटी कौड़ी ना हो। पर बहुत सारी किताबे/नोटबुक थी। जिसमें हमारी लिखी शेरो शायरी, हास्य व्यंग्य रचनाएँ, कुछ मौलिक मार्मिक टिप्पणियाँ तथा मराठी और हिन्दी भाषा में लघु कथा तथा कहानियाँ थी। जिन्हे हम नजदीक भविष्य में छपवाने का मानस रखते थे।

कुछ वक्त और गुजर गया...... मुफ्त की आस्मानी सैर अब खतम होने जा रही थी। क्योंकि अब हम आसमान की तरफ नहीं जमीन की तरफ जा रहे थे। अगले ही पल हमें तेजी से जमीन पर उतारा गया। हमने देखा एक खंडहर नुमा जगह थी। आसपास सड़ांध यानी बेशुमार बदबू थी, जगह बिल्कुल सुनसान होकर दूर–दूर तक कोई चहल पहल नजर नहीं आ रही थी। ना कुछ सुनाई दे रहा था।

वो सब चुड़ैले हमें घेरे हुए थी, हमारी मौत कुछ फांसलों पर थी, हमने आँखें बंद कर ली। अपने माँ बाप, भाई बहनों के बारे में सोचने लगे और उन अधूरे सपनों के बारे में सोचने लगे। उन ख्वाहिशों के बारे में लिखना शुरु कर देते तो शायद एक बड़े साइज का...... जिसे तकनीकी भाषा में लीगल साइज का पेपर कहते हैं वह भी कम पड़ सकता था। उनमे उस हसीन लड़कियों के भी नाम थे जिन्हें हासिल करने कि तमन्ना मात्र रह गई थी।

हाल फिलहाल उन सब अधूरी इच्छाओं में अहम इच्छा यह थी कि हमारे जीते जी हमारी लिखी रचनाओं का पुस्तक रूप से प्रकाशित करना। हो ना हो एक बहुत ही बहुत ही आकर्षक मुखपृष्ट वाली उस पुस्तिका के उपर लेखक के आगे हमारा नाम हो, अंदरूनी पृष्ठ पर कॉपी राइट के आगे भी हमारा ही नाम हो। हमारे उस पुस्तिका के छपकर मार्केट में आते ही धूम–सी मच जाएगी...... जिस की प्रथम आवृत्तियों की सारी प्रतियाँ हाथों–हाथ बिक जाएगी। हमें हजारों की तादाद में प्रशंसक प्राप्त होंगे। जिनमें खूबसूरत लड़कियों की तादाद बहुत होगी। जो हमारी लिखाई पर अपनी जान निछावर करने पर आमादा होंगी। वह सब हमें लंबे चौड़े खत लिखेंगी और उन खतों का जवाब

लिखते–लिखते, देते–देते हमारा दिन निकल जाया करेगा। काश कम से कम जीते जी यह सपना तो पूरा होता तो कितना अच्छा होता।

इसी सोच में डूबे थे कि हमें परिस्थिति का ज्ञान प्राप्त हुआ। हम सोच से जागे। वह सारी चुड़ैलें अपने खूबसूरत लड़कियों वाले नकाब को त्याग चुकी थी। अब वह बेहद डरावनी शक्ल वाली चुड़ैलें थी...... जिन्हें देखने भर मात्र से डर लगता था। उनमें से एक ने हमारी बॅग को हमारी हाथों से छीनकर पास में फेंक दी। उनमें से एक बोली, "तो सहेलियों आज हम एक गुमनाम शायर का। लेखक का खून पीने जा रहे हैं।" दूसरी बोली... "हो सकता है शायर का खून चूसकर हमारा अंदाज भी शायराना हो जाए।"

तो तीसरी ने कहा कि "इसे इतनी आसानी से नहीं मारना चाहिए।" तो चौथी कहने लगी,"मानना पड़ेगा इसे! आजतक जितने भी लोगों के सामने हमने अपना असली रूप प्रकट किया था, वह सब थरथर काँपने लगे थे। कुछ तो रोने गिड़गिड़ाने लगे थे, लेकिन इन शायर महोदय को बिल्कुल भी डर नहीं लग रहा हैं, हम सब को एक साथ देख कर भी नहीं। अजीब बात है!" उन्हें क्या मालूम था कि हमारे यहाँ फटी पड़ी थी... बस चेहरे पर जाहिर नहीं हो रहा था।

उस पेन सुंदरी ने कहा "हम आज भी तुम्हें बक्श सकते हैं!" यह सुनते ही हमारी आंखों में चमक आ गई, हमने थरथराते हुए पूछा "वह कैसे?" उसने कहा "वह ऐसे कि तुम हमें हर दूसरे दिन एक इंसानी शिकार ला कर दे दो, हम तुम्हें छोड़ देंगे।" हमने तड़ाक से कहा, "बिल्कुल नहीं, ये मुमकिन नही!" उसने उदास स्वर में कहा,"जैसे तुम्हारी मर्जी! वैसे भी तुम्हारी मौत के बाद तो हमें पूरी आजादी होगी। कोई रोकटोक करने वाला नहीं होगा।"

सारी चुड़ैले ठहाका मारकर हँसने लगी। एक ने कहा, "तुम्हारे पुलिस हो या फिर चाहे वह सीआईडी हो या सीबीआई हमारा कुछ नहीं बिगाड़ सकती।" किसी ने कहा, "हमारा कुछ बिगाड़ने

के लिए हम उन्हें नजर तो आनी चाहिए।" दूसरी गुस्सेसे बोली, "ज्यादा नाटक किया उन्होंने तो उन सारे सीबीआई वालों को भी उठाकर यहाँ ले आएंगे, उनकी गन का हम पर कोई असर नहीं हो सकता।"

एक चुड़ैल सुंदरी ने कहा, "खैर जाने दो यह तो बताओ कि इतना क्या लिखते रहते हो वहाँ बैठकर? कहीं शायरी तो नहीं ? एकाध दूसरी शायरी हमें भी सुनाओ" दूसरी ने कहा "हाँ हाँ सुनाओ सुनाओ, हम भी वह क्या कहते हैं शुद्ध हिन्दी में आ हा हम धन्य हो जाएंगे! आपकी शायरी सुनकर" किसीने कहा, "इर्शाद ... इर्शाद!" सब खिलखिला कर हँस रही थी।

पेन सुंदरी ने कहा, "अरे भाई... आपने यह जादू वादू कहाँ से सीख लिया? हमारा सम्मोहन मायाजाल तो आप पर कोई असर ही नहीं कर रहा था? यहाँ तक हम सब ने मिलकर कोशिश की लेकिन फिर भी कामयाब नहीं हो सके।" दूसरी चुड़ैल बोली, "हाँ और यह किसी मामूली आदमी का काम नहीं हो सकता।" तीसरी बोली,"लगता है कि बहुत तपस्या या साधना की है इसने! या हो सकता है किसी ज्ञानी पुरुष को गुरु बना कर रोज पूजा–अर्चना करता होगा, अरे बोल तेरी जबान को क्या हुआ है?"

हमने डरकर कहा, "हमने कोई साधना नहीं की है, कोई तपस्या नहीं की है, कोई गुरु नहीं है। सिर्फ हर शनिवार हनुमान मंदिर जाकर तेल चढाते हैं" "ओह! लेकिन सिर्फ इतना करने से तुम में इतनी शक्ति तो नहीं आ सकती?" दूसरी चुड़ैल बोली।

हम खामोश सुनते रहे किसी ने कहा, "खैर जो भी शक्ति हो हमें क्या! वैसे भी अब इन बातों का कोई फायदा भी तो नहीं, आपके सारे राज आज...... अभी...... आपके साथ ही खत्म हो जाएंगे।" दूसरी कह उठी, "साला खुद भी वश नहीं हो रहा था, ऊपर से हमारी मेहनत पर पानी फेरने का काम कर रहा था, कितने निवाले छीने होंगे इसने हमसे!" तीसरी गुस्से में बोली, "इस कमीने की वजह से हमपर कुछ दिन भूखा रहने की नौबत आ गई थी। यहाँ तक इंसानी खून की जगह पर कुत्ते बिल्ली तथा जंगली जानवरों का खून पीकर प्यास बुझानी पड़ी।" किसी

ने कहा, "वह खून हमें हजम नहीं होता, सुंदर रूप धारण करने के लिए और लंबी आयु के लिए इंसान के खून की आवश्यकता होती है, खैर आज से ये सिलसिला दुबारा शुरू होगा हा—हा हा हा!"

एक चुड़ैल ने कहा, "यह पहली बार हो रहा है कि शिकार सामने है और हम उस पर टूट ना पड़े हो! दूसरा कोई होता तो अब तक कब का परलोक सिधार गया होता।" दूसरी बोली, "यह तो हमारे मेहरबानी है तुम पर कि तुम्हारी मौत की घड़ी हमने बहुत लंबी खींची है।" पेन सुंदरी हमारे चेहरे पर और उसके बदलते हाव—भाव पर नजर जमाए थी, उसने कहा, "इसने हमारे साथ कितना भी बुरा क्यों ना किया हो, हमें इसका सम्मान करना चाहिए कि मुद्दतों बाद आज कोई टक्कर का मिला है!" फिर हमारी तरफ मुखातिब होकर बोली, "बोलो क्या आखिरी इच्छा है तुम्हारी? जो करना हमारे बस में होगा हम पूरी करेंगे!"

हम कुछ नहीं बोल पाए सिर्फ शून्य में दृष्टि लगाकर सोचने लगे। पेन सुंदरी शायद सब की बॉस थी, उसने देखा कि हम कुछ बता पाने में असमर्थ है तो उसने अपना हाथ हमारे मस्तिष्क पर रखा और आँखें बंद कर ली। सिर्फ कुछ सेकेंडो का मामला था, उसने कहा... "जरूर तुम्हारी कुछ इच्छाएँ जरूर पूरी होंगी!" उसने बाकी सब चुड़ैलों को एक दूसरे का हाथ थामने को कहा। ऐसा करने के बाद सब ने अपनी आँखें बंद कर ली। जब आँखें खोली तो वह हमसे बोली, "हम सब तुम्हारी इच्छाएँ जान चुकी है, अब तुम तुम्हारी आँखें बंद कर लो और मेरी चुटकी की आवाज सुनते ही आँखें खोलना ठीक है!" हमने "हां" में सिर हिलाया। वैसे भी उनकी बातें मानने के अलावा हमारे पास दूसरा कोई विकल्प नहीं था।

हमने अपनी आँखें बंद कर ली। कुछ ही पल बीते होंगे, हमने चुटकी आवाज सुनते ही अपनी आँखें खोल दी और—और हम दंग रह गए...।

आस पास से सारी की सारी चुड़ैले गायब हो चुकी थी। हम किसी स्कूल के क्लास रूम में थे, हमारे बदन पर स्कूल का

यूनिफॉर्म था। हमारे बैठने के स्थान को देखकर हम जान गए कि हम नौवी कक्षा में पहुँच गए हैं और बाकी सब तत्काल भूल गए।

हमारी कक्षा के सारे बच्चे पी.टी. के लिए बाहर गए हुए थे। और हम अपने बस्ते में रखी पानी की बोतल लेने आए थे। इतने में हमने हमारे क्लास की सबसे खूबसूरत लड़की को देखा, वह हमारी तरफ ही आ रही थी। हम सोच में पड़ गए कि हम आखिरी बेंच पर बैठने वाले डफर, जो पढ़ाई छोड़कर हर वक्त दंगा मस्ती में लगे रहने वाले विद्यार्थी थे। जिसके लिए हम अक्सर सजा भी भुगतते रहते थे और इसके बिल्कुल विपरीत यह लड़की जो क्लास में हमेशा अव्वल आती थी और वह हमारी तरफ तुच्छतापूर्वक देखा करती थी। उसका भला हमसे क्या काम? इतने में वह हमारे पास आकर खड़ी हुई......

अपनी मधुर वाणी में हमसे कहने लगी, ''कैसे हैं आप?'' हमने हड़बड़ाकर कहा, ''बस ठीक है, शुक्रिया......और आप?'' उसने कहा, ''मैं ठीक हूँ, आप बुरा ना माने तो आपसे कुछ कहना चाहती हूँ!'' हमने अचंबित स्वर में कहा, ''जी जरूर!'' उसने कहा, ''मैं आपसे दोस्ती करना चाहती हूँ, क्या हम दोस्त बन सकते हैं?'' और उसने अपना हाथ मेरी तरफ बढ़ाया। इतना झटका मुझे पहले कभी नहीं लगा था, मैंने अपना हाथ उसके हाथ में दे दिया। यह स्वर्णिम अवसर था, एक स्वर्गीय अनुभव था। उसे शब्दों में पिरोना असंभव था। हम बहुत देर तक हाथ में हाथ लिए स्थिति में थे, अचानक बाहर से चहल–पहल की आवाजें आने लगी तो हम होश में आ गए, देखा तो बच्चे क्लासरूम के मार्ग में बढ़ रहे थे। उसने तुरंत अपना हाथ छुड़ाया और कहा, ''मैं रोज शाम छह बजे अशोक गार्डन में वॉक के लिए जाती हूँ अगर आप चाहे तो आप भी आ सकते हैं। मैं जानती हूँ इस यूनिट टेस्ट की परीक्षा में गणित और विज्ञान विषय में आप फेल हो चुके हैं, मैं आपको यह दोनों विषय थोड़ा बहुत पढ़ा सकती हूँ।'' हमने कहा,''हाँ हाँ हाँ जरूर हम जरूर आएंगे!'' उसने जुबां पर मुस्कुराहट लिए अपनी नाजुक कलाइयों से बाय करते हुए निकल गई।

उसी दिन शाम को हम उसके बताए हुए अशोक गार्डन की तरफ प्रस्थान किया। हालांकि वह स्थान हमारे घर से काफी दूरी पर था। लेकिन हमारे चेहरे पर शिकन तक नहीं आई। उससे मुलाकात हो गई वह भी बड़े ही गर्मजोशी से मिली। गार्डन की प्रदक्षिणा लगाते हुए हमने ढेर सारी बातें की, बाद में हम एक बेंच पर बैठ गए और वह बड़े ही आसान तरीके से गणित और विज्ञान पढाने लगी। यह सिलसिला कुछ महीनों तक जारी रहा। उसके सोहबत का असर यह था कि हम गणित और विज्ञान में जैसे जटिल, हमारे दृष्टि में नाकाम विषयों में ना सिर्फ पास हुए बल्कि पूरे क्लास में पांचवें स्थान पर आ गए। दोनों विषयों की शिक्षिकाओं के लिए ये किसी अजूबे से कम नहीं था।

हम दोनों एक दूसरे को देख मुस्कुरा रहे थे...... जिंदगी बड़े मजे से कट रही थी हम उसकी ओर आकर्षित हो रहें थे कि एक दिन अचानक कहाँ से सफेद धुआँ आना शुरू हुआ। फैलते–फैलते वह अचानक इतना फैलते चला गया कि आसपास का नजारा धुँधला होता चला गया।

जब धुँध साफ होकर स्थिति सामान्य हुई तो हमने देखा कि हम किसी कॉलेज के छात्र हैं। हम दोस्तों के साथ बातचीत में मस्त थे कि अचानक हमने उसे देखा। 'वह' हमसे एक साल पीछे थी। बहुत ही खूबसूरत लड़की थी। उसे देखते ही आह निकलती थी। हम उसे घूरने का काम बड़ी तन्मयता से करते थे।

वो बारिश के दिन थे, हम दोपहर के वक्त कॉलेज जा रहे थे कि अचानक बारिश ने जोर पकड़ लिया। हड़बड़ाहट में हमने अपना छाता निकाला और अपनी ही धुन में चलने लगे... हमारी नजर एक दुकान में चली गई। हमने देखा 'वो लड़की' उस दुकान की छत का सहारा लेकर बारिश से बचने की कोशिश में थी। शायद वह छाता लाना भूल गई थी यही उसकी मजबूरी थी की वह बारिश की ओर परेशान भरी नजरों से देख रही थी। यही वक्त था कि उसने हमें देख लिया। वह हमें देखकर मुस्कुराई और बोली, "हाय! क्या आप मुझे कॉलेज तक छोड़ सकते हैं?" हमने तुरंत सिर हिलाकर हामी भर ली। दरअसल हम उससे यही पूछने

की सोच रहा थे कि "क्या मैं आपकी कोई मदद कर सकता हूँ?" लेकिन पूछते भी तो कैसे? हम हर वक्त जो उसे घूर–घूर कर देखते रहते थे और वह मुझे गुस्से से!

अब फाँसे उल्टे पड़ रहे थे, वह खुद ही हमसे दरख्वास्त कर रही थी, विनती कर रही थी। बिना एक मिनट का समय गवाएँ हम उसके पास चले गए, वह तुरंत हमारे छाते के अंदर समा गई। सच कहा जाए तो हमारे छाते की हालत कभी ठीक नहीं रहती, आज भी हालत गंभीर ही थी। इस बार उसकी एक तार टूटी हुई थी हमने तुरंत उसे दूसरी तरफ घुमाया और चलने लगे।

जिसे हम सिर्फ दूर से "हाय हेलो" करने के सपने देखते थे, वह हमारे इतने करीब थी कि शायद थोडी–सी मुकम्मल कोशिशों के बाद उसकी सांसे भी सुन सकते थे। उसने अपने बॅग को बीच में पकड़ रखा था, उसका पहनावा था पीले रंग का पंजाबी ड्रेस जिसका कुर्ता स्लीवलेस था। बारिश की मार से बचने के लिए वह लगभग मुझसे लिपटकर चल रही थी। बीच–बीच में एक हाथ छाते के डंडे पर रखा करती थी। इसी कोशिशों में उसके उभरे सीने से बार–बार मेरी हथेलिया टकराती थी... और मन में गुदगुदी पैदा करती थी। अर्थात हमारे अंदरूनी अहसास से वह बेखबर थी।

उसे बारिश की बरसती धाराओं से बचाने के चक्कर में, बारिश हमें एक तरफ से पूरा भिगो रही थी। ऊपर से 'टूटा तार' अपना काम जोरों शोरों से पूरी ईमानदारी से निभा रहा था। चलते–चलते वह कहने लगी कि "आपका नाम। यह है ना?" हमने "हां" में सिर हिलाया। उसने हमारा क्लासरूम भी एकदम सटीक बताया। हमने कहा, "हम बस आपका नाम ही जानते हैं। वैसे तो वह कॉलेज का बच्चा–बच्चा जानता है" उसने पूछा "वह क्यों भला" हमने कहा, "खूबसूरत लड़कियों के नाम के बारे में लड़कों को पता चल ही जाता है"

वह जोर–जोर से हँसने लगी। इतने जोर–जोर से कि छाता डुगडुगाने लगा। हँसते–हँसते उसने कहा, "वैसे और कितने

लड़कियों के नाम पते आपने मालूम कर लिए हैं?" हम उसके सवाल से सकते में आ गए, लेकिन ईमानदारी से सच्चाई बयाँ की, वास्तविक कॉलेज में दूर-दूर तक ढंग की कोई नहीं थी, बस हमने उसे कहा, "बस आपका ही और किसी का नहीं!"

उसने पूछा, "आप क्या-क्या जानते हो मेरे बारे में?" हमने कहा, "सिर्फ आपका नाम और आप शायद ईस्ट में कहीं रहती है, बस इतना ही" "ओह! मुझे तो लगा था, आपने मेरी पूरी कुंडली खोज निकाली होंगी!" और हँसते हुए कहने लगी, "बड़े दिलचस्प है आप! मैं जानती हूँ, आप हमेशा मुझे घूर-घूर कर देखते रहते हो, इरादा क्या है?" मैंने कहा, "नहीं, नहीं, वैसा कुछ नहीं है, कोई गलत इरादा नहीं है, बस आप हमें अच्छी लगती हैं!" ये कहते हुए हमारी आवाज काँप रही थी।

वह कहते गई "वैसे मैं लड़कों से थोड़ी दूर ही रहती हूँ। मेरे घरवालों को बिल्कुल अच्छा नहीं लगता कि मैं किसी लड़के से मेलजोल बढ़ा दूँ।" बस इतनी-सी बातचीत हो पाई थी कि कॉलेज आ गया। कॉलेज के गेट पर उसने अपनी फाइल और बैग दाहिने हाथ में पकड़ कर बायाँ हाथ हमारे सामने हाथ मिलाने के लिए बढ़ाया। हम कुछ देर देखते रह गए। उसने कहा, "अगर आप मुझसे हाथ मिलाना नहीं चाहते? तो कोई बात नहीं मैं बुरा नहीं मानूंगी।" मैंने तुरंत हमारा हाथ बढ़ाकर उसके हाथ में दे दिया...... हमने हस्तांदोलन कर लिया, हाथ छोड़ने का हमें याद ही नहीं रहा। तो उसने टॉन्ट मारा "पहले हाथ मिलाना नहीं चाहते थे, अब हाथ छोड़ना नहीं चाहते हो।" हमे झटका लगा, शरमाकर हमने हाथ छोड़ दिया। उसने विदा लेते हुए कहा, "थैंक्स यहाँ तक छोड़ने के लिए।" और मुस्कुरा कर कहा, "अपने छाते के तार को दुरुस्त कर लेना!" और निकल गई।

हमारी तो पूरी वाट लग गई थी। इतना कुछ होने की हम उम्मीद भी नहीं कर सकते थे। यह सब हजम होने के लिए हमें कुछ समय लगा। हमने उसे जाते हुए देखा वह बाएँ तरफ से लगभग भीग चुकी थी। हमने उसे बारिश से बचाने के लिए "टूटी

हुई तार के साथ'' भरपूर चेष्टा की थी, हर संभव प्रयास किया था।

बीच की छुट्टी में वह सहेलियों के साथ कैंटीन में नजर आई थी। उसने अपने आधे गीले कपड़ों और हमारे पूरे गीले कपड़ों पर इशारों से बात की थी।

वह दिन तो जैसे तैसे बीत गया। दूसरे और तीसरे दिन छुट्टी थी, क्योंकी शनिचर–रविवार था। उसके बाद आने वाले पहले ही दिन हम एक बजे से पहले ही स्टेशन के ब्रिज पर पहुँच गए। थोडे इंतजार के बाद हमने उसे दूर से आते देखा। पास आते ही वह मुस्कुराई, हमने ऐसा जताया जैसे हम केवल संयोग से मिले हो। उसने ब्रिज की सीढ़ियाँ उतरते हुए पूछा ''कब से खड़े हो? सच बताना!'' हमने कहा ''दस मिनट हुए होंगे!'' वह हँसने लगी। उसकी मुस्कुराहट देखकर ऐसा लगता था...... जैसे जिंदगी भर वह यूँ ही मुस्कुराते रहे और हम उसे निहारते रहे। उसने पूछा ''कहाँ खो गए हो?'' हमने कहा, ''कुछ नहीं, यूँ ही!'' उसने पूछा, ''तो छुट्टियाँ कैसे गुजरी आपकी? हमने कहा'' बस ठीक, थोड़ा सबमिशन का काम था'' अब मैं उसे क्या बताता कि हमारी छुट्टी उसने दी हुई मधुर क्षणों को याद करके गुजारी थी। हम बस दो दिन खत्म होने का बेसब्री से इंतजार कर रहे थे। बात करते–करते हम किसी दूसरे रास्ते से कॉलेज जाने लगे।

दूसरा रास्ता जो घूम कर, थोड़ा दूर से जाकर हमारे कॉलेज की तरफ पहुँचता था। दरअसल ये आईडिया उसी का था, हमारा नहीं। खैर वह खुद ही अपने बारे में बताने लगी ''हम दो बहनें और एक भाई है। मैं सबसे छोटी–छोटी हूँ। भाई जॉब करता है, माँ एल.आई.सी. में है तो पिताजी बैंक में क्लर्क है। हम ब्राह्मण है। बहुत कड़े रीति रिवाज है हमारे... इतने कि मैं कहीं पर जाने के लिए निकलती हूँ तो वह मुझसे मालूम करते हैं कि किस लिए और किस से मिलने जा रही है? इतनी देर में लौटेगी? वगैरह। लड़कों से मिलने जुलने के बारे में तो दूर, मुझे उनसे बात करने की इजाजत भी नहीं है। मेरा कोई दोस्त नहीं, कुछ सहेलियाँ है, लेकिन आसपास रहने वाली। स्कूल कॉलेज के पिकनिक के लिए

माँ–बाप से मिन्नतें करनी पड़ती है। आप विश्वास करोगे? उन्होंने मुझे आजतक सिर्फ एक ही पिकनिक में जाने दिया है वह भी...... वह पिकनिक सिर्फ लड़कियों की थी इसलिए।''

इस तरह वह अपने बारे में बताते जा रही थी। हमने भी अपने बारे में उसे थोड़ा बहुत बताया। एक दिन उसने हमसे पूछा, ''बुरा ना मानो तो एक बात पूछनी थी आपसे, क्या आपकी कोई गर्लफ्रेंड है?'' हमने ''ना'' कह दिया, साथ कसम भी खाई। उसने कहा, ''कसम खाने की कोई जरूरत नहीं है।'' ऐसे ही हमारी मुलाकातों का, उससे मिलने का सिलसिला जारी था।

एक दिन हमने उससे पूछा, ''आप हमसे बात करते रहती है, मिलती है, आपको डर नहीं लगता?'' उसने कहा, ''मुझे आपके साथ देखा गया तो मैं कह दूंगी कि आप मेरे दोस्त हैं, थोड़ी डाँट मिलेगी, लेकिन सह लूँगी। मैं भी इन बँधनों से, सख्ती से बहुत परेशान होती हूँ। आपसे एक बात कह दूँ कि मैं आपसे सिर्फ दोस्ती करना चाहती हूँ, इससे ज्यादा की उम्मीद कभी मत करना।'' मैंने कहा, ''ठीक है, कोई बात नहीं! आपने हमें अपनी दोस्ती के काबिल समझा, यही हमारे लिए काफी है।''

बस हमारे मुँह से इतना निकला था कि। कहाँ से सफेद धुआँ आकर आसपास फैलने लगा। धीरे–धीरे वह मेरी नजरों से ओझल होती चली गई और हम जैसे होश खो बैठे......

आँखें खुलते ही हमने अपने आपको कॉलेज के विशाल लाइब्रेरी में पाया। उस ग्रंथालय में चहल–पहल ना के बराबर थी। हमारे सामने एक शिक्षिका बैठी थी और हमारी ओर आस भरी नजरों से देख रही थी। यह वही प्रथम वर्ष को पढ़ाने वाली शिक्षिका थी। जिस पर हम ही नहीं, कॉलेज के लगभग सारे लड़के जान निछावर करते थे। हम भी दूर से उसे घंटों देखा करते थे। बहुत ही कमनीय बदन की मालकिन थी वह! खूबसूरती के साथ खुदा ने उसे गदराया हुआ जिस्म और भरे पूरे अंग विशेष भी बहाल किए थे। आज तो उसने ऐसे कपड़े पहने थे कि हमारी साँसे गले में अटक रही थी। उसके सीने के आरंभ और अंत का पता लगाना इंसानी बस का काम नहीं था।

आज वह हमारे बिल्कुल सामने बैठी थी, स्लीवलेस और लो कट ब्लाउज जिसमे बेबसी में जबरन ठोसा गया माल अंदर से ज्यादा बाहर साफ झलकता था। उसी के ऊपर एक ऐसी चीज थी जो वह अक्सर पहने रहती थी और वह था..... उसका बड़ा–सा मंगलसूत्र! जो बहुत ही ज्यादा सोने के मणियों में पिरोए हुए था। हमेशा गुस्सेल चेहरा लिए घूमती इस टीचर को शायद पूरे विश्व ने कभीभी हँसते हुए नहीं देखा होगा। हम हमेशा उसकी तरफ देखते आहें भरते....सोचते रहते थे कि "भगवान ने इस पर सब कुछ लुटा दिया पर इसे हँसना सिखाना भूल गया शायद"

उसका औरों की तरफ देखने का अंदाज। मानो लाल कपड़ों को देखकर झपटने वाले बैल जैसा होता था। वह अपने काम से काम रखने वाली और सहयोगी टीचर से भी नाप तोल कर बात करने वाली थी।

ये आज हमारे इतने पास बैठी थी कि हम सहम उठे। दूर से ख्याली पुलाव पकाना अलग बात है और चिकन बिरयानी की प्लेट को भरपूर सजाकर आपके सामने रखी जाना अलग बात होती हैं। हमने देखा वह हमें देख कर मुस्करा रही थी, वह टेबल से सटकर बैठ नहीं पा रही थी। क्योंकि दुनिया के किसी टेबल के बाप में भी इतना दम नहीं था कि जो कुर्सी पर बैठे उसके सीने का बोझ ढो सके। यही वजह थी कि वह थोड़ा पीछे हटकर बैठी थी और बुक टेबल पर ना रखने की सूरत में हाथ में लेकर पढ़ रही थी।

उसने हमारी तरफ मुस्कुरा कर देखा और कहा "कैसे हैं आप?" और हमारा नाम तक ले लिया। हम चौंक गए...... उसे हमारा नाम पता होना, हमें नामुमकिन लग रहा था। क्योंकि जैसी उसकी फितरत थी, उसमें तो जिन्हे वह पढ़ाती थी उनके नाम उसको पता होना भी मुश्किल लग रहा था और रहा सवाल हमारा तो वह विज्ञान की शिक्षिका थी और हम आर्ट्स के छात्र ! हमें तो विज्ञान के तमाम छात्रों से जलन होती थी जिन्हें यह महोदया पढ़ाती थी। उनके क्लास के कुछ मित्र कहते रहते

थे,"जैसे ही वह क्लास में आती हैं हम दूसरी लड़कियों की तरफ आँख उठाकर भी नहीं देखते"

तो ताजा हाल यह था कि वह हमें हमारे नाम से सम्बोधित कर रही थी। हमने उसकी विशाल सुरमई आंखों में झांक कर कहा, "जी हम ठीक हैं, आप कैसी हैं?" यह कैसा बेहूदा सवाल हम पूछ बैठे थे, उसे कौन से बैल ने ठोकर मारी थी जो हम यह पूछ बैठे थे। उसने कहा, "मैं ठीक हूँ, क्या मैं आपसे थोड़ी मदद की गुजारिश कर सकती हूँ, अगर आपके पास थोड़ा वक्त हो तो?"

अब बेहूदा सवाल करने की बारी उसकी थी। उसके लिए तो जान भी हाजिर थी, वक्त कि क्या औकात थी! हमने धड़ल्ले से कहा, "जी हम बिल्कुल खाली है, हम आपकी क्या मदद कर सकते हैं?" इसके लिए तो हम वक्त ही वक्त निकाल सकते थे। बाकी कामों को भाड़ में झोंक सकते थे।

उन्होंने हमसे कहा, "मैं किसी प्रदर्शनी देखने हेतु वरली के नेहरू सेंटर में जाना चाहती हूँ, क्या आप मेरा साथ देना पसंद करोगे? मुझे काफी मदद होगी" हमने हामी भरली, "ना" कहने की कोई गुंजाइश या सबब हमें नजर नहीं आ रही थी। उसके कहे अनुसार आधे घंटे के बाद निकलना था।

आधे घंटे के बाद तयशुदा कार्यक्रम के तहत हम उनके साथ निकल पड़े। बांद्रा से हमने 'वर्ली' जाने वाली बस ले ली। हम विंडो सीट पर बैठे थे और वह हमारे बगल वाली सीट पर। बस के हर मुड़ाव के बाद वह हमारे करीब सरकती गई। ये बस ड्राइवर का कौशल था या उसका? यह हम समझ नहीं पा रहे थे। होते–होते होते वह हमसे ऐसे सेट कर बैठ चुकी थी कि उसका उन्नत विशाल उरोज हमारे कोहनी को बार–बार स्पर्श कर रहा था और हम सातवे आसमान से भी ऊपर पहुँच गए थे।

हमारी अंदरूनी हालत बहुत ही गंभीर थी। ये शायद कम था कि बीच–बीच में वह हमारा हाथ थामा करती थी। लगता था। इस सफर का, चारों तीरथ धाम यात्रा का अंत ही ना हो। लेकिन

किसी बेवकूफ ने कह रखा है "हर शुरुआत का अंत होता है" उसी के चलते नेहरू प्लैनेटोरियम का स्टॉप आ ही गया।

वह मुझे प्रदर्शनी देखने अंदर ले गई। हम भी अच्छे बच्चे की तरह उसके पीछे–पीछे चल रहे थे। यूँ कहो तो हर तरफ से उसका मुआयना कर रहे थे। वह महोदया प्रदर्शनी से कुछ चीजें भी खरीद रही थी। वह हमे बड़ी ही बारीकी से प्रदर्शनी में रखी गई चीजों के बारे में बता रही थी। निकटता इतनी ज्यादा थी कि हमें जबरन वॉशरूम में जाकर सारी भड़ास निकालनी पड़ी। दो घंटे का वक्त लगा सॉरी प्रदर्शनी को देखते हुए, हमने वहाँ के एक छोटे से कैंटीन में बैठकर वड़ा समोसा खाया। उसने चाय मँगवाई तो हमने कहा, "हम चाय नहीं पीते।" उसने कहा, "वेरी गुड!" वैसे हमें उस वक्त चाय कि नहीं दूध की तलब आ रही थी।

खैर...... लौटते वक्त उसने टॅक्सी बुलवाई, ये यादगार सफर दादर तक चला। वह शिवाजी पार्क में रहती थी। सफर खत्म हुआ था। तो हमने इजाजत माँगी तो उसने कहा "मेरा घर पास ही में है। अब यहाँ तक आ ही गए हो तो घर भी देख लो, पता नहीं दुबारा कब आना होगा?" उसने कहा, तो हम उसे मना नहीं कर पाए।

साँतवी मंजिल पर बड़ा ही शानदार फ्लैट था, जगह–जगह, कोना–कोना अच्छे कलात्मक वस्तुओं से सजाया गया था। इंटेरिअर भी क्या खूब था... मैं ये उसे कहे बिना नहीं रह सका। एक बडी–सी शो–केस काफी महंगे और अँन्टिक वस्तूओं से सजी हुई थी। एक फ्रेम में मॅडम की और शायद उनके पतिदेव की तस्वीर थी।

उसने कहा "यह मेरे पति है, अमरीका में सॉफ्टवेयर इंजीनियर का काम करते हैं। छह महीने में एक बार दस से बारह दिन के लिए आते हैं। हम सोच रहे थे" इतना अच्छा हार्डवेयर छोड़कर वह पागल सॉफ्टवेयर के चक्कर में सात समुंदर पार धक्के खा रहा था।" हमने पूछा, "बच्चे कहाँ है?" उसने कहा, "अब तक नहीं है।" उसके चेहरे पर थोड़ी–सी मायूसी आ गई थी। "अच्छा

मैं अभी आती हूँ।" कहकर वह किचन कि तरफ चली गई और जब बाहर लौट आई तो उसके हाथ में एक बड़ा–सा ट्रे था जिसमें काजू, बादाम, पिस्ता, काले खजूर, मनुक्का उसने डिश में सजाकर लाए थे। साथ में दो मैंगो जूस के बड़े ग्लास भी थे।

वह मैं मेरे पास बैठ कर मुझे सब कुछ खाने का आग्रह, अनुरोध कर रही थी। सारी हमारे पसंद की चीजें थी। हम बड़े ही मजे से, तांव मारकर खा रहे थे। हमने बेशर्मो जैसे हाथों–हाथ सारी चीजे खत्म कर दी। उसने कहा, वह और लाती है, तो हमने उसे मना कर दिया। बाद में हमने मैंगो जूस पिया। बहुत ही स्वादिष्ट और असली हापुस का बनाया हुआ लगा था। हमने पूरी ग्लास खत्म कर ली। पता नहीं वह पीने के कुछ पल बाद हमें, हमारे अंदर उत्तेजना में बढ़ोत्तरी महसूस हो रही थी।

खैर...... वह कहने लगी, "अरे मैंने आपको फ्लैट तो दिखाया ही नही।" और वह हमारा हाथ पकड़ कर अंदर ले गई। दो बेडरूम हॉल किचन का बहुत ही विशाल फ्लैट था। जगह–जगह ऐश्वर्य झलकता था। पहले किचन, वाश रूम, पहला बेडरूम...... इस क्रम से आखिर में हम दूसरे **मास्टर** बेडरूम में पहुँच गए। उसने वहाँ का एसी ऑन किया और बेड पर बैठ गई। हम खड़े ही थे कि उसने अपनी ओढ़नी को हटाकर बाजू में फेंक दिया और हम दंग होकर नजारों का रसपान करने लगे। जिन्हें समाने के लिए हमें दो आँखें बहुत कम पड रही थी।

हमारी नजरें मिली। उसके चेहरे पर अजीब भाव उभर आ गए। वह जानती थी कि हम किस खाक को छान रहे थे। अगले ही पल उसने हमारा हाथ पकड़कर हमें अपने ऊपर खींच लिया और फिर क्या...... एक जोरदार सैलाब उठा...... आंधियाँ बहने लगी...... हम भूखे लोमड़ी की तरह उसपर झपट पड़े, उसके आगोश में सिमटते गए। यह दौर काफी देर.... देर तक चला, दूर–दूर तक चला, कभी पहले चरण से अंतिम चरण तक तो कभी अंतिम चरण से होकर पहले चरण तक हम दोनों ने सारी सीमाएँ लाँघ दी। उसने हमारी सारी जिज्ञासाओं को खत्म कर दिया था, जो हमारे बाल सुलभ मन में पनप रही थी। इसमें बहुत

वक्त बीत चुका तब ना चाहते हुए भी हमने बड़े ही बोझिल मन से उससे विदा ली। हमारा जीवन यथार्थ हुआ था.... सार्थक हुआ था।

उसके बाद जब कभी हम कॉलेज में मिलते थे, वह एक बात का हमेशा ख्याल रखती थी कि सिर्फ ''हाय हेलो'' तक पहचान दिखाती थी। कॉलेज टाइम खत्म होने के बाद किसी निर्धारित या पूर्व निश्चित स्थान पर मिलते थे और टैक्सी से उसके घर की ओर चलते थे, कभी हम डायरेक्ट उसके घर तक जाते थे। छुट्टियों की तो बात ही मत पूछों!

हमने पहले वाले सारे बुरे काम छोड़ दिए जैसे........ दोस्तों से गपशप करना, उनके साथ घँटों नाके पर खड़े होकर आने जाने वालों को ताकते रहना, यहाँ तक अश्लील साहित्य पढ़ना, एडल्ट फिल्में दोस्तों के साथ देखना वगैरा–वगैरा वगैरा। यह सब फालतू काम हमने हमेशा–हमेशा के लिए बंद कर दिए थे, इसलिए हमें बहुत सारा समय मिलने लगा था और वह समय हम उसके साथ. ..... उसके हाथ का स्वादिष्ट खाना, पिस्ता, बादाम, काजू, काले खजूर, मनुका चबाते–चबाते उसके साथ सारे जहॉ की खुशियाँ लुटा रहें थे। बड़ी ही खुशनुमा हो गई थी जिंदगी हमारी!

इस दोहरी जिंदगी के बारे में हमने किसी–किसी को बताना जरूरी नहीं समझा था। एक दिन हम उसके घर रोज की तरह रंगरलिया मनाने में व्यस्त थे। किस्से के अंतिम चरण तक पहुँचने की कोशिशे जारी थी कि आस–पास सब जगह धुआँ फैलता चला गया। उस धुएँ ने सारे चरण साफ धो डाले। हमें वह कमसिन दिखाई देना बंद हो गई और......

और जब धुँध साफ हुई तो हमने अपने आप को बड़े से समारोह में पाया। एक बहुत ही बड़ा विशाल सभागृह, उसे शोभा देने वाला बहुत बड़ा रंगमंच! उस रंगमंच पर एक लंबी–सी मेज थी, उस मेज के पीछे देखते ही हम दंग रह गए, जिन की कहानियों और हास्य व्यंग्य रचनाओं के हम कायल थे, जिनकी रचनाओं को सुनकर हमने बहुत कुछ सीखा था, जिनसे हमें प्रेरणा हासिल होती थी। वह आदरणीय श्री अशोक चक्रधर जी, श्री शैल

चतुर्वेदी जी, श्री संपत सरल जी, श्री हुल्लड़ मुरादाबादी जी, सुश्री अंकिता सिंह तथा अन्य मान्यवर सहित कुछ माननीय मंत्रीगण भी कार्यक्रम की शोभा बढ़ा रहें थे। सामने के पहले लाइन में बहुत से बहुआयामी व्यक्तित्व के धनी स्थानापन्न थे और हमें जोर का झटका तो तब लगा, जब हमने निवेदक का अर्थात सूत्र संचालन का कार्यभार संभाले हुए व्यक्ति को देखा। वह कोई और नहीं बल्कि सबके चहेते श्री. कुमार विश्वास जी थे।

कार्यक्रम शुरु हो चुका था। कुमार जी ने रंगमंच पर उपस्थित मान्यवरों का आभार प्रदर्शन करने के बाद कहा, "जैसे कि आप सभी जानते हैं कि इस साहित्यिक मंच पर हम सब अपने कलम से हाहाकार मचाने वालों का सम्मान करने तथा शासन द्वारा निर्धारित भिन्न श्रेणियों में पुरस्कार प्रदान करने हेतु उपस्थित हुए हैं। आपके उत्सुकता को और ना खींचते हुए हम लेखकों के का नाम लेंगे, उन्हें इस मंच पर आमंत्रित करके आदरणीय व्यक्तियों के हाथों सम्मानित किया जाएगा।" फिर उन्होंने कुछ लेखकों के नाम लिए जिन्हें साहित्य के अलग-अलग विभागों से पुरस्कार प्राप्त हुए थे। उन सारे लेखकों ने मंच पर जाकर पुरस्कार प्राप्त कर लिए।

अब कुमार विश्वास जी ने बोलना आरंभ किया... "और आज का सबसे महत्त्वपूर्ण पुरस्कार जिसका आप सभी को बेसब्री से इंतजार है, वह है राज्य सरकार की ओर से लेखक को दिया जाने वाला सर्वोच्च पुरस्कार तथा सम्मान चिह्न और इसे प्राप्त करने वाले हकदार है..." और उन्होंने हमारा नाम ले लिया।

हम बेहद रोमांचित हो गए और रंगमंच की ओर बढ़ने लगे। साथ उन्होंने राज्य के सांस्कृतिक मंत्री को मुझे पुरस्कार देने के लिए आमंत्रित किया। सांस्कृतिक मंत्री जी ने हमें शाल, सम्मान चिह्न अर्पण किया तो तालियों की गूंज से पूरा सभागृह गरज उठा, सभी ने खड़े होकर हमें मानवंदना दी। सब को अभिवादन कर हम रंगमंच से उतर ही रहे थे कि 'कुमार' जी ने हमें सम्बोधित कर कहा, "अजी जनाब, अब तक आपका कार्य संपन्न नहीं हुआ है, मित्रों..." उन्होंने दर्शकों को सम्बोधित करते हुए कहा, "मित्रों

इन्हें ना सिर्फ यह पुरस्कार मिला है बल्कि... शासन की ओर से दिया जाने वाला 'सर्वश्रेष्ठ नवलेखक' पुरस्कार भी प्राप्त हुआ है। उनके 'अजीब उम्मीदें' इस रचनाओं को! यह पुरस्कार प्रदान करने के लिए मैं आदरणीय श्री. अशोक चक्रधर जी को आमंत्रित करता हूँ।"

श्री. अशोक चक्रधर जी ने हमें पुरस्कार दिया, हमने उनके पैर छूने चाहे तो उन्होंने ऐसा करने से मना किया और गले से लगाया हमने मंच पर उपस्थित सारे मान्यवरों के पास जाकर सब से हाथ मिलाया। संपत सरल जी और हुल्लड़ जी ने हमें गले से लगाया और बधाई दी। हमारे मनुष्य जन्म का सार्थक हुआ था। हम बस रंगमंच से उतरने की सोच ही रहे थे के 'कुमार' जी हमारा हाथ पकड़कर माइक की ओर खींच कर ले गए, बोले "आपको हम ऐसे ही थोड़े जाने देंगे, आपको आपकी पुस्तिका से कुछ रचनाएँ हमें सुनानी होंगी" और बाद में उपस्थित सभी से सवाल पूछा, " क्यों भाइयों और बहनों, हम ठीक कह रहे हैं ना? आप इन्हें सुनना चाहेंगे?" सभी लोगों का "हाँ हाँ हाँ" स्वर उभरकर आया तो हमें माइक थमाया गया।

हमने आमंत्रण का स्वीकार कर एक रचना सुनाई। तालियाँ निरंतर बज रही थी। पूरा सभागृह "और एक... और एक... और एक" पुकारने लगे। 'कुमार' जी हमे सम्बोधित कर बोले "कृपया दर्शकों को आपकी और एक रचना सुनाइए" कुमार जी ने हँसकर हाथ से इशारा किया और हमने एक रचना और सुनाई... और हमने दर्शकों से कहा "कृपया बाकी रचनाएँ पुस्तक खरीद कर पढ़ लीजिएगा" सब लोग हंसने लगे। हम नीचे उतर रहे थे उस वक्त दर्शक हँस–हँस कर लोटपोट हुए थे, तालियों की गूंज से कार्यक्रम का समारोप हुआ। हम सद्गदित हो गए थे।

दूसरे दिन के सारे अखबारों में इस कार्यक्रम का उमदा परीक्षण छपकर आया और हमारी पुस्तिका "अजीब उम्मीदे" की प्रतियाँ हाथों–हाथ बिकने लगी। हफ्ते दस दिन में ही प्रथम आवृत्ती समाप्त हो गई और दूसरे आवृत्ती की माँग जोर पकड़ने लगी। हमें जगह–जगह विशेष अतिथि के रूप में बुलाया जाने

लगा। प्रसिद्धि और कीर्ति का ऊंचा मुकाम हमने कुछ ही समय में हासिल किया। जिस स्कूल और कॉलेज के नालायक विद्यार्थी रह चुके थे, उन्होंने बड़े आदर और सम्मान के साथ हमें आमंत्रित कर हमारे हाथों... बच्चों को गुणवत्ता पुरस्कार दिलवाया गया।

हमने पत्र व्यवहार के लिए पोस्ट बॉक्स नंबर दिया था। ढेरों खत मिलते थे, उसमें पचहत्तर प्रतिशत लड़कियाँ होती थी। कुछ लड़कियाँ तो खत के साथ अपना फोटो भी भिजवाया करती थी।

ऐसे ही एक दिन एक बेहद हसीन लड़की ने अपनी फोटो भेज कर हमसे मिलने की मंशा जाहिर की, अन्यथा "वह खुद का कुछ बुरा कर सकती है।" ऐसा कहा। वह हमारे ही शहर की थी। तो हमने उसके मोबाइल पर संदेशा भेजकर पर उसे आश्वस्त किया कि "हम भी आपसे मिलना चाहेंगे, पर शायद आप हमें देखकर पछताओगी, क्योंकि हम बहुत ही काले कलूटे हैं। हमारा और सुंदरता का दूरदराज का रिश्ता नहीं है, शायद लोमडी, मेंढक भी हमसे अच्छे दिखते होंगे।" उसका जवाब आया कि "पुरस्कार समारोह में हमने आपको देखा है कृपया अपने रंगरूप के बारे में गलत अफवाह मत फैलाईये।"

खैर। उसने हमें एक जगह पर आमंत्रित किया, बहुत ही बढ़िया जगह थी। हम बहुत पहले वहाँ गए थे। भीड़भाड़ से दूर एक शांत जगह! तालाब के किनारे एक छोटा मंदिर था। हम वहाँ निर्धारित समय पर पहुँच गए, हम बाइक पर आए थे। फिलहाल कार का कोई प्रावधान नहीं था। हमने देखा कि वह एक बेंच पर बैठकर हमारा इंतजार कर रही थी। वह गजब की खूबसूरत थी, उसे देखते ही हमारी धड़कने बढ़ने लगी। हमे देखते ही वह उठकर हमारी तरफ आ गई। अपना परिचय देते हुए उसने हम से हाथ मिलाया। कितने नाजुक हाथ थे उसके! उसका पहनावा उसके व्यक्तित्व को चार चाँद लगा देता था। वह जैसे शालीनता की मुरत थी, दूर से देखने पर पहले हमें ऐसा लगा था कि उसने मेकअप कुछ ज्यादा ही किया होगा। लेकिन नजदीक जाकर पता चला कि वह मेकअप नहीं था। उसका प्राकृतिक / नैसर्गिक रंग

था जिसे किसी भी साज शृंगार की आवश्यकता नहीं थी। हम सम्मोहित से उसके पीछे चलते गए।

सबसे पहले उसने उस छोटे से मंदिर में जा कर प्रणाम किया और दान पेटी में सिक्का डालकर पुजारी से प्रसाद ले लिया। हमने भी वह सब किया जो–जो वह कर रही थी। बाद में वह तालाब के किनारे बने कठडे पर जा बैठी, हमें भी बैठने को कहा। उस तालाब में बहुत सारे बत्तख, बगुले और कुछ राजहंस भी थे।

सूरज अपनी ढलान पर था। जैसे दिन भर रोशनी बिखेरते–बिखेरते वह थक चुका था और विश्राम करने हेतु अपने घर जा–जा रहा था। बिल्कुल ऐसा ही प्रतीत हो रहा था। तालाब में जगह जगह–जगह सफेद और लाल कमल खिले हुए थे, बड़ा ही विलोभनीय दृश्य था। वह भी उस दृश्य में उलझ गई थी, अब वह हमारी ओर मुड़ गई और कहने लगी, " मेरी बहुत पसंदीदा जगह है यह! समय मिलने पर मैं अक्सर यहाँ आती हूँ।

उसके पास एक खूबसूरत बैग भी थी उसने उसमें से कुछ निकाला, हमने देखा तो वह मेरी छप चुकी "अजीब उम्मीदें" कि कॉपी थी। उसने वह हमारे सामने बढ़ाई और कहाँ "कृपया इसपर हस्ताक्षर कीजिए" हमने अपना पेन निकालकर अच्छा हस्ताक्षर निकालने का भरपूर प्रयास करते बुक के अंदर लिखा... "प्रिय (आगे उसका नाम और) आपको हमारी तरफ से बहुत सारा प्यार और शुभकामनाएं" और नीचे हमारा गंदा हस्ताक्षर। उसने वह लेकर हमें धन्यवाद किया और अपने बारे में बताने लगी।

वह हिन्दी साहित्य लेकर एम. ए. कर रही थी। वह कह रही थी। " आपकी रचनाओं में कुछ अनोखा पन है, जो शायद ही कभी नवलेखकों में होता है। वह अपने–अपने घर के बारे में, शौक के बारे में बता रही थी, साथ में हमें भी हमारे बारे में पूछ रही थी। हम उसके सौंदर्य के साथ उसकी सादगी से और उसके उत्तम आचरण से बहुत प्रभावित हुए। बहुत ही कोमल ह्दय की तथा भावुक मन की धनी थी वह! ऐसा लगता था समय खत्म ही ना हो। इस बीच एक बार हमारा मोबाइल बज उठा, तो हमने उसे साइलेंट मोड पर ही रख दिया।

हमारी बातचीत जारी थी, अचानक घड़ी देखकर वह बोली '' बाप रे ! बहुत देर हो चुकी है। अब मुझे चलना होगा, आपने मेरी इच्छा का मान रखकर मुझे कृतार्थ कर दिया हैं। आप चाहे तो हम दोबारा मिल सकते हैं'' हमारे मुँह से अचानक निकला, ''हम तो आपसे रोज मिलने के लिए तैयार हैं'' और अचानक जुबान दाँतो के बीच में फँसा दी। उसने चमक कर मुझे देखा और बेहद मीठी—सी मुस्कान उसके चेहरे पर बिखर गई, उसने कहा, '' मेरे लेक्चर सुबह रहते हैं दोपहर में मैं थोड़ी बहुत पढ़ाई करती हूँ। शाम का वक्त मैंने अपने लिए रखा है, तब...... आप जब चाहे मुझसे मिल सकते हैं, अरे......एक बात तो मैं आपको बताना ही भूल गई''

हमने उत्सुकतावश पूछा'' क्या बताना हैं?'' उसने कहा, "आज नहीं! मैं अगले बार बताती हूँ'' हमें बड़ी उत्सुकता थी वह बात जानने की, लेकिन हमने सोचा चलो अगली बार ही सही! हम दोनों ने हाथ मिलाकर विदा ली। वह अपने स्कूटर से और हम हीरो होंडा पर आए थे। हम अपने—अपने घर की तरफ चल पड़े।

घर जाते समय हमारे दिल में/मस्तिष्क में पूरा वक्त उसी का खयाल चल रहा था। उससे मिलने के बाद हम हमें भेजे गए दूसरी लड़कियों के खत विशेष ध्यान दिए बिना पढ़ने लगे। उस दिन देर रात उसका व्हाट्सएप पर मैसेज आया ''आज का दिन, खास कर शाम बहुत शानदार रही। हम आपके शुक्रगुजार रहेंगे, शुभ रात्रि'' लगे हाथ हमने भी हामी भर ली कि ''हम भी आज का दिन कभी नहीं भूल पाएंगे, हम आपकी सादगी से काफी प्रभावित हुए, काश हम दोबारा मिल सकते... शुभरात्रि'' उसने तुरंत जवाब दिया ''मैं बहुत मामूली मध्यमवर्गीय परिवार की लड़की हूँ, ये आपका बड़प्पन हैं जो आपको हममे चंद अच्छी बातें नजर आई। आप हुक्म करें हम हाजिर होंगे'' हमने कहा ''हुक्म आप दीजिए, हम आपके सामने हाजिर हो जाएंगे, लेडिज फस्ट!''

उसका जवाब था, ''आपकी इजाजत हो तो हम कल मिल सकते हैं फला—फला जगह'' हम सोचते रहें, देखा जाए मिलने का जो वक्त उसने बताया था, उस वक्त पुस्तक के प्रकाशक से

मिलने का समय तय हुआ था। फिर भी हमने उससे कहा "जी ठीक है! हम पहुँच जाएंगे" दोनों ने एक दूसरों से शुभरात्रि कह कर बातचीत खत्म कर दी।

दूसरे दिन सुबह होते ही हमने हमारे प्रकाशक से कहा कि "हम उस वक्त नहीं आ सकते, उसके बदले चाहे तो दोपहर के वक्त आ सकते हैं।" कमीने ने मजाक से कहा, "एक बुक छपते ही लड़कियों की कतारें लग गई आपसे मिलने? अब तो आपके हिसाब से ही चलना पड़ेगा भई" इसपर हम दोनों ही खिलखिला कर हँस पड़े और उस प्रकाशक से मिलने का समय शाम से हटाकर दोपहर ढाई बजे कर दिया। हमने शुक्रिया अदा किया और दोपहर में तयशुदा कार्यक्रम के तहत हम प्रकाशक से मिले बुक की नई आवृत्ती के सम्बंध में बातचीत की। उन्होंने खुद होकर हमारा लाभ हिस्से का प्रतिशत बढ़ाया, उन्होंने एक चेक भी हमें दे दिया, जिसका आंकड़ा बहुत ही बड़ा था। हम शाम के इंतजार में लग गए।

शाम को उनसे मिले। हम दोनों में एक दूसरे के प्रति आकर्षण था, शायद प्रेम था। उससे इतनी नजदीकियों के बावजूद उसके बारे में एक टक्का भी गलत ख्याल नहीं आता था। उसके पास बैठे हमने उससे पूछ लिया, "कल आप क्या बताना भूल गई थी? उसने कहा, "अरे वाह! आपको तो याद है" हमने कहा, "आपने सस्पेंस जो रखा था"उसने कहा तो कुछ नहीं बॅग से एक नोटबुक निकाल कर मेरी और बढ़ाई, हम आश्चर्य से सोचने लगे, हमने पूछा, "यह क्या है?" उसने कहा, "आप खुद ही देख लीजिए!" और "मैं अभी आती हूँ।" कहकर। एक चक्कर लगाने चली गई।

हम आपको बताना भूल गए कि अभी जो हमारे मिलने का स्थान उसने चुना था, वह एक बड़ा–सा गार्डन था। जिस के बीचोंबीच क्रिकेट के कुछ पिच भी बनाए हुए थे और उसके तीनों तरफ नेट याने जाली लगाई हुई थी। इस वक्त स्कूल के बच्चों का क्रिकेट प्रशिक्षण चल रहा था। दूसरी तरफ बैठने के लिए स्टेडियम जैसे स्टेप बनाए गए थे। गार्डन बहुत ही बड़ा था इसमें

क्रिकेट मैचेस भी हुआ करते थे। इस गार्डन की खास विशेषता यह थी कि गार्डन के चारों ओर सुबह-शाम चलने और दौड़ने के लिए प्रदक्षिणा मार्ग बनाया हुआ था। मुझे अपनी नोटबुक थमा कर वह उस प्रदक्षिणा मार्ग पर गार्डन का चक्कर काटने चली गई।

हमने उत्सुकतावश नोटबुक खोलकर देखा, अंदर के पृष्ठ पर "मेरी रचनाएं" शीर्षक के साथ नीचे उसका नाम लिखा-लिखा हुआ था। "अच्छा तो यह लिखती भी है" हमने मन ही मन में कहाँ। उसका हस्ताक्षर, उसकी लिखावट मोतियों के दाने के बराबर थी। जैसे-जैसे हमने पन्ने पलट कर उसकी लिखी रचनाओं को पढ़ना शुरू किया...... हम थर्रा उठें। गजब की प्रतिभा थी उसमें! विषयों का अनोखापन, उसमें पिरोए हुए बिल्कुल सटीक बैठते शब्द और उसका मनविभोर करनेवाला आशय। सब अचंभित करनेवाला था। हम पागलों की तरह उस रचना को पढ़ रहे थे। पढ़ते-पढ़ते यह भी भूल गए थे कि जिसने हमें यह थमाया था, वह गार्डन का चक्कर लगाने गई है।

जब हम आखिरी पन्ने पर पहुँचे तो हमें आसपास आहट सुनाई दी। हमने सर उठा कर देखा तो वह गार्डन के चक्कर काटकर आ चुकी थी। नजरें इधर उधर घुमाते हुए वह थोड़ी-सी डरी सहमी-सी लग रही थी। हमने कहा, "बैठो" वह आकर हमारे पास बैठ गई। हमने उसे कहा, "बहुत खूब! लाजवाब लिखा है आपने!" उसने शर्माकर कहा, "अरे नहीं! मैं तो ऐसे ही टाइम पास के लिए लिखती हूँ।" जवाब में हमने कहा, "यह सब उच्च श्रेणी का हैं। यकिनन छपने योग्य हैं, ताकि इसे दुनियाँ पढ सकें। मैं अभी अपने प्रकाशक से बात कर उसे यह दिखाता हूँ।" उसने कहा, "अगर आपको ऐसा विश्वास है, तो आप कोशिश कीजिएगा, मुझे उम्मीद है कि प्रकाशक सविनय उस साहित्य को लौटा देगा।" हमने कहा, "ऐसा होना मुमकिन नहीं।"

हमने उसी वक्त प्रकाशक को फोन लगाया और सविस्तर बताया, इतना ही नहीं उसमें से एक रचना फोन पर प्रकाशक को सुनाई, प्रकाशक बहुत खुश हुआ और उसने मिलने के लिए बुलाया।

अगले दिन हम उसे साथ लेकर उस प्रकाशक की दफ्तर में चले गए। उसे रचनाओं की झेरॉक्स थमा दी...... दूसरे दिन उसने कहा कि वह रचना प्रकाशित करेगा। मैंने इस खबर को जब उसे मिलकर सुनाया, वह इतनी खुश हुई के मानो उसे दुनिया मिल गई, वह आवेग से मुझसे लिपट पड़ी। मैंने उसे शांत किया... परिस्थितियों का ज्ञान होते ही वह शर्माकर मुझसे दूर हो गई। उसने कहा, "सॉरी" हमने पूछा, "किस बात के लिए" उसने कहा "खुशी के मारे वह खुद पर काबू नहीं कर पाई और आपसे......" हमने कहा, "हम आपके हैं, आप हमारे साथ जो चाहे कर सकती हैं। अगर हमसे नाराजगी हैं तो बेशक हमारा गला काट दीजिए, आप को इजाजत है।" उसने शर्माकर गर्दन घुमा ली, दोनों हाथों से चेहरा ढक लिया।

धीरे–धीरे हमारा इश्क परवान चढ़ रहा था। खैर उसकी किताब भी प्रकाशित हो गई। उसे ढेर सारी प्रशंसा मिली। एक दिन वह काफी बैचेन थी। उसने मुझे अर्जेंट मिलने के लिए कहा। मिलते ही उसने कहा, "आपको सॉरी कहना था।" हमने पूछा, "वो किसलिए?" उसने कहा, "हमारा रिश्ता आगे नहीं बढ़ सकता!" यह सुनते ही जैसे हमारे ऊपर आसमान गिर पड़ा। उसके बिना जीवन की कल्पना कर पाना मेरे हमारे लिए मुश्किल था।

हमने पूछा, "ऐसा क्यों? क्या आप हमें नहीं चाहती?" उसने हाँ–हाँ में सिर हिलाया कहाँ, "मैं भी आपको बहुत चाहती हूँ, लेकिन..." वह रोने लगी और देर तक रोती रही। हमने उसका सिर थपथपाते रहें, हमारी आंखों से भी आंसू बह रहे थे। वह थोडी संवरते ही हमने पूछा, "लेकिन... क्यों?"

उसने कहा, "बचपन में मुझे दवाईयों से संसर्ग हुआ था और उससे मेरी एक किडनी फेल हो गई थी। डॉक्टर ने यहाँ तक कहा था की मैं कितने साल जीऊंगी ये बताना मुश्किल हैं, उसके बाद पंद्रह साल हुए, अब तक तो कुछ हुआ नहीं है। लेकिन मुझे कभी भी कुछ भी हो सकता है। मैं आपसे सच्चाई छुपाना नहीं चाहती।"

हमने उसे अपने सीने से लगाया और कहा, ''हमें नहीं लगता कि आपको कुछ होगा, अंजाम जो चाहे हो, हमें आपका एक दिन का साथ भी कबूल है, जरूरत पड़नें पर हम हमारी किडनी आप पर निछावर कर देंगे'' हम दोनों एक दूसरे से बिलग कर रोने लगे, हम दोनों ने एक दूसरे के आँसू पोंछे।

हमने उससे कहा, ''चलो, कल ही शादी कर लेते हैं।'' उसने कहा, ''कल? मुहूर्त नहीं देखना क्या?'' हमने कहा ''मुहूर्त गया तेल लगाने, अब हमें अच्छी खासी आमदनी हो रही है, मेरी दूसरी पुस्तिका भी प्रकाशित होने को तैयार है'' दरअसल इस बीच हम उसके घरवालों से मिले थे, वह भी हमें पसंद करते थे। वह खामोश सोच रही थी। हमने कहा, ''अगर आप और आपके घरवाले राजी ना हो तो बात अलग है। कोर्ट मॅरेज में भी कुछ महिने पहले बताना पडता हैं। पंडित बुलाकर कभी भी साथ फेरे लगवा सकते हैं। उसने कहा कि ''मैं घर में बात करती हूँ।'' और उसने विदा ली।

उसने कॉल करके बताया कि ''घरवालों को शादी से कोई एतराज नहीं था। सिर्फ दो–तीन दिन की मोहलत / वक्त चाहिए था, तैयारी करने का'' तो हमने हामी भर ली। हमारे घर से ना की कोई गुंजाइश ही नहीं थी। इतनी सुंदर और सुशील बहू मुझ जैसे नालायक को दुबारा मिलने से रही। वह हमारे घर आ चुकी थी। उसका सौंदर्य और सुशीलता के सब लोग कायल हुए थे। सोच समझकर हम सबने मिलकर तय किया कि शादी बिल्कुल गिने–चुने रिश्तेदारों के समक्ष होगी और यह भी तय किया था कि हमें धूमधाम नहीं चाहिए थी।

आखिर आज वह दिन आ ही गया...... आज हमारे शादी का दिन था। एक छोटे से हॉल में शादी की रस्में चल रही थी। शहनाई बज रही थी, मंगलमय वातावरण था, हम बहुत–बहुत खुश थे। वैदिक पद्धति अनुसार उसने हमें वरमाला पहनाई और अब हमारी बारी थी। हम उसे वरमाला पहनाने ही वाले थे, के....... .. सब जगह धुआँ–धुआँ हुआ। वह सफेद धुआँ चारों ओर से प्रकट हुआ और सब को अपनी गिरफ्त में लेते गया......

जब नजारा साफ हुआ तो हमने अपने आपको उसी खंडहर में पाया, जहाँ हमें उन चुड़ैलों द्वारा लाया गया था। वह सारी चुड़ैलें हमें मुस्कुराकर घूरते हुए नजर आई, मैं सिहर उठा।

उस पेन वाली चुड़ैल ने कहा "माफ करना दोस्त! आपकी शादी पूरी ना हो सकी और हनीमून भी बाकी रह गया।" और हँस पड़ी। एक चुड़ैल ने मजेसे कहा, "आपने तो बड़े मजे कर लिए उस टीचर के साथ! हमने सब कुछ देख लिया।" दूसरी चुड़ैल ने कहा, "बहुत गुल खिलाए आपने, उसके बादाम, पिस्ते और मनुका खा–खा खाकर आपकी तबीयत और सेहत को भी चार चाँद लग गए।" हमें उस हालात में भी थोड़ी–सी शर्म आ गई। हम शरमाकर मुँह छुपाने की कोशिश कर रहे थे।

किसी ने कहा, "हाँ हाँ इसका मतलब अब खून भी बढ़ा होगा, अब मजा आ जाएगा खून पीने में" पेन वाली थोड़ी गंभीरता से बोली, "अब हमने आपकी सारी प्रमुख इच्छाएँ जो आपके सीने में दफन थी, पूरी कर ली है! है या नहीं?" हमने 'हां' में सिर हिलाया, क्योंकि वाकई उन्होंने उन क्षणों को जिंदा किया था, जो बहुत पीछे छूट गए थे। उन्होने बहुत आनंद दिया था हमें। हमें सब कुछ साफ याद आ रहा था कि हमने क्या–क्या किया था वह। वाकई गजब की शक्ति थी उनमें। हमने सोचा, "चलो अब हम चैन से मर सकते हैं।"

पेन वाली चुड़ैल बोली, "इससे ज्यादा इच्छाएँ हम पूरी नहीं कर सकते, क्योंकि आपकी इन इच्छाओं को पूरा करने में हमारा पैंतालीस मिनट का वक्त जाया हुआ" हम सोचने लगे "इतना वक्त हमने गुजारा और उस सिर्फ पैतालीस मिनट हो गए?"

उसने कहा, "अभी हमारे पास ज्यादा वक्त नहीं है, अब तक तो आप जान चुके होंगे कि हम सिर्फ एक से डेढ़ घंटे के बीच के समय में ही नजर आती है। अब लगे हाथ आपको हमारा किस्सा भी बताते हैं।" वह बताने लगी.....

हम पाँच खास सहेलिया थी, हमें सैर सपाटे का काफी शौक था। पिकनिक मनाने के लिए हमेशा अलग–अलग जगहों की

खोज किया करती थी। हमने गुगल से एक नई जगह ढूँढ ली थी और वहाँ पहुँच गए। वहाँ के किसी स्थानिक ने हमसे कहा कि ''यहाँ के पुराने खंडहरों में मत जाईए, वहाँ बहुत खतरा है, उस जगह पिशाच का साया है, भूतिया जगह है, वहाँ हम गाँववाले भी नहीं जाते''

हमने उसके सामने ''अच्छा नहीं जाएँगे।'' कह दिया, लेकिन असलियत में हमने उस खंडहर में जाकर बहुत उत्पात मचाया। वहाँ के पत्थरों को यहां–वहाँ फेंकना शुरू कर दिया और हँस–हँसकर जोर–जोर से चिल्लाने लगे। हमें भूतों पर बिल्कुल विश्वास नहीं था। हम बार–बार चिल्ला रहे थे, कह रहे थे ''हे भूत महाशय है कहाँ आप? प्रकट हो जाईए! आपके आसन पर विराजिए, हमारे साथ खेलिए।'' वगैरा–वगैरा वगैरा। हम सब मन में जो आए वह बक रहे थे।

हमारे इस चिल्लम चिल्ली की वजह से वह भूत जाग गया। वह भयानक रूप धारण करके हमारे सामने प्रकट होकर बोला, ''आप लोगों ने बहुत बड़ी गल्ती की है और आपको इसकी सजा मिल कर रहेगी, वैसे मैं बिना वजह किसी को कष्ट नहीं पहुँचाता हूँ लेकिन मैं यहाँ अपने इस भूत योनि से मुक्ति पाने के लिए भगवान शिव की आराधना कर रहा था और आप लोगों ने मेरी तपस्या भंग की है। अब आप सब चुड़ैल हो जाएंगी...... इँसानी खून पीने वाली चुड़ैल! और उसने हमें तत्काल चुड़ैल बनाया। हमें वास्तविकता का भान आकर हम सब उस भूत के सामने गिडगिडाने लगे। पर उसने सिर्फ इतना कहा, '' मैं सिर्फ इतना कर सकता हूँ कि आप अपना कार्य क्षेत्र यानी जगह और समय चुन सकते हो।''

हम सब खास सहेलियाँ थी, कभी–कभी इस गार्डन में आया जाया करती थी, तो हम सबने इसी गार्डन का स्थान चुन लिया और सुबह का समय माँगा, तो उसने हमें सुबह सात से साढ़े आठ बजे तक का समय दे दिया। उसने कहा, ''महीने में एक–दो बार विशिष्ट परिस्थितियों के तहत समय आधा एक घंटा बढ़ा सकते हो, आप किसी खूबसूरत लड़की का रूप धारण कर सकती

हो। इंसानी खून से ही आपकी प्यास बुझेगी।'' इसके साथ आपमें कुछ शक्तियाँ भी होगी और उसने हम सबके सिर पर हाथ रखते ही हमें अपने अंदर शक्तियों का संचार महसूस हुआ।

इसी शक्तियों के चलते हम किसी भी स्त्री का रूप धारण कर सकते थे। किसी को भी सम्मोहित कर सकते थे और उसके मन की बातें भी जान सकते थे और मायाजाल से हम भ्रम उत्पन्न कर सकते थे । जैसे हमने आपके सपने जानकर उन्हें दृश्यमान कर दिया। तो यही वजह थी कि हम इस जगह बंधी हुई है। हम सब किसी मनुष्य को सम्मोहित कर किसी सुनसान जगह में ले जाकर, सब मिलकर उसका खून पीती हैं और ऐसे ही खंडहरों में अदृश्य निवास करती हैं। जो भी हमने आज तक किया या आगे करनेवाली हैं वह बस उसी शाप के तहत हैं।

हफ्ते में एक बार हम उस भूत के सामने हाजिर होते हैं, उससे माफी मांग कर, हमें इस भयंकर योनि से छुटकारा देने के लिए उसके सामने रो पडते हैं और वह मुस्कुरा कर सिर्फ इतना कहता था कि ''वह समय जल्द आएगा, इंतजार करो।'' हमने इस कार्य को बखूबी अंजाम देना शुरू कर दिया था, कि आप हमारे रास्ते में आ गए। पता नहीं क्यो? आपके सामने हमारा सारा सम्मोहन बेकार था। यहाँ तक हमारे समूह सम्मोहन का भी आप पर कोई प्रभाव नहीं पड़ सका। आगे तो आप के उपर जनसेवा का भूत सवार हुआ। आपने हमारे शिकारों को हमसे छीनना शुरू किया। आपके इस हरकतों के वजह से हमपर बहुत दिन भूखे रहने की नौबत आ गई। तब हमने आप को सबक सिखाने का फैसला किया। बिना सम्मोहित करके ही आप को उठाकर यहाँ ले आए।''

दूसरी बोली, ''और आज वह शुभ दिन आ ही गया, आज आप बहुत जल्दी गार्डन से निकले और हमारा काम आसान हो गया।'' तीसरी बोली, ''बातें बहुत हो गई साढ़े आठ बजने में सिर्फ बीस मिनट बाकी है, आपका खून पीकर आप की लाश उसी गार्डन के कोने में फिकवानी है।''

पेन वाली बोली चुड़ैल बोली, "अब तैयार हो जाओ।" हमने आँखें बंद कर ली भगवान से कहा, "यह सब किसी अभिशाप के तहत हो रहा हैं, इन सब को जल्दी से इस योनि से मुक्ति दिला देना।" चुड़ैलों ने कहा, "मरने से पहले कुछ कहना हैं?" हमने धीरज बटोर कर हाथ ठटजोड़कर मेरी बॅग की ओर इशारा किया और कहा, "हमारी बॅग को कृपया हमारे घर तक पहुँचा दीजिए बस।" उसने कहा, "मामूली काम है, हो जाएगा।"

फिर...। उन खून की प्यासी चुड़ैलों के नोकिले दाँत बाहर निकल आए। हमारा अंत नजदीक आ गया था। वैसे भी इस नकारा जीवन से हम खुद तंग आ गए थे। हम जीते जी तो किसी के काम ना आ सके...... कम से कम मेरा खून तो इनकी प्यास बुझाएगा। यह सोचने भर की देरी थी सारे चुड़ैलों ने एक साथ हमपर धावा बोल दिया...... किसी ने हमारी गर्दन की बाई तरफ से, किसी ने दाहिने तरफ। तो किसी ने दाहिने हाथ को, किसी ने बाएँ हाथ को नस को......तो किसी ने पेट की तरफ या बाजुओं में, जहाँ मुमकिन हो वहाँ अपने नुकीले दाँत गड़ा दिए। यह सब एक साथ हुआ और अपार पीड़ा का अनुभव हमें हुआ। देखा जाए तो एक ही हमारे लिए काफी थी।

हमें ऐसा लग रहा था, जैसे बिना बेहोशी का इंजेक्शन दिए कोई हमारे दांत उखाड़ रहा हो। हमारे रक्त का एक लंबा–सा घूँट लेकर वह रक्त...... पेट में उतारने लगी। यह सब उन्होंने एक साथ किया और सब के चेहरे पर अपार प्रसन्नता छा गई, लेकिन यह प्रसन्नता कुछ सेकंड भर मात्र की थी।

कुछ देर के बाद वह सारी तड़पने लगी। जोर–जोर से कराहने लगी। उनके चेहरे पर आश्चर्य मिश्रित गुस्सा था। वह समझ नहीं पा रही थी कि जो रक्त प्राशन उनके शरीर के अंदर उत्साह और नई उमंगे भर देता है वही रक्त अब उन्हे बेतहाशा दर्द और पीड़ा का अनुभव क्यों दे रहा है? सामान्य इंसान जहर पीने के बाद जैसे तड़पता होगा, उतनी ही तड़प उन में दिखाई दे रही थी। वह सब जमीन पर गिरकर सांप की तरफ सरसराने लगी थी।

यह सब महसूस कर हमारे शरीर में जैसे चेतना का संचार हुआ, उन सारी चुड़ैलों को तड़पता देखना भी बहुत डरावना मंजर था। यह शायद कम था कि वह मुंह से डरावनी आवाजों में चीख रही थी। देखते ही देखते उन सब के शरीर में भारी विस्फोट हुए, उनके शरीर शतवितीर्ण हो गए, चिथड़े उड़ गये, विस्फोट ने पैदा कि आग की लपटें आसपास फैली। यह सब होने से पहले पेन चुड़ैल के नजरों में दिखे भाव हम शांयद कभी नहीं भूल पाएंगे।

हमारे बारे में आश्चर्य की बात यह थी कि हम अब थोड़ा बहुत हिल डुल सकते थे। हमने पास में गिरी हुई हमारी बॅग उठाई और वहाँ से निकल भागे। जाना कहाँ था...... रास्ता पता नहीं था.. .... अनजान खौफ से अपने आप को बचाने के लिए हम नीचे की ओर जा रहे थे। हमारे पूरे बदन में असहनीय दर्द था, जहां–जहाँ उन चुड़ैलों ने अपने दाँत गाड़े थे वहाँ से थोड़ा–थोड़ा खून निकल रहा था। हाँफते–हाँफते हम उस खंडहर नुमा जगह के किसी दरवाजे तक पहुँचे और वहाँ से बाहर की तरफ निकले। बीच–बीच में झाड़ियों के एकांत का फायदा उठाकर जवानी का लुत्फ उठाने वाले कुछ जोड़े अचानक हमें भागता हुआ देखकर बौखला गए, उनका कार्यक्रम अधूरा छोड़कर कपड़े संभालते हुए वे एकतरफ हो गए। हमें दरवाजे के बाहर रोड नजर आ रहा था। हमने वहाँ दौड़ लगाई और वहाँ से जाते एक रिक्शा के सामने आ गए। रिक्शावाले ने हमारी हालत देखकर रिक्शा रोक दी। हम रिक्शा में बैठे, तो रिक्शा वाले ने पूछा, "आप की यह हालत किसने की है?" हमारे मुंह से तुरंत निकल गया, "उन कुत्तियों ने!" और हम बेहोश हो गए।

होश आने पर हमने अपने आप को किसी दवाखाने में पाया। डॉक्टर हमारे घाव पर जहाँ से खून निकल रहा था वहाँ मरहम पट्टी लगा रहे थे। उन्होंने पूछा, "ये घाव कैसे हुए ?" हमने उन्हें भी बताया कि "तीन चार कुत्तोंने इकट्ठा पाकर घेर लिया और काटा।" डॉक्टर ने कुत्ते के काटने पर प्रतिबंधात्मक रेबीज का इंजेक्शन लगाया। साथ में कुछ दवाईयाँ भी दी। डॉक्टर को मेहनताना देकर हम बाहर आ गए।

वो रिक्शावाला बाहर ही खड़ा था। हमने उसका शुक्रिया अदा किया। उसने पूछा "आपको जाना कहाँ है?" हमने कहा, "कल्याण ।" वह चौंक गया, उसने पूछा, "क्या आप जानते हो, आप किस जगह पर हो?" हमने ना में सिर हिलाया। उसने कहा, "आप वसई में हो, जिस जगह से आप रिक्शा में बैंठे थे, वह वसई का किला था। मैं आपको वसई स्टेशन तक छोड़ सकता हूँ। वहाँ से दिवा जाने वाली ट्रेन में जाईए।" हमने कहा, "ठीक है" स्टेशन पर आते ही हमने उस रिक्शा वाले को कुछ ज्यादा पैसे देने कि पेशकश कि पर उसने मना कर दिया और वही भाड़ा लिया जो कायदे से बनता था।

हमने वसई से दिवा स्टेशन का टिकट बनवा कर ट्रेन में बैठे और होते–होते होते किसी तरह घर पहुँच गए। घर वाले मेरे बारे में चिंतित थे। हमारी हालत देखकर सब बहुत सदमे में आ गए..... .डर गए। हमने उन्हें भी बताया कि "हमपर एक साथ कुछ कुत्तों ने हमला किया था, हमने रेबिज का इंजेक्शन लेकर मरहम पट्टी करवाई है। अब चिंता कि कोई बात नही!" तब जाकर कहीं वह आश्वस्त हुए। उस रात मुझे नींद नहीं आ सकी! भला आती भी तो कैसे? मरते–मरते जो बच गए थे उन चुड़ैलों से!

हमने कुछ बांतों को अपनी आदतों में शुमार किया था किसी भी हाल में, हम सुबह गार्डन जाना नहीं छोड़ते थे। हाथों–पैरों में पट्टियाँ जडी होने के बावजूद हम गार्डन चले आए, वैसे कल हमारी बाइक भी यही रह गई थी, उसे भी लेना था। हमने उस जगह देखा, जहाँ हम अपनी बाइक पार्क किया करते थे, बाइक अपनी निश्चित जगह पर खड़ी थी। हम गार्डन के अंदर जाकर अपने रोज की जगह पर बैठे।

हमें जाननेवालों ने हमारी हालत देख हमारी खैरियत जाननी चाही, हमने सबको वही कुत्तों वाली दास्ताँ सुनाई। सुनते ही उन्होंने अफसोस जताया और सँभल कर रहने का मशवरा दिया। हम बस आज यहाँ आदतन टहलने के लिए आए थे। हमारे साथ कल जो कुछ घटित हुआ वह दृश्य बार–बार हमारी नजरों के सामने चलचित्र सरीखा चल रहा था। कुछ और दिन ये

परेशानियाँ हमें झेलनी पड़ेगी......कोई चारा नहीं था। खैर घरवालों ने हमें सख्त चेतावनी दी थी कि गार्डन से जल्दी लौटकर आराम करना है बस।

हम हमारी बाइक की तरफ पहुँचे ही थे कि हमारे इर्द गिर्द वह सारी चुड़ैले आ गई। हमने डर कर आँखें मूँद ली, हमें लगा कि वह कल का किस्सा दोहराना चाहती है, कल की अधूरी महफिल को पूरे सजधज के पूरा करना चाहती है? पर...... पेन चुड़ैल ने हमारे कंधे पर हाथ रखकर हमें आश्वस्त करते हुए कहा, ''अब आप को हमसे घबराने की कोई जरूरत नहीं, हम आप को नुकसान पहुँचाने नहीं, बल्कि आपका धन्यवाद करने आए हैं।'' हमने अचंभित होकर पूछा, ''धन्यवाद, वह किसलिए?'' उसने कहा, ''आप ही की वजह से हम चुड़ैल योनि से मुक्त हो गई हैं।''

हमे असमंजस में पड़ा देखकर वह चुड़ैल कहने लगी, ''जैसे ही हमने आपके खून का घूँट लिया, हमारे शरीर के अंदर जैसे हड़कंप मच गया, उसने हमारे अंदर की बुराई और अशुद्धता को तहस–नहस कर दिया और विस्फोट हुआ। हमारे मायावी शरीर नष्ट हुए। हम अदृश्य रूप में उस भूत के पास पहुँचे। उससे पूछा कि ''यह सब क्या हुआ है?'' तो उसने कहा, '' आप के लिये खुशी की बात हैं के आप सब अभिशाप से मुक्त हो गई हो। इस घृणित योनि से तुम्हें छुटकारा मिला है'' हम सब खुशी से मचल उठे। फिर भूत ने आगे कहा, ''जिसका खून आपने चूस लिया था, वह कोई साधारण व्यक्ति नहीं था। बहुत सारे पुण्य का संचय ऐसे व्यक्तियों में होता है, यह उसी का नतीजा हैं कि आप सब अभिशाप से मुक्त हो गई।'' हम सभी ने बहुत ही खुश होकर उस भूत का ''धन्यवाद!'' किया। तो उस भूत ने कहा, ''धन्यवाद हमारा नहीं, उसका करो, जिसकी वजह से तुम्हे इस गंधी योनि से मुक्ति मिली है।'' उससे विदा लेकर हम यहाँ आ गए...... आपका धन्यवाद करने के लिए।''

यह कहकर उन सब ने अपने हाथ जोड़कर हमसे कहा, ''हमने आज तक जितनी भी हत्याएँ की है वह सब अभिशाप की

वजह से की थी, हमें उम्मीद हैं कि आप हमें माफ करेंगे।'' उस पेन वाली ने कहा, ''हम आपके लिए एक गिफ्ट लाए हैं।'' और उन्होंने एक छोटा–सा गिफ्ट बॉक्स हमारे हाथ में थमाया और उसे खोलकर देखने के लिए कहा, हमने उसे खोलकर देखा तो उसमें आकर्षक डिजाइन के पाँच पेन थे। अब हम यह जान गए थे कि अब हमें इनसे कोई खतरा नहीं। हमने उनसे कहा, ''इस गिफ्ट बॉक्स की कोई आवश्यकता नहीं थी।'' पर वह नहीं मानी.... .. और हमने उनकी बात रख ली।

उस पेन वाली ने कहा, ''आप हमारी कहानी को इस पेन से लिखिए और हँसते हुए कहा, ''यह साधारण पेन है, अभिमंत्रित नहीं है।'' इसपर हम सब अपने हँसी को रोक नहीं पाए। उन सबने हमसे हाथ जोड़कर कहा, ''अब हम चलते हैं, भगवान ने चाहा तो दोबारा मुलाकात होगी।'' हमने भी हाथ जोड़े ही थे कि वह सब गायब हो गई। हम उन्हे आसमान में ढूँढते रहे, अब हमें उनपर कोई गुस्सा नहीं था। हम हँस पडे और गिफ्ट बॉक्स की तरफ देखने लगे, उस के अंदर लिखा था ''हम सब चुड़ैलों की तरफ से सप्रेम भेट!'' यह लिखावट वाकई में मंत्रमुग्ध करनेवाली थी।

उस दिन के बाद भी हमारी दिनचर्या वही थी। अब हमारे घाव धीरे–धीरे भर रहे थे। अभी हमने लिखना शुरू नहीं किया था क्योंकि गार्डन में कुछ नए खूबसूरत चेहरे आ गए थे, हम उन्ही में उलझ कर रह गए थे। एक बात तो आपको बताना भूल ही गए ......।

कुछ रोज पहले वह सी.बी.आय का इंस्पेक्टर घूमते–घूमते हमारे पास आया था और हमारी हालत देखकर उसने कहा, ''अरे ये क्या हुआ आपको?'' मेरे जवाब का इंतजार किए बिना वह कह उठा, ''कहीं उन चुडैलोंने तो नहीं काट लिया आपको?'' और जोर–जोर से हँसने लगा। हमने उनसे कहा, ''आपको कैसे पता चला?'' वह हँसते–हँसते कहने लगा, ''मेरी पहचान का एक प्रोडक्शन हाउस है, उन्हें ऐसी डरावनी कहानियों की हमेशा जरूरत रहती है, अभी कल की ही बात है, वह अचानक मिल गए

थे, तो मैंने उनसे उनका विजिटिंग कार्ड लिया, खास आपके लिए!"

और अपनी शर्ट की जेब से एक विजिटिंग कार्ड निकाल कर हमारे हाथ में थमा दिया। कहा, "इनसे समय निकाल कर मिल लेना, मेरा नाम बताना और हमारा नाम है..." और हमसे दुबारा वह कार्ड लेकर उसके पीछे अपना नाम लिखा। हमने उनका शुक्रिया अदा किया...। उसने हमसे हाथ मिलाया और हँसते हुए वहाँ से निकल गया। मजाक-मजाक में ही सही उसने हमें एक राह दिखाई थी...... वह थी फिल्मों के लिए लिखना! शायद जिस मंजिल की खोज हम बहोत अर्से से कर रहे थे ... वह यकीनन यही होगी। सोचते-सोचते हम फिल्मी दुनिया में खो गए।

अब हम पूरी एकाग्रता से चुड़ैलों की कहानी के बारे में सोच रहे थे। साथ में यह भी सोच रहे थे कि हमने ऐसे कौन से पुण्य किए हैं कि हमारे खून में इतनी ताकत है? हमें कोई जवाब नहीं मिला। बाजार से हमने एक लंबी चौड़ी नोटबुक खरीद ली। ऐसे ही कुछ वक्त और गुजर गया। हमारे जख्म भरने लगे। जब हम लिखने योग्य हो गए तब हमने वह लंबी चौड़ी बुक निकाली और उसके अंदर के पृष्ठ पर सबसे उपर कहानी का नाम लिखाय 'चुड़ैले' फिर कुछ सोच कर उसे मिटाया और उसकी जगह पर लिखा......'मजबूर चुड़ैले'

कहानी कहाँ से शुरू करनी थी इसके बारे में गहरी सोच में मगन थे कि हमें अपने पास किसी की आहट सुनाई दी। हमने देखा तो दंग रह गए...... क्योंकि जो नये खूबसूरत चेहरे गार्डन में आए थे, उसमें से एक हमारे पास खड़ी थी। बहुत ज्यादा खूबसूरत थी, हमने उनसे पूछा, "जी कहिये!" तो उसने कहा, "हम आपको रोज देखा करते हैं, शायद आप लेखक हैं। कहानियाँ लिखते है।" हम खुश हो गए। हमने कहा, "जी आप ठीक कह रही, सही फरमा रही हैं" उसने कहा, "शायद अब आप उन चुड़ैलों की कहानी लिखने वाले हैं।" और ये सुनते ही हमारा मुँह खुला का खुला रह गया।

हमने उससे पूछा, "आप यह सब कैसे जानती है?" उसने कहा, "सिर्फ मैं ही नहीं....." और उसने अपने हाथों से एक दिशा की ओर इशारा किया...... जहाँ चार और खूबसूरत जवान लड़कियाँ खड़ी थी। उसने आगे कहा, "सिर्फ मैं ही नहीं, हम सब जानते है।" और उन सबकी आँखें चमकने लगी और हमारे आखों के सामने अंधेरा छा गया... ।

--- ★ ★ ★ ---

बिल्लियां

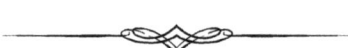

आजकल बिल्लियाँ भी हमारा रास्ता काटते हुए हिचकीचाती है। हमें वह गुजरा जमाना याद है जब बिल्लियों की होड–सी लग जाती थी हमारा रास्ता काटने। वह दूर से नजरें गाड़े रहती थी, यहाँ तक हमारे आने जाने के वक्त का पूरा हिसाब था उनके पास। जैसे हम उनके करीब आने को होते थे वह बिल्लियाँ तुरंत रास्ता काटा करती थी।

पता नहीं यह उनका कैसा अंधविश्वास था कि हमारा रास्ता काटने पर शायद उनके जीवन में खुशहाली आएगी। कभी–कभी तो एक साथ कई बिल्लियाँ इतनी तेजी से रास्ता काटने पर आमादा होती है जैसे उन्हें ७.५५ की तेज लोकल पकड़नी हो, जैसे शक्कर के चक्कर में चीटियाँ दौड़ती हो, या फिर मैराथन का अंतिम चरण हो।

क्या उनके पास संदेशवहन का कोई साधन उपलब्ध था? या वह टेलीपथी जैसी मानसिक संपर्क की विद्या जानती हो? समझ में नहीं आता था, इतनी सारी बिल्लियाँ आखिर आती तो आती कहाँ से थी? वैसे हमारी पैदल यात्रा काफी कम मात्रा में थी, क्योंकि हम अक्सर बाइक से आते जाते थे। ना जाने कितनी सारी बिल्लियों को हमने अपनी बाइक से कुचले जाने से बचाया था। वैसे इस मामले में हम काफी सावधानी बरतते थे, चाहे बाइक चलाते वक्त हम कितनी भी गहरी सोच में क्यों न डूबे हो और हमें रास्ता क्यों न नजर आता हो, बेवजह गमों को पैदा करके उन्हें दफनाने की कोशिश में क्यों न जुटे हो, बिल्लियों की आहट हमें दूर से इतनी साफ सुनाई देती थी जैसे बिल्कुल सामने का मामला हो।

खैर हम चाहे जितने भी रास्ते क्यों न बदल ले, या नई गलियों का रूख करें, हर उस रास्ते पर हमें बिल्लियों के झुंड की आहट मिलती ही थी। जैसे वह हमारी दिशा और मनोदशा से अवगत हो।

हम बेहद सावधान इसलिए रहते थे क्योंकि कई अंधविश्वासुओं ने हमसे कहा था कि अगर आपके हाथों बिल्ली मारी जाती है तो आप के रोजमर्रा के खाने में बिल्लियों के बाल तब तक आते

रहेंगे जब तक आप सोने की बिल्ली ना बनवा दो। छोटी–सी ही क्यों ना हो, लेकिन प्योर गोल्ड की १०० टका सोने की! यहाँ हमारी माली हालत लोहे की अंगूठी बनाने की भी ना थी और सोने की बिल्ली! यह सोचकर हम भरी सर्दियों में भी पसीने से नहाते थे और बेहद चौकन्ने रहते थे।

बहुत–सी बिल्लियाँ देखने में तो एक जैसी होती थी कि आम आदमियों को उनमे भेद कर पाना असंभव ही होता हैं। शायद कोई प्राणी विशेषज्ञ ही यह असंभव प्रयास कर सकता था। लेकिन एक बिल्ली ने उन सब में अपनी अलग पहचान बनाई थी। वह बिल्कुल ही अलग थी मानों शेर का बच्चा बिल्लियों के झुंड में गलती से गुजर कर रहा हो।

खैर... बाकी कुछ भी कहो ये बिल्लियाँ कुछ पल के लिए ही सही हमारे सारे गम भुलाने का उन पर मरहम लगाने का काम किया करती थी। हमारे बेहाल, दर–दर की ठोकरें खाई जिंदगी को चंद पलों की राहत देने का काम किया करती थी। वैसे कुछ इंसानी बिल्लियों ने हमारे किसी अंग को बाकी नहीं रखा था जहाँ नोचना शेष हो। कभी कभार बेपनाह दर्द, सिसकियों की सूरत में बाहर निकलता था। बिल्लियों से मेरा रास्ता काटने पर मुझे कोई आपत्ती या परेशानी नहीं थी क्योंकि हमारी बात इतनी बिगड़ चुकी थी कि उससे ज्यादा उसे बिगाड़ना किसी भी बिल्ली या शेर के बस की बात नहीं थी।

अरे यह क्या मैं आपको अपना दुखड़ा सुनाने बैठ गया। तो पीछे छूट गई बात यह थी कि वह बिल्कुल अलग बिल्ली.......शेर बिल्ली! उसे कोई जल्दी नहीं थी हमारा रास्ता काटने की। शायद उसे अब तक मौका ही नसीब नहीं हुआ था। एक दिन बिल्लियों का झुंड और दिन के मुकाबले काफी कम था। लगबग ना के बराबर! पता नहीं क्या बात थी? क्या उनका कोई सामूहिक त्यौहार था जिस में सम्मिलित होने वह गई थी? पता नहीं !

उस दिन मौका पाते ही उस शेर बिल्ली ने हमारा रास्ता काट लिया, काफी खुश हो गई थी वह! उसके बाद कुछ दिन तो आती रही, अपने अलग अस्तित्व की पहचान कराती रही। थोड़ी

मोटी भी नजर आ रही थी। कुछ दिन बाद उस शेर बिल्ली ने आना बिल्कुल ही बंद कर दिया। हमें उसकी इतनी आदत-सी पड़ चुकी थी कि उसकी गैरहाज़िरी हमें खलने लगी। हमारे गमों की तादाद में एक नया गम दबे पैर शामिल हुआ था... उस शेर बिल्ली के जुदाई का गम!

ऐसे ही काफी दिन बीत गए और मुद्दतों बाद हमारा इंतजार खत्म हुआ। एक दिन एक पेड़ के नीचे उसे देखा। शेर बिल्ली को! वह अकेली नहीं थी, बिल्कुल उसके जैसे पांच छह बच्चे भी उसके साथ थे। उसकी नजरें हमारी तरफ बड़े प्यार से देख रहे थी।

धीरे धीरे हमने बहुत सारी बिल्लियों को उनके बच्चों के साथ सडक किनारे या किसी भी जगह कोने में खडे होकर कृतज्ञता पूर्वक हमारी ओर देखते हुए देखा। हम नजरे पहचानने में गलती नहीं करते।

हम जिस रास्ते या गली से गुजरते थे वहाँ यह नजारा हमें सरेआम देखने को मिलता था। फिर जैसे तैसे कुछ बातें हमारे काबिल दिमाग में उपजने लगी के "शायद हमारा रास्ता काटने पर उन बिल्लियों को उनका मनपसंद जीवनसाथी मिल जाता हा.. ..... पर दुर्भाग्यवश कुछ दिनों-के मेल मिलाप के बाद वह उन्हे कही का ना छोडता हो और फिर हादसन बच्चों का झुंड बिल्लियों को नसीब होता हो और कमीना बिल्ला अपना पल्ला झाड़ कही भाग जाता हो।

पता नहीं उन बिल्लियों में कौनसी शातिर बूढ़ी बिल्ली थी, जिसने उन तमाम बिल्लियों को सम्मोहित कर उनमें यह विश्वास जगाया था कि 'वह हम ही है' जिसका रास्ता काटते ही आपके मन की मुराद पूरी होगी और पता नहीं क्या-क्या वहम पाल रखे थे उन्होने हमारे बारे में, जिससे हम बेखबर थे।

शायद हम उन बिल्लियों के लिए मसीहा बन चुके थे, जिसके अप्रत्यक्ष सहयोग से वे सब माँए बनती थी और ढेर सारे बच्चों को पैदा करती थी। शायद उनके राज में बच्चों वाली बिल्लियों

की अहमियत दूसरी सामान्य बिल्लियों से ज्यादा थी। पता नहीं... और क्या? क्या? और क्या?

इन जानवरों का विश्व हमारे विश्व से कितना अलग होता है। उनके दो साथी कुछ हसीन पल, कुछ वक्त....... एक साथ गुजारते हैं और अपनी-अपनी मर्जी से एक दूसरे से अलग हुआ करते हैं। क्या उन्हें अलग होते वक्त एक दूसरे के जुदाई का गम होता होगा? इंसानी जिंदगी के आपसी लगाव, परेशानियाँ, चिंताएँ उनमे पनपती होगी? क्या वे भी अपना सिर पकड़कर किसी कोने में आँसू बहाते होंगे? रोते होंगे? क्या उनमें भी बेवफाईयाँ होती होगी? क्या वे दिन रात का चैन खोते होंगे? क्या एक कुत्ती चीज के लिए उनमें आपसी टकराव होता होगा? क्या अपने हाथों से खुद का गला घोटने की इच्छा उनमे पनपती होगी? क्या बेवफाई के आलम में चार तसल्ली भरी लाइनें उन्हें सूझती होगी?

वह बेपनाह दर्द से सिसकियाँ लेते राह पर चलना और आने जाने वालों के साथ जबरन हँस कर बात करने की दुविधा झेलते रहना उनके काबिलियत में शुमार होगा? क्या यह सब आँखें मूंदकर दूध पीने जितना सरल या आसान है?

हुSSSSश! यह मैं क्या-क्या उम्मींदे लगा रहा हूँ वह भी किससे? जब इन्सान का पैर फिसलता है तो उसे बेहद सहज भाव से 'जानवर' कहा जाता हैं। वह जानवरों से भी बदतर काम करने लगते हैं, क्या वास्तविक रूप में वह जानवर बन जाते हैं? लेकिन कुछ जानवरों का इंसानों से होता लगाव हमने टीवी पर देखा है। यहाँ तक खूंखार शेर भी इंसानी जज्बातों से खेलता हुआ पाया गया है। डॉल्फिन के तो क्या कहने! ऐसे मंजर सीमित मात्रा में होते होंगे। शायद वह सब पिछले जन्म में मानव योनि में रहे होंगे जिन्हें प्यार नसीब नहीं हुआ होगा?

खैर पीछे छूटी बात यह कि...। जिस किसी भी रास्ते से हम गुजरते थे ये बिल्लियाँ अपने बाल बच्चों के साथ वहाँ हाजिर हो जाती थी। एक दिन की बात हैं, हम बाइक से गुजर रहे थे कि बिल्लियों के बहुत से बच्चे हमारा रास्ता काटने पर आमादा हुए,

हमें जोर का झटका लगा और यह सोचकर हमारी हँसी भी निकल आई कि हमारा रास्ता काटने के बाद क्या हश्र होता है, यह बात शायद बिल्लियों ने अपने तमाम बच्चों को बताई होगी क्या? क्या इतनी कम उम्र में जानवर इतने विकसित होते हैं कि बच्चे ढो सके?

हम वास्तव में आ गए। वह सारे बच्चे हमारा पीछा करते-करते शहर के बाहर के हायवे तक आ गए। वे सारे बेखौफ सडक पर टहल रहें थे...... बीच सडक दौड लगा रहा थे। गली कूचे की बात अलग थी, लेकिन-लेकिन यह एक हाईवे था। हमारे पसीने छूटने लगे और वह होकर ही गुजरा जिस का डर हमे सता रहा था...। बेहद तेज रफ्तार से एक ट्रक हमारे बगल से गुजरा और कुछ सोचने से पहले ही उसने लगभग उन सारे बिल्लियों के बच्चों को कुचल डाला और बिना रूके उसी रफ्तार से दूर-दूर तक चला भी गया;

—जिन ट्रक ड्रायवरों के लिए जहाँ इन्सानी जाने तक दो फूटी कौडी के बराबर थी, उनके लिए बिल्लियों के बच्चों के लिए ट्रक रोकना और उनके प्रति अफसोस जताना किसी अजूबे से कम ना होता। बडा ही खौफनाक मंजर था, बिल्लियों के छोटे-छोटे बच्चों के खून से लथपथ शरीर रास्ते पर बिखरे पडे थे, कुछ एक जिंदा थे......

इतने में और एक बडा-सा ट्रक इन्सानी हदों को पार करता हुआ तेजी से गया और बची कुची उम्मीदों को भी हैवानियत से कुचलता रौंधता चला गया...। अब सब कुछ पूरी तरह खामोश था, बेजान था। पल भर में ही हादसों पर हादसे हुए, हम हक्का बक्का रह गए, हमारा मुँह खुला का खुला ही रह गया। उन इन्सानियत के दुश्मनों के लिए एक गाली भी निकल नहीं पाई।

तकनीकी तौर पर देखा जाए तो उन ट्रक ड्राइवरों की कोई गलती नहीं थी, क्योंकि यह एक हाईवे था, जिसमे वाहन चालकों के लिए रफ्तार की अलग-अलग सीमाएँ तय थी, निश्चित की गई थी। और इस हायवे पर जगह-जगह पर "यहाँ गाड़ी रोंकना मना है" के बोर्ड लगे हुए थे। ऐसे हायवे पर जानवर तो बहुत दूर

की बात, इन्सानो तक के टहलने की जगह नहीं मानी जा सकती। यहाँ गलती को माफी की कोई गुंजाइश नहीं बचती थी, 'मौत' निश्चित थी। कोई अक्ल का दुश्मन ही यह घूम फिरने की सोच सकता था।

खचाखच चारों ओर से ब्रेक लगने कि और गाड़ियों के रुकने की आवाजें आई। हमने भी अपनी बाईक को सड़क के किनारे लगाया और घटनास्थल की ओर बढ़ने लगे। आसपास के वाहन चालकों ने भी हमारा अनुकरण किया। सिसकियों के साथ, ''अरे रे! बहुत बुरा हुआ'' यह ध्वनि गूंजने लगी। किसने कहा, ''इतने सारे बिल्लियों के बच्चे इस हाईवे पर क्या कर रहे थे?'' वह बिल्कुल सही कह रहा था। यह हाईवे इंसानी बस्तियों से दूर था। शहर के बाहर था। बिल्ली के बच्चों की बात तो दूर, यहाँ बिल्ला, बिल्ली या बड़े कुत्ते भी टहलने की सोच नहीं सकते थे। क्योंकि जानवर खतरे की आहट को पहचानते हैं और इस हाइवे पर वाहनों की तेज रफ्तार से पल–पल का खतरा था।

हमें एक बात अखर रही थी के बिल्लियों के इतने सारे बच्चे यहाँ तक आ पहुँचे तो उनकी माएँ कहाँ थी? क्या अपनी माँ से छुपते छुपाते इतने सारे बच्चे इतनी दूर पहुँचे थे? कैसे संभव था? कैसी भयानक विडंबना थी। वैसे हम खुद को अपराधी महसूस कर रहें थे। क्योंकि वह सारे बच्चे हमारे चक्कर में यहाँ तक, मौत के मुंह तक आ पहूंचे थे। जिनका लौट पाना अब नामुमकिन था।

ठीक से देखने पर हमें पता चला कि उन तमाम बच्चों में चार बच्चे उस शेर बिल्ली के भी थे और उस छिन्न अवस्था में भी उनकी अलग पहचान छिप नहीं पा रही थी। हाईवे की आवाजाही को अब एकतरफा शुरू किया गया। ट्रैफिक पुलिस की वॅन वहा आ पहुँची थी। उनके धीट बदन और बेपरवाह फितरत से भी यह नजारा देखा नहीं जा रहा था। वे फोन पर किसीको सूचनाएँ दे रहे थे।

हम सोच रहे थे की...... इन्सानी लाशों को ढोने के लिए तो शव वाहिनी को बुलाया जाता है, पर इन बिल्लियों के बच्चों के बिखरे अवशेषों को कैसे ले जाया जायेगा? हम ये सोंच ही रहे थे

की एकसाथ ढेर सारी बिल्लियों की चहकने की आहट हमें साफ सुनाई देने लगी, तजुर्बा जो था इस बात का। कुछ ही पलों में वहाँ हड़कंप–सा मच गया अचानक एक साथ ढेर सारी बिल्लियाँ गुर्राते हुए आ गईं। जैसी वे आसमान से टपकी हो। अपने बच्चों की गंध सूँघते–सूँघते वह शहर के बाहर इस हायवे तक आ पहुँची थी। उनके सीने से लिपटे दूध पीते बच्चों का हाल देखकर दर्द पीड़ा को रोक पाना उनके बस की बात नहीं थी।

वह सारी बिल्लियाँ उन बिखरे अवशेषों में अपने–अपने बच्चों को तलाश कर रही थी। उनमे शेर बिल्ली भी थी। शायद उसके बच्चों के अलग अस्तित्व की वजह से उन्हें ढूँढ पाना उसे आसान हुआ होगा। उनके बच्चों की गंध में खून और मिट्टी की गंध इतनी घूल मिल गई थी कि रक्त मांस के कीचड़ में शरीर के गंध से बच्चों की अलग पहचान कर पाना मुश्किल था। फिर भी गुर्राते हुए बिल्लियाँ वह पीड़ादायक काम बिना रूके कर रही थी।

बिल्लियों को आपस में झगड़ते, गुस्से से तिलमिलाते हुए हमने देखा था, लेकिन यह कुछ और ही था। अजीबोगरीब आवाजें उनके मुंह से निकल रही थी, सारी जैसी पागल हो गई थी। अगर वह हत्यारों की पहचान जुटा पाती तो यकीनन उसे नोच–नोच कर मार डालती।

शेर बिल्ली तो कभी आसमान में नजरें गाडती तो कभी पंजो को सड़क पर पटक–पटक कर कांक्रीट का हाईवे कुरेदने की नाकाम कोशिशों में लगी थी। उसकी नजरें भीड़ में कुछ तलाश रही थी। हम ही जानते थे कि वह हमें तलाश रही थी। हम उसके नजरों से बचने का भरपूर प्रयास कर रहे थे हर वक्त किसी और के पीछे छिपकर बची हुई जगह से उन्हें देख रहे थे। क्योंकि उसके नजरों का सामना करने की ताकत हममें नहीं थी।

ऐसे ही किसी और के पीछे छिपकर हम वह नजारा देख रहे थे कि हमारे सामने से दो लोग अचानक हटकर मुड़ कर चले गए और एकाएक हम बिल्कुल अकेले और खुले पड़ गए और उसी वक्त शेर बिल्ली की नजरों में आ गए। हमने मुँह छुपाने की हर संभव कोशिश की लेकिन वह तुरंत पहचान गई उसकी आंखें

मुझ पर जम चुकी थी। वैसे यह कहना उचित होगा कि उसने उसकी नजरें मुझ पर गाड़ दी थी जिसे लाख कोशिशों के बाद भी मैं हटा नहीं पाया।

अब उसकी नजरों में कृतज्ञता के भाव नहीं थे। मानो गुस्सैल नजरों से मुझे पूछ रहे थी कि आप के रहते यह सब कैसे हुआ? अचानक बाकी सारी बिल्लियों को भी हमारी आहट का पता चला। बाकी सारी बिल्लियाँ तुरंत शेर बिल्ली के आसपास खड़ी होकर हमें देख कर गुर्राने लगी मानो उस हादसे का हम एकमात्र जिम्मेदार हो जिसे उन जानवरों ने कटहरे में खड़ा किया था। इतने में एक छोटी–सी गाड़ी आ गई उसमें से निकले म्युनसिपाल्टी के लोगों ने एक बड़ासा काला कपड़ा बिछाकर सारी मृतप्राय और छिन्न अवस्थाओं में पड़े बिल्लियों के बच्चों के शरीरों को, लगदे को फावड़े से समेटना शुरू कर दिया। फावड़े से निकाल–निकाल कर वह सब उन्हें काले कपड़ों पर बिछा रहे थे। यह देखते ही बिल्लियों का ध्यान मुझ से बटोर गया और वे उन कर्मचारियों के इर्दगिर्द पीड़ा और अतीव दर्द से कराहने लगी और गुर्राते हुए वही के चक्कर काटने लगी।

कर्मचारियों के काम में बाधा पड़ने लगी तो उन्होने उनको जबरन खदेड़ना शुरू किया। यही मौका पाकर हम तुरंत वहाँ से भाग खड़े हुए और बाइक पर बैठकर बड़ी चतुराई से उसे मोड़कर तेजी से घर की तरफ निकल गए। लेकिन बीच रास्ते में इरादा बदल कर दूर कोने में खड़े होकर देखने लगे। अब तक बिल्लियों के पार्थिव उस काले कफन में समा चुके थे। बिल्लियों की गुर्राहट थमने का नाम नहीं ले रही थी। ऊपर से हमें नदारद पाकर उनका गुस्सा चरम सीमा पर पहूंचा था।

वह गाड़ी उनका कफन ढोकर निकल पड़ी, उस गाड़ी पर लिखा पता हमने पढ़ लिया था। हमने अपनी बाइक उस परिचित स्थान पर बढ़ाई जिसका पता गाड़ी पर लिखा था। हमारे पीछे–पीछे वह गाड़ी काले कपड़ों में सिमटकर बिल्लियों के अरमान लाई थी।

वह अनजान जानवरों को दफन करने की जगह थी। गली कूचे में बेजान पड़े या फिर दुर्घटनाग्रस्त जानवरों को यहाँ लाकर दफनाया जाता था। हमने आगे बढ़कर बड़े विनम्रता के साथ उनके अधिकारी वर्ग के समक्ष एक प्रस्ताव रखा, मेरी बात पूरी होने से पहले ही उन्होंने उसे मंजूरी दी। हम आते वक्त एक फैसला कर चुंके थे की हम उन बच्चों को लावारिस दफनाने नहीं देंगे।

बहुत प्यारी यादें जुड़ी थी उनके साथ! उस स्थान से थोड़ी दूरी पर शहर के बाहर एक छोटा—सा 'जमीन का टुकड़ा' पिताजी ने हमारे नाम खरीदा था। उसके इकलौते वारिस हम थे, उसके चारों ओर दीवार भी बनवा कर दी थी। उसके एक कोने में गड्ढा खोदकर उन निश्चेष्ट शरीरों को हम विधि पूर्वक रिवाजों के साथ दफनाना चाहते थे और यही बात हमने उन शासकीय अधिकारियों को भी बताई थी। उन जानवरों के प्रति हमारी आत्मीयता को देखकर वे हड़बड़ा गए थे, उनका बहुत सारा खर्चा पानी हम बचा रहें थे, तो हा करने में उनके बाप का क्या जाता था। बहुत पहले हमने सोचा था कि इस जमीन पर बहुत सारे खुशबूदार फूलों के पेड़ पौधे लगाएंगे और उस वीरान जमीन पर बहारे लाएंगे।

लेकिन अफसोस! हमारी किस्मत ने ऐसी दर—दर की ठोकरे खायी की हमें सिर्फ कांटे ही याद रहते थे। खुशबूदार फूलों की तरफ देखने का साहस हम बटोर नहीं पा रहें थे। हम पूरी तरह काम से गए थे, बेकार सिद्ध हुए थे। इन बिल्लियो ने और उनके बच्चों ने अपना बलिदान देकर हमारी खोई हुई अस्मिता को झंझोड़कर जगाया था।

हमने गड्ढा खोदने वाले कर्मचारियों को कुछ पैसों का लालच देकर अपने साथ आने को कहा था, वे खुशी से तुरंत मान गए, सरकारी कर्मचारी ऑन ड्यूटी बाहर का काम करके ढेरों पैसा कमाते हैं, क्योंकि हमारे जैसे अटके फंसे लोग जबरन यह पाप उनसे करवाते हैं। वे अपना सामान लेने चले गए, यहाँ हमने हमारे दोस्तों को फोन करके किसी पहचान के पंडित को हमारी जगह पर लाने को कह दिया। कोने में खड़े एक रिक्शा को

सवारी के लिए राजी किया और कहा की कहा जाना है, उसे पैसे भी दे दिए।

गड्ढा खोदने वाले कर्मचारी अपना सामान लेकर आए, उनके साथ उसका एक और साथी था, जिसके हाथों में प्लास्टिक के दो बड़े–बड़े थैले थे जिनमें काले कपड़ों में लिपटे बेजान अवशेष, थे। उन बिल्लियों के अवशेष! हम बाइक से आगे बढ़े...... हमारे पीछे रिक्शा आ रही थी। बाहर के ठंडे मौसम के बावजूद हम पसीने से लथपथ हुए थे। ऐसे लग रहा था कि वह पसीना नहीं था बिल्लियों के बच्चों का खून था जो हमने बहाया था। अब हम वह बोझ ढोने निकले थे।

हमारा गंतव्य दृष्टि में आ गया था। वहाँ हमारे दो परम मित्र एक पंडित को लेकर खड़े थे, पता नहीं उन्होंने यह सब इतनी जल्दी मॅनेज कैसे किया? हमें तो लगा था कि हमें उनका इंतजार करना पड़ेगा, यहाँ तो वह हमारा इंतजार कर रहे थे। एक मित्र के हाथ में एक खुशबूदार फूल का पौधा था। हमारे मित्रो को हकीकत जानने की बड़ी उत्सुकता थी। तो हमने संक्षिप्त में आपबीती सुनाई। सुनकर वह हक्के बक्के रह गए। एक तो महीनों बाद हमने हमारे दोस्तों को याद किया था, एक जमाने में हमारी घनी मित्रता थी, इतनी कि हर पल का साथ रहता था। पर जैसे ही उस नाचीज ने हमारे जीवन में कदम रखा था, हमने अपने सारे यार दोस्तों से किनारा कर लिया था। क्या करें वह चीज ही कुछ ऐसी थी, उसने हमें कहीं का नहीं छोड़ा, प्यार भी गहरा दिया...... और जख्म भी बहुत गहरे दिए। वह भी कभी ना भरने वाले!

रिक्शा से उतरे कर्मचारियों ने हमारी बताई हुई जगह पर गड्ढा खोदना शुरू किया, हमारी निर्देशानुसार गड्ढा खोदने के बाद पंडित जी ने काले कपड़ों में लिपटे मासूम शवों को गड्डे में रखा और विधिवत मंत्रोच्चारण शुरू कर दिया। हम तीनों मित्र पंडित जी के निर्देशानुसार गड्डे में मिट्टी और अन्य सामग्री डाल रहें थे। वह दो कर्मचारी भी मानवता के दृष्टिकोण से हमारी सहायता कर

रहें थे। पता नहीं क्यों हमारे हाथ कांप रहें थे। जुबान तक लड़खड़ा रही थी। यथावकाश वह दर्दनाक काम खत्म हुआ।

पंडित जी को हमने कहा था कि घर के किसी छोटे से बच्चों की मौत पर जो विधि किया जाता है, वह उनको करना है। हमारे दोस्तों ने पंडित जी को उचित दक्षिणा देकर उनको विदा किया। वे दों कर्मचारी इस सारे रिवाजों के दरमियान इतने भावुक हो गए कि उन्होंने उनके निर्धारित पैसे लेने से इनकार कर दिया, हमने जोर जबरदस्ती करने पर सिर्फ जाने के लिए रिक्शा का भाड़ा लिया। हमने उनसे हाथ मिला कर विदा किया। सरकारी कर्मचारी होने के बावजूद उनमें इंसानियत बाकी थी।

हमने उस गड्ढे के ऊपर फूलों का पौधा लगाया, जो आगे चलकर रौबदार पेड़ में तब्दील होना था। हमने दोस्तों का हाथ थाम लिया, हमारी आँखों में कृतज्ञता के आँसू थे। दोस्त अचंभित थे उन्हें उनका बिछड़ा दोस्त फिर से मिल गया था, लेकिन बिल्लियों के बच्चों के लिए आँसू? यह उनके समझ से बाहर था। हमारे मुंह से शब्द नहीं निकल रहे थे, संक्षिप्त में सुनी कहानी को दोनों विस्तार से जानना चाहते थे।

हमने उनसे सिर्फ इतना कहा कि बाद में फुर्सत से मिलते हैं और गले लगा कर विदा किया। वह मेरे जिगरी दोस्त थे, हमें एक दूसरे की पल—पल की खबर रहती थी। उन्हे ताज्जुब था कि हम ऐसे कौन से काम में व्यस्त थे? हमारी पीठ थपथपाकर, पीछे मुड़ मुड़कर हाथ हिलाते हुए वे दोनों निकल गए। एक ने अपनी कार लाई थी;

—उन्हें क्या पता था कि बिल्ली और उनके बच्चों ने हमें जीने की राह दिखाई थी। हमारी हवा हो चुकी उम्मीदों में स्नेह जगाया था। हमने उस छोटे से पौधे को देखा जो हमने वहाँ लगाया था। हमने सोचा कि ये जब बड़ा होगा, पेड़ बनेगा तो उसके चौतरफा बैठने की जगह बना लूंगा। उसकी ठीक से सिंचाई करने पर, विशेष ध्यान देने पर एक दिन वह विशाल रूप धारण कर लेगा। पता नहीं कितने साल और? क्या हम देख पाएंगे? क्या तब तक हम जीवित रहेंगे? हमने उस जगह और भी पेड़ पौधे लगाने का दृढ़ निश्चय कर लिया।

पिताजी चाहते थे हर तरफ हरियाली हो, काश हमने अपने पिताजी की बात तब मान ली होती तो अब तक यहाँ पर आसमान छूने वाले पेड़ होते, लेकिन अफसोस ऐसा हो नहीं सका। उस से मुलाकात के बाद इन सब चीजों के लिए वक्त ही कहाँ बचा था?

खैर हम अपने बाइक पर सवार होकर निकले, छोटी-छोटी गलियों से गुजरते-गुजरते हम जा रहे थे कि हमें वह परिचित आहट मिली हमारे कान खड़े हुए। कुछ ही दूरी पर रास्ते के किनारे हमने ढेर सारे बिल्लियों को देखा, उनमें अलग से खड़ी वह शेर बिल्ली भी थी।

नजारा ऐसा था मानो किसी शोक सभा का आयोजन किया गया हो। जिनमें इन सभी हादसों का जिम्मेदार हमें ठहराया गया था। सारी बिल्लियाँ घूर-घूर कर हमें देख रही थी। अजीब बात यह थी कि उनके साथ कोई बच्चे नहीं थे। खैर उन सबकी आंखें पानी से लथपथ थी और क्यों ना हो...... कुछ ही देर पहले उनके प्यारे बच्चे उनसे सदा के लिए बिछड़े थे, उनके साथ अंतिम कुछ क्षण बिताने का मौका भी म्युनसिपाल्टी वालों ने उन्हें नहीं दिया था, और हम उन के मसीहा केवल मूकदर्शक की भूमिका निभा रहे थे। जब उन्हें हमारी सबसे ज्यादा जरूरत थी उस वक्त हम मुंह छुपाकर वहाँ से भाग खड़े हुए थे। उनके नजरों के वह अपार स्नेह, कृतज्ञता के भाव की जगह क्रोध और अपार घृणा ने ली थी।

हमें बहुत दुख हुआ...... काश हम उनको समझा सकते कि हमने अभी, कुछ देर पहले ही उनके मारे जा चुके बच्चों को सद्गति देने की पूरी ईमानदारी से कोशिश की थी। वह भी हमारी खुद की जगह में!

उनकी नजरे सहते-सहते ही हम उनके सामने से गुजरे और तब से यह नजारा आम हो चुका था। सिर्फ बिल्लियाँ। ढेर सारी बिल्लियाँ! सड़क के किनारे, पेड़ पर, जहाँ-जहाँ जगह मिले वहाँ खड़ी होकर मेरी ओर घूरती हुई बिल्लियाँ! पर उनके बच्चे नदारद थे। पता नहीं वह अपने बाकी बच्चों को कहाँ छोड़ आती थी। तब से आज तक हमने उनके साथ एक भी बच्चे को नहीं

देखा, शायद वह हमारा मनहूस साया भी अपने बच्चों पर पड़ने नहीं देना चाहती हो?

अब यह नजारा हमारे रोजमर्रा की जिंदगी का हिस्सा बन चुका था। रोज उनके घूरते आँखों का सामना कर पाना हमारे लिए मुश्किल होता जा रहा था। इससे बचने की हमने हर मुमकिन कोशिश की, जैसे कि...... आने जाने का वक्त बदल दिया, ऐसे रास्ते अपनाए जहाँ से कभी भी ना गुजरे हो। लेकिन दृश्य वही होता था, शायद वह बिल्लियाँ बार-बार हमें इस बात का अहसास दिलाना चाहती हो की उनके बच्चों का कातिल आप हो। हमें इतनी तकलीफ होने लगी कि हमने घर से निकलना बहुत ही कम कर दिया। निकलते थे तो भी किसी लाइब्रेरी में जाकर वहाँ ज्यादा से ज्यादा वक्त गुजरते थे। बुरी बातों में अच्छी बात यह की हम दुबारा दोस्तों की संगत में जुड़ गए।

लेकिन दिन में एक बार तो हमें उनका सामना करना ही पड़ता था। हमें लगता था कम से कम वह शेर बिल्ली तो हमारी भावनाओं को समझे, लेकिन अफसोस उसकी गुर्राहट किसी शेर से कम न थी। दूसरी और हमारे घर वाले मित्र परिवार तथा अन्य हमारे बदले हुए रवैयें से खुश थे। उन्हें लगा कि हम ठोकरों से किनारा कर, उभर कर, सामान्य जीवन में लौट आए थे।

हमें सपने भी अजीब से पड़ते थे। सपने एक दिलचस्प हकीकत! सपने में उन सारी बिल्लियों के साथ वह इंसानी बिल्ली भी होती थी। जिसने हमें आसमान की सैर करा कर ऊंचे पहाड़ों से ढकेला था। सपने में उसके बड़े-बड़े नाखून निकल आते थे। वह बिल्लियों की आवाज में गुर्राती हुई हमें घूर रही होती थी। पता नहीं हमारे शरीर में ऐसी कौन-सी नई जगह उसे पता चल गई थी, जहाँ नोंचना शेष हो! वह बाकी बिल्लियों की तरह सिर्फ गुर्राने से संतुष्ट ना हो कर हम पर छलांग लगाकर झपट पड़ती थी। और इस सपने के बाद हम चिल्लाते हुए पसीने से लथपथ हालत में जाग उठते थे। कई बार तो मेरी माँ दरवाजा खटखटा कर हमें आवाज लगाकर हमारी खैरियत जानने की कोशिश किया करती थी और हम अंदर से चिल्ला कर कहते थे, "कुछ नहीं माँ,

डरावना सपना था। अब ठीक है।" माँ भी, "ठीक है!" कह कर अंदर चली जाती थी। ऐसे डरावने सपने आते रहते थे।

मेरा सोचना था कि हर माँ बाप को कमसे कम तीन बच्चे होने चाहिए ताकि कोई एक संतान निकम्मी निकलती है तो बाकी बचे संतानो से अच्छाई की उम्मीद की जा सकती है। कभी–कभी एक ही संतान उनकी आशाओं से परे उन्हे खुशियाँ दे सकती हैं, अब हमें ही देख लो...... हम इकलौती संतान हैं, वह भी निकम्मी! एक इश्क में लुट चुके लोफर, जो सँवरने का नाम ही नहीं ले रहे थे।

खैर बताने की बात यह है कि अब इन बिल्लियों ने हमारे दिमाग को धर दबोचा था। कभी इन्हीं बिल्लियों से हमें काफी राहत मिली थी। हम गमों के समुंदर का बोझ उठाते फिरते थे और हमारे कंधे बोझ तले दबे रहते थे, लेकिन इन बिल्लियों के लग लगाव होते ही वह बोझ काफी हद तक कम हो गया था। हम उस नोंच खाने वाली बिल्ली के सोच से उभर कर पहली बार और भी कुछ सोचने लगे थे। काफी सुधार आया था हमारी जिंदगी में! लेकिन अब उस पहले वाले बोझ के साथ उन सारी बिल्लियों के बच्चों का बोझ भी ठोना पड़ रहा था। ऊपर से इन बिल्लियों ने गुरगुराते रास्ता रोककर हमारा बोझ काफी हद तक बढ़ाया।

कभी कभी तो हमें लगता था हम बोझ तले झुक कर चल रहे हैं। बेवजह पानी पीते रहते हैं, हाथ सिकुड़ से जाते हैं। किसी सिरफिरे डॉक्टर ने कहा, " आपके शरीर में नमक की कमी है, आपको मोनॅको नमकीन बिस्किट को हमेशा अपने साथ रखना चाहिए। हा–हा हा हा! अरे भाई नमक की कमी तो होगी ही, बहते आँसुओं में क्या कम नमक जाता है?

बस यह सब चल ही रहा था। एक दिन बाइक से निकले ही थे कि बिल्लियों ने हमारा रास्ता रोक लिया। मानो कह रही हो, "आपको आगे बढ़ना है तो हमारी लाशों के ऊपर से गुजरना होगा।" हमने भी मन ही मन कुछ सोचा, बाइक सड़क के किनारे लगाई और पैदल ही उनकी तरफ बढे। शेर बिल्ली के पास पहुँचकर बड़े प्यार से उसका सिर थपथपाया ऐसे ही मैंने दूसरी बिल्लियों के सिर पर भी किया शायद वह जानवर प्यार की भाषा समझ गए।

हम आगे बढ़े और उनको अपने पीछे आने का संकेत दिया। हम पैदल ही चल रहें थे, गलियाँ चौराहों को पार करते–करते उस जगह की तरफ बढ रहे थे...। हमारे पीछे–पीछे बिल्लियाँ भी मंत्रमुग्ध–सी आ रही थी...। हमारी जगह की ओर! जहाँपर हमने उनके बच्चों का विधिवत अंत्यसंस्कार किया था।

वैसे एक बात तो हम आपको बताना भूल ही गए थे की हमने उन नन्हे–नन्हे बच्चों की कुछ मिट्टी की प्रतिमाएँ बनवाई थी और उनको उन पौधों के चार तरफा रखी थी। दरअसल मेरे एक होनहार दोस्त जो शिल्पकारी का काम करते है, हमने उनको वह मामला समझा दिया तो उन्होने हुबहू वैसी ही प्रतिमाएँ बनाकर कमाल कर दिया था, वे वास्तविक लग रही थी।

जैसे ही गेट खोलकर हम अंदर दाखिल हुए वे सारी बिल्लियाँ हमारी इर्दगिर्द इकट्ठा हो गई। पता नहीं कैसे उस मिट्टी की गंध पाते ही उनकी गुर्राहट शुरू हुई। अब यह गुस्से वाली गुर्राहट नहीं थी, उसमें अपार स्नेह था, प्यार था ......जैसे उनका कोई बिछड़ा मिला हो! शेर बिल्ली ने तो मिट्टी को कुरेदना तक शुरू किया। लेकिन हमने उसे रोका, वह गड्ढे के इर्दगिर्द घूमने लगे, उन्होने वहाँ एक मंडल बना दिया और हम जैसे मंदिर में प्रदक्षिणा लगाते हैं वैसेही लेकिन जोश से घूमने लगी।

हमने तुरंत कोने पर रखी अगरबत्ती और धूप लगाई और वहाँ रख दी। सुबह के सुंदर वातावरण में अगरबत्ती की भीनी खुशबू माहौल को चार चांद लगा रही थी।

ना जाने कितनी देर उनका झूमना चालू था, उसमें रिमझिम बारिश भी शुरू हो गई। ना उन्हें अपने भीगने का एहसास था ना हमें अपने। एकाएक शेर बिल्ली मेरे पैरों के पास आकर हमारे पैर चाटने लगी, ये देख बाकी बिल्लियो ने उसका अनुकरण करना शुरू किया। हमें शुरू–शुरू में गुदगुदी हुई लेकिन बाद में आत्मसंतुष्टि की अनुभूति हुई। सारी बिल्लियाँ अपार स्नेह का परिचय दे रही थी। शायद किसी अनामिक संवेदना के चलते उन्हें यह पता चला था कि हमारा कोई दोष नहीं था।

बहुत समय बाद हमने उनको वही छोड़ा, गेट खोलकर पास की दुकान से दूध की आधा लीटर की चार पांच थैलियाँ लाकर वह दूध हमने वहाँ की मिट्टी के बर्तन में डाल दिया। वह सारी बिल्लियाँ अब संतुष्टी से दूध पी रही थी, जैसे जश्न–जश्न मना रही हो। मुद्दतों बाद उन्हें खुशी नसीब हुई थी। हम चुपचाप बाहर निकलने लगे, पैरों में देखा तो शेर बिल्ली थी, हमने उसे उठाकर सहलाते हुए प्यार से जमीन पर रख दिया और बाहर की तरफ चल दिये। हमने गेट को लॉक किया वह इंसानों को या फिर कुत्तों को रोकने का प्रबंध था। उसके बीच की जगह से बिल्लियाँ बड़े आराम से अंदर बाहर जा सकती थी, यहाँ तक कंपाउंड की छोटी सी दीवार भी फाँद सकती थी। अभी उस शेर बिल्ली की आँखों में कृतज्ञता लौट आई थी।

हमने चौन की सांस ली और.........घर की तरफ चल पडे।

ताजा खबर ये की अब हमें बिल्लियाँ बहुत कम नजर आती है, क्योंकि उनको अब उनका ठिकाना जो मिल गया और हमें हमारा! उन सब बिल्लियों की दुआ से हम फिर से इंसानी दुनिया में लौट आए। फिर से सब से जुड़ गए। शायद उन बच्चों के साथ हमारे सारे निकम्मेपन को भी हम दफना चुके थे। अब स्थिति सामान्य थी और नियंत्रण में थी। शुक्रिया बिल्लियों, शुक्रिया!

एक मच्छर की जनम कथा

एक मच्छर की जनम कथा रहस्य से भरपूर

आजकल एक मच्छर तक हमारे आसपास नहीं भटकता। दिन रात नाक में दम करनेवाले, हमसे चित्र–विचित्र पदन्यास करवानेवाले वह सारे आदरणीय मच्छर–गण आजकल हम से तकरीबन पांच छह मीटर की दूरी तक ही आते हैं। उसके बाद जैसे किसी अदृश्य लक्ष्मण रेखा का दायरा हो, जिसके संपर्क मात्र से वह लुप्त हो जाते हैं, अदृश्य हो जाते हैं। उनकी हमसे बनायी इस दूरियों की वजह से मुद्दतों बाद हम सुकून भरी नींद सो सकते हैं।

इससे पहले उन्हें दूर भगाने के लिए हमने क्या–क्या तरीके नहीं सोचे...... सब कुछ आउट करने वाले मच्छरों को नॉक आऊट करने के अन्य तरीकों को आजमा–आजमा कर केवल हमारी जेब मात्र ढ़ीली हो रही थी। जब सारे हथकंडे फेल हो गए, नाकाम से हुए...... तो हमें मुद्दतों सोचने के बाद एक खतरनाक राह नजर आई। खाली हो रहे जेबों के कोनों को निचोड निचोडकर हमने वह तरीके भी आजमा लिए।

पतली–सी चद्दर ओढ़ कर सोना, हमारी बेवकूफी मात्र थी। क्योंकि हमारे खून के प्यासे मच्छरों के दांत इतने नोकिले और शक्तिशाली है कि पतली चादरों को भी बेहद आसानी से छेदकर हमारे अंग प्रत्यंग तक पहुँच सकते थे। तो हमारी सोलापुरी चादर का रुख किया लेकिन यह पैंतरा भी नागवार गुजरा। क्योंकि वह 'कुत्ते मच्छर' किसी ना किसी तरीके से हमारा खून निचोड़कर ही दम लेते थे और हमें कहीं का नहीं छोड़ते थे। भरी गर्मी में चार–चार चादर ओढ़ कर सोना आसान नहीं होता।

खैर सबसे हैरतअंगेज बात इससे आगे ही है कि हमारे घर के बाकी मान्यवर जिसमें मेरी पत्नी भी शामिल है। हम शादीशुदा हैं यह बता कर हम बड़ी गल्ती कर रहे हैं। अब वह सारे खूबसूरत चेहरे जो हमारी राह में नजरें गाड़े रहते थे, अब सच्चाई जानकर शायद मुंह फेर ले। या फिर ऐसा गजब भी होने की संभावना है

कि वह अब हमें दबे कदमों से देखना छोड़ खुलकर मैदान में उतर आए। कहने की बात यह कि घर के बाकी सारे सदस्य बड़ी चौन की नींद सोते थे। उन्हे बदजात मच्छरों से कोई शिकायत नहीं होती थी। मतलब आईने की तरह साफ था कि वे सारे हरामखोर मच्छर हमारा, सिर्फ हमारा खून निचोड़ना चाहते थे। और हमदर्दो यह सोचते-सोचते हमारी बाकी बची नींद भी हराम हुई।

सिर्फ हम ही क्यों? हमने कौन-सा उनके पीढ़ियों को नष्ट किया? या उन्हे सरेआम बेचने का काम किया? जो वह सारे बदजात हमारे लहू के प्यासे थे। क्या हमारे खून के घूंट पीकर उन्हें रूहानी ताकत प्राप्त होती थी? या फिर हमारा रक्त काली के चरणों में भेंट कर आते थे? या फिर हमारे रक्त प्राशन से उनकी काम भावना बढ़ती थी? ऐसे बहुत से डरावने खयालातों का पुल हम रहे वक्त में बाँधते रहते थे। इस प्रश्न ने अब बहुत जटिल रूप धारण किया था। जो सुलझते नहीं सुलझता था। हम मच्छरों के सोने और आराम करने के समय का पता लगाने में भी नाकाम सिद्ध हुए थे।

एक दिन हमें यह एहसास हुआ कि बीते कुछ लम्होंसे हमें किसी मच्छर ने नहीं काटा था। हैरत, हैरत, हैरत......? कुछ सेकंड में, सेकंड कुछ मिनटों में और दोस्तों मिनट कुछ घंटों में तब्दील हुए। घंटों बीत गए हैं, आधा दिन बीत गया, पूरा दिन बीत गया और हम मच्छरों से अछूते रह गए।

रहते रहते रहते...। दिन बीतते चले गए, हफ्ते गुजरे। पहले का वक्त दूजा था, हम मच्छरों के काटने से परेशान रहते थे। उन से पीछा छुड़ाने के हर संभव तरीकों की खोज में रहते थे। सहते-सहते सहने की आदत-सी हो गई थी। शायद खून चूसते दुश्मनों से अनजानी-सी दोस्ती हो गई थी। खयाली पुलाव कभी-कभी हदे लांघा करते थे। सोचते थे कि " मच्छरों आप हमारा खून पीना चाहते हो? ठीक है! हमारे खून की कुछ बूंदे आपके जीवन में रोशनी पैदा करती है तो यही सही। हमें आपके खून पीने से कोई एतराज नहीं। कुछ लोग रक्तदान शिबिर में

दो—दो बोतल खून दान में देते हैं। भले इरादों से देते हैं, वे तो काले नीले नहीं पड़ जाते। दान किया हुआ 'खून' कुछ ही दिनों में शरीर को दोबारा प्राप्त होता है। बीच—बीच में 'रक्तदान' करना सेहत के लिए भी असरदार या फायदे का सौदा होता है।

सौ—पते की एक बात यह है कि अगर हमारा थोड़ा बहुत खून किसी के काम आता है, तो इससे हमें कोई शिकायत नहीं। शिकायत है तो उस बेपनाह दर्द से जो आप के काटने से होता है। वह पीड़ा और दर्द बर्दाश्त करना सहना नामुमकिन—सा होता जाता है। कुदरत भी अजीब है चींटी के बराबर मच्छरों को भी खतरनाक नुकीले दांत दिए। खैर क्या हमारे इस नेक खयालातों की जानकारी पाकर उन्होंने कोई तिलिस्मी उपाय तो नहीं खोज लिया, जिसमें हमारी सारी पीड़ाएँ खत्म हुई?

तो दोस्तों ताजा खबर ये थी कि पहले तो मच्छर हमारे आसपास तक नहीं नजर आते थे और आजकल पाँच मीटर की दूरी से चक्कर काट कर लौट जाते थे। मानो हमारे आस—पास किसी लक्ष्मण रेखा का दायरा बना रखा हो। पहले हम "मच्छर भगाओ" योजना पर काम करते नहीं थकते थे, और आजकल मच्छरों के हमसे ऐसी बेरुखी से परेशान रहा करते थे। ऐसा क्यों? क्यों? क्यों? सवालों के जवाब नहीं मिल पा रहे थे। एक दिन सुबह हमें हमारे सारे सवालों के जवाब मिल गए;

—हुआ यूँ कि एक दिन सुबह हम कहीं जाने की जल्दी में थे। हड़बड़ी में हमारी जेब से एक रुपये का सिक्का गिरकर...... घूमते—घूमते घूमते बहुत आगे निकल गया। हम 'पैसा परब्रह्म है' चाहे वह रुपया ही क्यों न हो। इस तत्व को याद रख कर उसे ढूँढने में लगे रहे और ढूँढते—ढूँढते ढूँढते हमने एक अजीब बात देखी, ऐसा क्या देखा? हमने देखा, एक बडा—सा मच्छर अधमरे हालत में तड़प रहा था। **हमें** अपने नजदीक पाकर वह शायद सिहर—सा उठा और जैसे चमत्कार हुआ, हमें कुछ आवाजें सुनाई दी। जैसे वह अधमरा मच्छर मुझसे बात करना चाहता हो। आवाज बिल्कुल साफ थी। कोई सवाल ही नहीं बचा था कि वह हमसे कुछ कह रहा था। यकीनन वह मच्छर की ही आवाज थी।

मच्छर हमसे कह रहा था, ''हे महोदय प्रणाम! हमने आपको आज तक बहुत तकलीफ दी, इसके लिए हमें क्षमा करें। मैं अंत समय में आपसे निवेदन करना चाहता हूँ। आपको परेशान करने की भगवान ने हमें मौत से भी बदतर सजा दी।'' मैंने विस्मय से उससे पुछा ''कौन सी सजा मेरे भाई?'' मेरा भाई बोला, ''यह एक लंबी कहानी हैं।''

मैंने कहा, ''चाहे जितनी लंबी हो, मेरे पास अवकाश है, सुना दो।'' मच्छर बोला, ''बहुत दिन पहले की बात है, एक दिन हमारे मच्छर गण के एक सदस्य ने आपके गर्दन पर चुभाकर आपका खून चूस लिया था?। उसने तुरंत हम सबको आकर कहा कि, ''मैंने अभीअभी एक महामानव का खून पिया है, और दोस्तो, इतना स्वादिष्ट खून मैने आज–तक नही पिया।'' उसकी बात को प्रमाण मानकर कुछ मच्छरगण निकल पडे। वह मच्छर मार्ग दर्शक बनकर आप तक पहुंचने की राह दिखाता चला गया। पहले हम सिर्फ चार मच्छर थे। हमने भी उस मच्छर के साथ आपका खून चूस लिया, और हमें हमारे मार्गदर्शक मच्छर कि बात में सौ प्रतिशत सच्चाई का अनुभव प्राप्त हुआ।

खुशीखुशी हमने अपने सगे–सम्बधियों को इस स्वादिष्ट खून के बारे में बताया। हम मच्छरो में से एक विशेष गुण है जो आप मनुष्य प्राणियों में नहीं है। वह यह की हम सिर्फ व्यक्तिगत स्वार्थ के बारे में नहीं सोचते। स्वादिष्ट खून की बात हमारे लिए किसी गड़े खजाने को पाने से कम नहीं थी, 'सबका साथ सबका विकास' इस धारणा को अंतर्भुत कर हमने हमारे इलाके के तमाम मच्छर भाई बहनों को तथा अन्य प्रिय मच्छरों को खबर दे दी। नतीजन मच्छर गणों की होड़ लग गई आपका खून चूसने के लिए। कुछ आदरणीय मच्छर–गण सुबह दोपहर ही इतना खून स्वाहा करते थे कि उन्हें रात्रि भोजन की आवश्यकता महसूस नहीं रहती थी।

आप हमारे खून में निचोड़ने के नित्यक्रम से आगबबूला हो उठे थे। हमें भगाने के शुभ कारणवश आपने सैकड़ों पैतरे आजमा कर देख लिए। कभी कभार अजीब–सा धुआ आपके आसपास फैला

हुआ रहता था। शुरू–शुरू में इसके चलते हमें काफी दिक्कतों का सामना करना पड़ा। वह अजीब गंध के चलते हमें सांस लेने में परेशानी होने लगी। हमारे कुछ प्रिय जन इस कारण शहीद भी हो गए। उन शहीदों की कसमे खाकर, लेकिन बहुत चर्चा और विचार–विमर्श करने के बाद एक राह खोज ही ली। हम जानते थे 'जहाँ चाह वहाँ राह' निकल ही आती है और हमने खोजी राह, यह थी कि उस जानलेवा धुएँ का असर मात्र आधे घंटे के लिए रहता था। हमने वह आधा घंटा आपके पास ना फटकने का फैसला लिया। सिर्फ आधे एक घंटे की दूरी मजबूरन बर्दाश्त करने के बाद सारी रात तो हमारी थी।

बाकी वक्त हम ऐश करते थे, आपको कहीं का नहीं छोड़ते थे। मुझे और हममे से कुछ लोगों को आप पर बहुत तरस आया करता था। लेकिन आप लोगों में एक कहावत थी, की "घोड़ा अगर घास से दोस्ती कर लेगा, तो खाएगा क्या?" उसके तहत हमने हमारी भी एक कहावत बना डाली, "मच्छर अगर खून से दोस्ती करेगा, तो जिएगा कैसे?" लेकिन हम सब यह कहावत भूल गए थे "किसी भी चीज का हद से ज्यादा सेवन सेहत खराब कर सकता है और आप लोगों में कहते हैं ना, गन्ना कितना भी स्वादिष्ट क्यों ना हो उसे मूल सहित नहीं खाया जा सकता।"

खैर......बाद में आपने कुछ ऐसे इंतजाम किए कि हम आपके पास आ सकते थे, लेकिन आपके बदन को छू लेना हमारे लिए नामुमकिन हो जाता था। आप आपके शरीर पर कुछ क्रीम लगाकर रखते थे और हम बेबस हुआ करते थे। लेकिन इसका असर भी तत्कालीन स्वरूप का सिद्ध हुआ। आपके द्वारा लगाई क्रीम कपड़ों पर या चादर पर घिसकर प्रभावहीन साबित होती थी और फिर हम भूखे भेड़ियों की तरह आप पर टूट पड़ते थे। आपका अलग–अलग प्रयोग करना जारी था। लेकिन हमने उनको भीख नहीं डाली। कभी कभार अजीब–सी तरंगे हवा में पैदा होती थी और हमें भागने में विवश कराती थी। लेकिन हम अटल थे, ध्येयनिष्ट थे। हमें दृढविश्वास था कि हम इन मुश्किल पहाड़ों को भी आसानी से लाँध सकते है।

ऐसे ही कुछ हफ्ते महीनों तक चलता रहा। बाद पता नहीं क्या हुआ? हममें से कुछ मच्छर धीरे–धीरे दम तोडने लगे। जो उम्रदराज थे उनके बारे में हमने सोचा की, "शायद इनका वक्त आ गया।" वैसे भी हम पेट की भूख मिटाने के खातिर सुबह जो घर से निकलते थे, तब किसे पता होता था कि कितने वापस लौटेंगे? ना जाने कितने आप लोगों के हाथों शहीद होते थे। खतरा उठाना ही हम मच्छरों की फितरत थी।

अरे हाँ मैं एक बात बताना तो भूल ही गया। आप लोगों ने हमें जीते जी मरवाने का एक बेहद नया, पर कारगर उपाय ढूँढ लिया था, वह था रैकेट। पहले तो हमें लगा था कि यह खेलने के काम आता है। लेकिन इंसान ने आविष्कार की चरम सीमा को छूते हुए उस साधारण से रैकेट में बैटरी की सहायता से करंट दौड़ा दिया। उस रैकेट के तारों के संपर्क मात्र से हम जीते जी दम तोड़ते थे। पता नहीं इस मनहूस खोज की खबर पाकर आप भी एक रैकेट उठा लाए और उसे हवा में अलग–अलग दिशाओ में घुमाते रहें। आपका यह नया तरीका बेहद ही कारगर साबित हुआ।

हमारे बहुत सारे भाईबंद प्रियजन आपके रॅकेट के हत्थे चढ दम तोड़ते गये। आपके साथ रहनेवाली वह मोटी महिला तो आपसे दस गुना ज्यादा कमीनी निकली। आप तो सिर्फ आपके आस–पास उडते मच्छरों की दिशा में रॅकेट घुमाते थे, लेकिन वह कमीनी अलग–अलग जगह जैसे। दीवारों और कपाट के बीच के गॅप में, फर्निचर रखे हर कोनोंमे अँधाधुंध रॅकेट घुमाती चली जाती थी। साली ने हमारे छुपने की जगहों पर पानी फेरना शुरू किया।

हम अपने भाई बंधुओं को मरते देखते थे, तो आग बबूला हो जाते थे। एक तो कोने में पहले से हमारे दुश्मन छिपकली और कॉकरोच का खतरा बना रहता था। क्योंकि ऐसे कोने में उनका निवास स्थान होता था। फिर भी आपके हाथो बेमौत मरने से बचने के लिए हमें ना चाहते हुए भी उन कोनों की शरण लेनी पड़ती थी। लेकिन वक्त रहते हमने इस नए शस्त्र की कमजोरी का पता चला। यह जो रैकेट थे, वह बैटरी पर चलते थे और

उसे लंबे समय तक चार्ज करने की जरूरत होती थी। चार्जिंग एक से डेढ़ घंटे से ज्यादा नहीं टिकता था। भला हो उस चायना के माल का जिसकी आयु कम होती है। यहां उस मच्छर की बात सुनते सुनते मैं सकते में आ गया, एवं दंग रह गया । सोचा कि साले इतने से मच्छर बहुत दिमाग रखते हैं।" उस मच्छर का कहना जारी था......

मच्छर ने कहा, "और हमने एक बात की खोज की के, आप और आपके साथ सोनेवाली वह हरामजादी, दोनों कमाल के आलसी है। रैकेट चार्जिंग को लगाना ही भूल जाते हैं और जब जरूरत के वक्त बिना चार्जिंग वाला वह खतरनाक हथियार, खिलौना मात्र बनकर रह जाता था और आप दोनों एक दूसरे पर इल्जाम लगाते रहते थे। हमने आप लोगों की बेवकूफी का बहुत फायदा उठाया। सच्चाई का पता चलते ही हममे से कुछ मच्छर कितने धीट हो गए कि वह उस रैकेट पर जाकर ही बैठने लगे।

इस यंत्र की दूसरी कमजोरी यह थी कि इसे हाथों से घुमाना पड़ता था। पहले कुछ मिनट घुमाते वक्त और मच्छरों को मरते देख आप लोगों में ढेर सारे उत्साह का संचार होता था। लेकिन थोड़ी देर बाद रैकेट घुमाते–घुमाते आप लोग थकान से चूर हो जाते थे और सबसे बड़ी कमजोरी यह कि पूरी रात तो आप रैकेट घुमाते नहीं बैठ सकते? दिन भर की थकान से आंखें नींद की आगोश में जाने को बेताब रहती थी, और ऐसे गलत वक्त रैकेट घुमाने से थकान में बढ़ोतरी मात्र होती थी। फिर रैकेट को किसी कोने में फेंका जाता था। और फिर पूरी रात हमारी होती थी। कभी तो आप दोनों रात में अजीब खेलते थे, जिसमे शरीर के सारे वस्त्र हटाये जाते थे। फिर पूरी रात हम हमारे भाई लोगों की मौत का बदला लेते थे।

खैर तो बात चल रही थी, अचानक हमारे भाई बंधुओं के मरते चले जाने की। किसी के हाथों मरते या दुश्मन के हत्थे चढ़ते, यह हमारे लिए साधारण–सी बात थी। लेकिन जवान और हट्टे कट्टे मच्छर भी देखते–देखते हमारे आँखों के सामने दम घुट कर

या खून की उल्टी होकर मर जाते थे। हम सोचते रह जाते थे की पता नहीं किस मनहूस की नजर लग गई?

शुरू में दिन में एक या दो, बाद चार या पांच, बाद आठ दस, बाद बीस पच्चीस इस तरह से चलते हमारे सैकडों की तादाद में साथी दम तोडते गए। हम बेबस थे कुछ भी नहीं कर सकते थे। हमारे बुजुर्गों ने मौके की नजाकत को देखते हुए आपातकालीन बैठक का आयोजन किया। बैठक में एक विचार ऐसा भी था, जिनमें, "यह कोई छूत की बीमारी तो नहीं?"

उसे बीच में टोककर मैंने कहा, "आप मच्छर लोग पागल तो नहीं हुए हैं, मलेरिया, डेग्यु जैसे बहुत सारे घातक बीमारियों का प्रसार आपके मार्फत होता हैं। नहीं तो वह बीमारी आपको भी जकड़ लेती? उसने कहा, "यह सही है।"

उसने कहना जारी रखा, "उस आपातकालीन बैठक में ये तथ्य सामने रखा गया की...... इस बीमारी के जड़ तक पहुंचने के तरीके ढूंढे जाए, तब जाकर इसका कोई समाधान हम निकल पाएंगे । विचारविमर्श से हमें मच्छरों की समितीयों का गठन किया गया । और परिस्थिती नुसार निर्णय लेने का अधिकार दिया गया । सत्य की खोज के लिए कुछ मच्छरों के समूह दस्ते बनाए गए, जो अलग अलग दिशाओं मे फैलकर उपयुक्त सूचना /खबरोंका गठन करेंगे । सबको सख्त हिदायत दी गई की "खून चूसने के चस्के में आप पर सौंपा गया काम /कर्तव्य ना भूले उनको जो एरिया दिया गया है, वहां के किसी का खून वे बहुत ज्यादा जरूरत पडने पर ही चूस सकते है।"

इतना बताकर वह कुछ पल के लिए खामोश हो गया। इस मच्छर की विद्वत्ता भरी बातें सुनते सुनते मैं दंग रह गया था। उसकी खामोशी मुझे बर्दाश्त नहीं हुई...... मैंने उत्सुकतावश पूछा "आगे क्या हुआ?" उसे बहुत थकान हुई थी। उसने कहा, "हम सब अपने अपने निर्धारित काम में जुट गए थे। कुछ दिन सामान्य स्थिति में गुजरे, कोई नई जानकारी न हमे हीं प्राप्त हुई। हमारे कुछ उत्साही मच्छर गण कुछ बेकार की खबरें इकट्ठा कर वाहवाही लूट आना चाहते थे। फिर भी हर खबर हमारे लिए

महत्वपूर्ण थी। यह अनुभवी ज्ञानी बुजुर्गों को तय करना था, कि कौन सी खबर कितनी अहमियत रखती थी। बहुत दिन इसी व्यवस्था में गुजरे, कोई विशेष समाचार नहीं आया। समझ नहीं पाया गया। करते करते एक अजीब बात निकल कर सामने आई, कितनी महत्वपूर्ण थी? पता नहीं था।"

मैंने पूछा। ''क्यों क्या हुआ?'' उसने कहा, ''हमारे एक मच्छर ने उसे सौंपा गया काम छोड़ कर आपका पीछा किया'' मैंने कहा,''क्या मेरा पीछा किया?'' ''जी हाँ! आपका पीछा किया। उस रात को होने वाली बैठक में उसने ये बताया तो सब उस पर बरस पड़े फिर भी उसकी बात सुनी गई। उसने कहा कि, ''ये आदमी एक दिन सुबह 8:00 बजे बाइक पर कहीं निकलने के लिए तैयार हो गया था, तो मैने उसका पीछा किया, तो जाना की 'वो' थोडी दूरी पर स्थित किसी दवाखाने नुमा एक छोटी–सी ऑफिस गया। वहाँ कुछ रुपए जमा करने के बाद, एक सफेद कोट पहनी लड़की ने आपके हाथ को कपास लगाते हुए एक नुकीली चीज चुभाई।''

मैंने कहा, ''उसे इंजेक्शन कहते हैं।'' उसने आगे कहना जारी रखा......

''तो वह नुकीली चीज चुभाने के बाद पीछे की शीशी में खून जमा होने लगा'' हम सब ने उससे पूछा ''खून?'' उसने कहा, ''जी हाँ! हम लोग अपनी नुकीली चोच से शरीर के खून को बाहर निकालकर चूसते हैं, बिल्कुल वैसे ही। और बाद में वह खून एक छोटे से शीशे की बोतल में जमा किया गया।'' उसने कहा, ''कितना अच्छा होता अगर हम भी, इंसान के खुन को किसी बर्तन या बोतल में जमा कर बाद में जब चाहे फुर्सत में पी सकते?'' उस सफेद कोटवाली ने खून को दूसरी शीशी में डालकर उसका ढक्कन लगवाया और उस पर पेन से कुछ लिखा।'' उस मच्छर ने अपना कहना जारी रखा। उसने कहा, ''बाद में जेब से कुछ कागज निकालकर बाहर किसी को दिये और लौटकर घर आया।''

मैंने कहा, ''मै पैथोलॉजी लैब गया था।''

उस मच्छर ने आगे कहा, "मैं उसके पीछे घर आ गया, घर में आकर उसने खाना खाया। मुझे उसका खून पीने की चाहत थी, लेकिन मैंने अपनी भावनाओं पर लगाम लगा दिया और उसके बदले उसके साथ वाली औरत का खून चूस लिया। बहुत मोटी और सख्त चमड़ी थी उसकी! बहुत मेहनत करनी पड़ी। उसका खून बेहद फीका और रूचिहीन था।

मैं लगातार उस आदमी पर नजरें गाडे था। कुछ वक्त यूं ही बीत गया, दुबारा यह आदमी बाहर निकला। दोबारा मैंने पीछा किया। वह फिर उसी जगह गया जिस जगह हो पहले गया था। पहले वाली सारी क्रियाएँ दोबारा एक बार फिर से दोहराई गई। यानी उस सफेद कोटवाली ने दुबारा खून निकाला, किसी और बोतल में वह खून डालकर उस पर नाम लिखकर वह रख दिया। बाद वह आदमी घर लौटकर सो गया। शाम को दोबारा वही गया तो वहाँ बैठे आदमी ने उसे एक लिफाफा थमाया, उसने उसे खोल कर एक कागज बाहर निकाला और अंदर लिखा पढ़ने के बाद अपना हाथ अपने सिर पर मारा और दोबारा वह कागज उस लिफाफे में डाल कर रखा।"

मैंने उस मच्छर की बात बीच में काटकर कहा कि "रिपोर्ट बहुत खराब आई थी।" उस मच्छर ने यह सुना, फिर सिर हिलाया। मैंने पूछा, "आगे क्या हुआ?" उसने कहा, "उस बैठक में उस मच्छर ने आगे कहना जारी रखा। "वह रिपोर्ट लेकर घर ना जाकर किसी और ही किसी दुसरी जगह गया। बहुत दूर, इतना दूर का सफर एक साथ तय करना हम मच्छरों के लिए मुश्किल था। तो मैंने उसके बाईक के पीछे बैठकर यह सफर तय किया। बहुत मुश्किल सफर था। हवाएँ काफी तेज बह रही थी, आखिरकार उस का सफर खत्म हुआ और मैंने चैन की सांस ली।

वहाँ वह पहले मंजिल पर किसी घर में गया, दरवाजा बंद होने से पहले मैं अंदर घुस गया। वहा सफेद कोट पहने किसी महिला को उसने वह लिफाफा दिया, दोनों में कुछ बाते हुई। उस सफेद कोटवाली ने तुरंत उस कागज को बाहर निकालकर बहुत देर पढ़ते रही। उसके चेहरे पर चिंता के भाव थे। उसने इस

आदमी से कुछ बातें कहीं, वह सुनकर उस आदमी का मुँह एकदम उतर गया। फिर वह बाहर के रूम में आया। बाहर बैठी दूसरी एक औरत ने बहुत छोटी-सी सफेद गोलिया तीन छोटी शीशी में दी। तीन कागज पर कुछ लिखकर वह कागज तीनों बोतलों पर चिपकाया, इसे कुछ समझाया, फिर वह तीनों शीशीयों को एक लिफाफे में डालकर उसको दिया। उस आदमी ने उसे अपने बैग में रखा और वह घर लौट आया।

मैं उसके स्कूटर के पीछे किसी कोने में दुबक कर आया। मैं हर वक्त मौत के साए में था, यह बाईक बहुत तेज चला रहा था। जैसे तैसे घर लौटकर उसने अपने बीवी को बुलाकर जो हुआ वह बताया। उसके बीवी के चेहरे का रंग उड़ गया, वह उसे डाँटती रही।"

मैं हैरत से सब कुछ सुन रहा था। उसने आगे कहना जारी रखा, "सारे मच्छर गण उसकी बातों को गौर से सुन रहे थे। किसी ने बीच में कुछ कहने की कोशिश कि जिसकी वजह से उसके कहने में बाधा और निर्माण हुई, तो बुजुर्गों ने उसे डांट कर चुप कराया और उसे अपनी बात जारी रखने को कहा, उस मच्छर ने कहना शुरू किया, "मैं उस पर कड़ी निगरानी रख रहा था। पहले तो वह आदमी दिन भर जो चाहे खाता रहता था। उसके पास बहुत बड़ा सफेद रंग का बक्सा है। उसे खोल कर अंदर की चीजों को निकाल कर खाते रहता था। वह डिब्बे को खोलते ही एक रोशनी के साथ ठंडी हवा की लहरें निकलती थी, बडा सुहावना लगता था। खैर 'वो' जो चीज उठा कर खाता था...
... एक बार 'वो' चीज एक साइड में रखी थी तो मैंने उसपर मुंह मारा, वह बहुत मीठी और ठंडी थी। स्वाद क्या कहना! लेकिन वह पिघल कर पानी में तब्दील हो रहा था तो मैं डर कर दूर भागा था। लेकिन अब, जब से वह सफेद शीशीयों को लेकर आया था, वह कुछ भी खाता था, तो वह शीशी खोलकर उसमें रखे सफेद गोलियों को खाता था और तो और उसने वह सफेद बक्से में रखी ठंडी चीजें खानी भी बंद दी।"

उसने कहना खतम किया, थोड़ी देर रुक कर सभी मच्छर गण की ओर देखकर कहा, "बस इतना ही, तीन चार दिन से मैं सोच रहा था कि आप सबको बता दूँ, लेकिन मुझे लगा आप सब मुझे डाटेंगे और मुझे यह भी पता नहीं था के, ये सब बातें आपके लिए कितनी अहमियत रखती है।" वह अब चूप हो गया।

एक बुजुर्ग मच्छर उठकर खड़ा हुआ और कहा, "माना कि तुमने हमारे नियमों को तोड़ा है। लेकिन हमारे गंभीर समस्या का हल ढूँढने के लिए कुछ अलग भी सोचना चाहिए था, यह हम में से किसी के ध्यान में नहीं आया।" दूसरे एक बुजुर्ग ने उठकर कहा कि "हमें इस तथ्य को टटोलना चाहिए, मुझे लगता है कि उसे कोई बीमारी है। क्या वह उसे हमारे काटने की वजह से हुई है? ऐसे वक्त जब हम उन आदमियों के पास जाते हैं, तो उनका शरीर तपा हुआ होता है, खून भी थोड़ा गर्म रहता है। लेकिन इसका ना तो शरीर तपा हुआ है और ना ही खून गर्म है।" दूसरे किसी ने क्षमा मांगते हुए बीच में टोककर कहा, "क्यों ना हम इन सारे तत्वों की जांच करते हैं।" सभी ने इस बात की स्वीकृति दे दी।

यहाँ मैं यह सब सुनकर सकते में आ गया। सोचने लग गया कि कितना मजबूत संगठन है इनका। बुजुर्ग मच्छर ने आगे कहना जारी रखा, "हमारे समिति के कुछ प्रमुखों ने यह फैसला लिया कि जिन–जिन जगहों पर वह गया था, उन जगहों पर जाकर सच्चाई ठीक तरह से जानने की भी कोशिश करेंगे और जो दूरदराज का इलाका हो उस जगह जाकर वहाँ के स्थानीय निवासी मच्छर गण से हम तहकीकात करेंगे।" किसी दूसरे समिति सदस्य ने कहा, "इतने दूर जाना खतरे से खाली नहीं है, यू समझो कि हम मौत के मुंह में जा रहे हैं। हम 15 मच्छरों को वहाँ के लिए नियुक्त करते हैं। हम यह नहीं जानते कि इस कार्य को संपन्न कर उनमें से कितने जीवित लौट आएंगे? जो मरते हैं, वह अपने भाईयों की खुशहाली के लिए शहीद कहलाएंगे। जिस मच्छर ने इसका पता लगाया वह आपका मार्गदर्शक होगा। क्योंकि वही उन ठिकानों को जानता है।"

इस तरह से सब बताने बताते वो रुक गया । मैंने उसे बताया नहीं कि मुझे क्या हुआ है । मैंने उसे कहा, "आराम से, मुझे कोई जल्दी नहीं" उसने कहा, "शुक्रिया!" कुछ मिनटों के विश्राम के बाद वो कहने लगा, "दूर भेजे गए मच्छर सदस्यों में, मैं भी शामिल था। हमने वो सब स्थान देखे, तथा आसपास के स्थानिक मच्छरों के महत्वपूर्ण योगदान की वजह से हमें वहां के घर की वो महिला एक संभ्रांत डॉक्टर थी । दूरदराज से लोग उससे अपनी बीमारी का इलाज करवाने आते थे। यह अलग तरह की डॉक्टर है जो सफेद छोटीसी गोलियों मे भिन्न बोतलों से दवाईयों की चंद बूँदे डालकर मरीज को देती है। कहते है, इससे बीमारी का जड़ से इलाज होता है।"

सब तथ्यों का पता लगाकर हम सब इस निष्कर्ष तक पहुँचे की इस आदमी को कोई खतरनाक बीमारी है, जिसका संबंध खून से था। उस आदमी ने अपने पसंदीदा मीठे व्यंजनो का सेवन करना छोडकर कड़वी दवाईयाँ लेनी शुरू की। हम ने इस बीमारी का नाम भी जान लिया। इसे शुगर की बीमारी कहते है। कहते थे जिसका खून मीठा हो जाता है, यहाँ तक उसकी पेशाब भी इतनी मीठी हो जाती है, कि हमने उसके बाथरूम में चीटियों की भीड़ देखी थी और यह चिटियाँ मीठी चीजों के पीछे ज्यादा भागती है।"

जब रखी गई तत्कालीन बैठक में यह सब तथ्य रखे गए। तो सब ने मिलकर यह तर्क निकाला कि उस आदमी को यानी आपको खून से रिश्ता रखने वाली खतरनाक बीमारी थी और यही वजह थी कि उसका खून इतना मीठा हो गया था। यह हमें स्वादिष्ट लगा और हम उस पर पागलों की तरह टूट पड़े बिना किसी तथ्य को जानते हुए उसे निचोड निचोड़कर चूसने लगे। "दूसरे ने कहा" उसे हुई खतरनाक बीमारी हमें हुई। वह आदमी डॉक्टर से इलाज करवा रहा था। इसलिए सलामत है और उसी के रक्तप्राशन से हमारे भाई बंध बेमौत मर रहे हैं।"

किसी और सदस्य ने कहा, "जो हुआ, जो गुजरा, वह तो अब वापस नहीं किया जा सकता लेकिन इसके आगे ऐसा नहीं हो,

यह सावधानी तो हम बरत सकते है।" समिति प्रमुख ने कहा, "अब सबको यह संदेश दे दो, के आज से उस आदमी के दोदृ तीन मीटर के दायरे में भी कोई नहीं फटकेगा। जो यहाँ हाजिर है उनको और जो यहाँ नहीं है, उन सबको कडी चेतावनी दे दो की कोई उसे काटने का, या उसका खून पीने का खयाल सपने में भी नहीं करे। जिनकी स्थिती गंभीर है, उनके लिए हमें बेहद अफसोस है कि हम उनके लिए कुछ भी नहीं कर पायेंगे। उन्हे अब मीठे व्यंजनों से किनारा कर, कड़वी चीजों से दोस्ती करनी होंगी। शायद इसी में उनके ठीक होने का राज छुपा है। अभी से हलवाई मिठाई की दुकान से उसमें कोई नहीं जाएगा।

हमें अफसोस है, हम उस आदमी की तरह वैसी सफेद गोलिया नहीं खा सकते लेकिन मीठी चीजों से परहेज तो कर सकते हैं? तो मेरी प्यारे मच्छर गण, हम आज की यह विशेष सभा यही समाप्त करने की घोषणा करते हैं।" और सभी मच्छर गण एक दूसरे को शुभकामनाएँ तथा चेतावनी देते हुए विदा हो गये।"

ये कहकर वह अधमरा—सा मच्छर रूक गया, उसे बहुत थकान—सी महसूस हो रही थी। मैं उसकी बातें सुनकर भौचक्का—सा रह गया। जिन मच्छरों के काटने से दुनिया भर के बीमारियाँ जैसे मलेरिया, डेंगू जैसी घातक बीमारियाँ होती है। मुझे काटने की वजह से मेरे खून में बरसों से डेरा डाले हुए शुगर डायबिटीज की बीमारी मच्छरों को होती है? यह क्या मजाक है! एका एक मुझे डर—सा लगने लगा, मैं सोचने लगा कि क्या मेरा डायबिटीज दूसरे सामान्य मरीजों से अलग है? जो मच्छरों पर भी असर करता हो? क्या ये इतना खतरनाक है। क्या यह दुनिया का सातवाँ अजूबा है? मैं इस गहरी सोच में डूबा ही था कि मुझे कराहने की आवाज सुनाई दी।

मैंने देखा तो कराहते हुए वह मच्छर मुझसे कहने लगा, "अच्छा दोस्त, शायद मेरा अंतिम वक्त अब आ रहा है। हम सबने आपको जो तकलीफ दी, उसके लिए हम शर्मिंदा रहेंगे, हो सके तो माफ कर दो। जाते—जाते खुशी की बात ये है कि मैं आपको

ये सब बता पाया।" मैने बीच में टोकते हुए उसे कहा, "दोस्त बताओ मैं आपके लिए और क्या कर सकता हुँ?" ये कहते हुए मैं मन ही मन बहुत डर भी रहा था की उसने अगर उसके आखरी इच्छा में मुझे "आपका खून पीना है" कहा तो? लेकिन नही...... उसने कहा, "बस हमारे लिए दुआ करना!" क्या अजीब बात थी। यह कैसी विडंबना थी के, अब मुझे उनके लिए दुआ माँगनी थी, जिनको मैने चुनचुन कर मारने की कसम खाई थी। मैंने कहा "ठीक है।" अचानक एक खयाल मेरे मन में चमक उठा की एक मच्छर भला मुझ से कैसे बात कर सकता है? और तो और वह मेरी बात कैसे समझ सकता है?

मैंने उसे यह पूछा। तो उस हलत में भी वह हँस पडा। उसने कहा, "मेरा एक जनम चींटी का था। मैं सुबह शाम भगवान को कोसता रहता था। एक दिन भगवान मेरे सामने सूक्ष्म रूप में प्रकट हुए। मैंने उनसे कहा, "आपंने मुझे चींटी का जन्म देकर मुझ पर बहुत अन्याय किया है।" भगवान बोले, "आपका इस जन्म का अवतार कार्य समाप्त होने को है। मैं आपको तीन वरदान देता हूँ। आप अपने अगले तीन जन्म चुन सकते हो। उसमें से पहली दो बार आपकी आयु बहुत कम होगी और तीसरे जन्म में लंबी आयु का वरदान होगा।" यह कहकर भगवान अंतर्धान हो गए। मैं सोच में पड़ गया कि कौन–सा जन्म ठीक होगा? मुझे इंसानों की 'शान ओ शौकत' उनके रहन सहन तरीकों का बहुत लगाव था। वह जब चाहे चीटियों को मसल सकते थे। मैंने बिना समय गवाएँ धड़ल्ले से कह दिया, "हे भगवान मुझे इंसान का जन्म चाहिए।" कहने भर की देरी थी, मैं जोर से कराह उठा था। जैसे कोई भारी पत्थर मेरे बदन पर गिरा हो, मैं तुरंत ढेर हो गया।

इच्छा जन्म 1) मानव

मैं एक रईस खानदान में पैदा हुआ, सबसे छोटा लडका बनकर! मुझे एक बड़ा भाई और एक बड़ी बहन थी। मैं जैसे–जैसे बडा होते गया, मुझे अपना पिछला जन्म भी याद आते गया। यू समझ लीजिए, जैसे मैं कुछ भूला ही नहीं था।''

उसकी कहानी सुनकर मैं हक्का बक्का–सा रह गया। लेकिन खामोशी से सुनता रहा, वह आगे कहने लगा, '' मैं सबसे छोटे होने की वजह से सबका लाड़ला था। पैसों की कोई कमी नहीं थी। जो भी माँगता मिल जाता था। जेबें नोटों से भरी रहती थी, बुरी संगत में पड़कर स्कूल के जमाने से ही मैंने शराब और गर्द का, गांजा चरस का नशा लगवा लिया था। ऐसा करते–करते मैं कॉलेज तक पहुँच गया था और एक दिन एक बहुत ही खूबसूरत लड़की के इश्क में कैद हुआ। हमारा इश्क काफी गहरा था। उसके इश्क में मैं इतना पागल रहता के शराब, ब्राऊन शुगर आदी दूसरी नशों का मुझे खयाल तक नहीं रहता। एक तरह से मैं सुधर गया, सारी नशीली आदतों से दूर हुआ था। उसे बडी–बडी हॉटेल्स में खाने के लिए ले जाया करता था, उसे गुजराती थाली बहुत पसंत थी, तो कभी कभार उसे बेहतरीन 'गुजराती थाली' रेस्टॉरन्ट में लेकर जाता था। ये भी कोई कहने की बात है कि यह सब मेरी तरफ से होता था।

दिन मजेसे कट रहे थे। उसकी हर डिमांड मैं पूरी करता था, उसे महँगे उपहार दिया करता था, उसके लिए हार जेवरात भी खरीदा करता था। मैंने उसे अपने घर पर भी बुलाया था। घर के सभी सदस्यों से मिलवाया था, मेरी बहन ने मेरी पसंद पर खुशी जाहिर की थी। लेकिन इतनी निकटता के बावजूद मैंने उससे शारीरिक सम्बंध नहीं बनाए थे।

एक बार वह तीन दिन के लिए फैमिली के साथ कहीं बाहर गई थी। यहाँ मेरे पिताजी ने मुझे एक छोटा–सा काम करने के लिए कहा। दो दिन हमारे पंचगणी के बंगले में रिनोवेशन के काम

के सिलसिले में जाना था। वह भी अपने फैमिली के साथ बाहर गई थी। तो मैं पंचगणी, हमारे बंगले के लिए पहूँचा था।

थोड़ा ही रिनोवेशन का काम था, तो मजदूरों को ठीक से काम समझाकर मैं यहाँ वहाँ पाचगणी के सृष्टि सौंदर्य का पान कर रहा था, उसे निहार रहा था। एक दिन यूं ही बीत गया। मैं सोच रहा था कि 'वह' यहाँ होती, तो इस सुहाने मौसम में चार चांद लग जाते थे। उसका फोन भी नेटवर्क एरिया से बाहर था। घूमते टहलते अचानक मुझे एहसास हुआ कि मैंने अपने किसी करीबी को, अपने पास से गुजरते देखा है। मुझे ऐसा लगा जैसे मैंने ''उसे'' देखा। पहले लगा कि मुझे आभास हुआ होगा? लेकिन नहीं, वह सामने वाले एक पॉश होटल से निकलकर कॉर्नर पर खड़े बाइक पर किसी के साथ सवार होकर निकल पड़ी। 'वह' मेरी 'वह' थी! अब इसमें कोई शक नहीं बचा था। इतने बारीकियों से मैने उसे निहारा था।

मुझे जैसे साँप सूंघ गया, मैंने थोड़ी दूरी बनाए रखकर उसका पीछा किया, एक जगह पर वह रुक गए। बाइक साईड में खड़ी कर, उतरकर झाड़ियों की तरफ पैदल ही बढ़ने लगे। एक दूसरे का हाथ थामे, आगोश में वह दुनिया से बेखबर अपने ही मस्ती में चल रहे थे। मेरे लिए यह सदमा बहुत गहरा था। उसके साथ वाला बहुत हैंडसम बंदा था। एक सुनसान जगह पर पहुँचते ही उसने इसे खींच कर अपने आगोश में ले लिया और उसे बेतहाशा चूमना शुरू किया। उसके हाथ उसके बदन पर हरतरफ घूमने लगे। बड़े ही आसानी से उसने, उसके बदन पर से सारे कपडे हटा दिए और देखते–देखते वह सब कुछ कर दिया जो मैंने इतनी निकटता के बाद भी नहीं किया था।

जंगल में उनका मंगल चल रहा था, सूखे पत्तों की सेज पर सुहागरात मनाई जा रही थी। मेरे आँखों के सामने, मेरे सपनों को धराशाई होते देख कर जज्बातों को जब्त करना बहुत मुश्किल गुजर रहा था। अब देखने के लिए कुछ भी नहीं बचा था। मेरे सामने शालीनता का नकाब ओढ़े घूमने वाली सरेआम बेपर्दा हुई थी और उसे शिकन तक नहीं आई थी, जैसे रोज का काम हो। मेरे सपनों के खूबसूरत बगीचे को उजड़ते हुए मैंने देखा था।

बोझल मनसे मैं घर लौट आया, अब घर के खाली दीवारों पर मुझे वह चलचित्र नजर आ रहा था, जो मैंने देखा था। मैं आंखे बंद करता था, लेकिन वह घटित दुष्कर्म और भी साफ नजर आता था। जैसे तैसे बुझे मन से मैं अपने बंगले पर काम करने वाले आदमियों ने पूरे किए काम पर नजर घुमाई, कुछ जगह सुधार करने के लिए बताया और क्या क्या, कैसे करना है, उनको समझाया। उन सबको मैं वर्षों से जानता था। वह सब हमारे मुंबई तथा दूसरी जगहों पर काम के लिए आते रहते थे।

मेरी बिगडी हुई शक्ल देखकर कुछ एक ने मुझसे पुछा, "आपको क्या हुआ हैं?" मैने कहा, "कुछ नही, बस तबीयत थोडीसी खराब है, थकावट है। पूरी रात मैं सो नहीं पाया, बस करवटे बदलता रहा। दूसरे दिन शाम को मुझे वापस मुंबई घर लौटना था, उससे पहले मुझे सौंपा गया काम मैने पूरा किया। लौटते वक्त तक मैं थोड़ा बहुत संभल पाया था। मैंने सोच लिया कि मैं खुद होकर" उसे" कुछ नहीं पूछूंगा, ना ही कुछ जाहिर होने दूंगा कि उसकी छुट्टियाँ उसने कहा? कैसे किसके साथ? गुजारी थी।

कॉलेज शुरु हो चुका था, ना हीं मैं कॉलेज गया और ना ही मैने उसे फोन किया। देर रात उसके मैसेज आए थे लेकिन मैंने उन्हें खोल कर भी नहीं देखा। उसका फोन आया तो उसे उठाया भी नहीं और ना ही रिटर्न कॉल किया। बार–बार मॅसेज आए। उसने कहा, "आप कहा है? आपकी बहुत याद आ रही हैं, कब मिलते है?" देर रात मैने उसे जवाब दिया की, "मै काम में बिझी हूँ, दो–तीन दिन में मिलता हूँ।" इतना रूखा व्यवहार मैने उससे आज तक नहीं किया था। वह जरूर अचरज में पड गई होगी। उसने "ओके!" लिखा।

तीसरे दिन मैं कॉलेज गया, उससे मिला, उसने मुझे गर्मजोशी से हाथ मिलाया। मैने सामान्य बनने की कोशिश की, लेकिन वह झाड़ियों के बीच मैने जो देखा था, उससे हमारे बीच के रिश्ते खत्म हो चुके थे। उसके साथ मुझे 'वो' भी नजर आ रहा था और मेरा खून खौल उठता था।

शाम को हम हमारी पसंदीदा जगह–जगह पर मिले। मैंने उससे पूछा "छुट्टियाँ कैसे गई?" उसने कहा, "बहुत दिनों बाद में अपनी फैमिली के साथ छुट्टियों पर गई थी, बहुत मजा आया, हम नाशिक गए थे।" वह बड़ी सफाई से झूठ बोल रही थी। जबकि वह नासिक से बिल्कुल विपरीत दिशा में थी और उसके उस तथाकथित फॅमिली को मैं अच्छी तरह जान गया था। मैंने कहा, "अरे वाह!"

फिर उसने पूछा कि मेरी छुट्टियाँ कैसी बीती? मैंने कहा, "मैं हमारे बंगले के काम के सिलसिले में 'पंचगणी' गया था और वही तीन दिन तक रुका था।" यह कहते हुए, मैं उसके चेहरे को बहुत बारिकियों से देख रहा था। मेरे मुँह से पंचगणी का नाम सुनते ही उसके होश उड़ गए, उसे जैसे साँप सूँघ गया, वह मुझसे नजरें चुराने लगी। मैंने उससे पूछा, "कभी पंचगणी गई हो?" उसने 'ना' में सिर हिलाया। मैंने कहा, "कभी आपको ले चलूंगा...... वहाँ हमारा शानदार बंगला है, वह बहुत खूबसूरत जगह है। खासकर वह जगह।" कहते हुए मैंने उस जगह का नाम लिया। जहाँ उसने और उसके उस दोस्त ने रंगरलिया मनाई थी।

उस जगह का नाम सुनते ही उसे गहरा सदमा–सा लगा। अपने चेहरे पर सहजता रखना उसे नामुमकिन हो रहा था। उसने कहा, "किसी दिन चलूंगी, अब मुझे निकलना है, बाहर जाना है।" और उसने मुझ से विदा ली। मैंने उसे रोका और कहा, "अपना गिफ्ट लेते जाओ!" और मैंने उसके हाथ में थमा दिया। जिसमे कुछ खास किस्म की माला थी। बिल्कुल वैसी। जैसी उसने उसके साथ में घूमते हुए पहनी थी। अब वह पाकिट में बंद था, घर जाकर जब वह खोल कर देखेगी। तो उसे 360 वोल्ट का करंट लगना ही लगना था। बाद उसने कोई मैसेज नहीं किया की गिफ्ट कैसा है? कैसा लगा? दरअसल गिफ्ट के बारे में विस्तार से बताना उसकी आदतो में शुमार था।

मैं सोच रहा था, क्या वह जान गई थी? दूसरे दिन वह कॉलेज नहीं आई। मैं शाम को अकेला ही बाइक पर घूमता हुआ पनवेल पक्षी अभयारण्य तक पहुँच गया। छुट्टी का दिन ना होने

वजह से सारे रास्ते खामोश थे। मेरी जिंदगी से उसे निकालना, उसकी करतूतों को माफ करना यह सब मेरे लिए असंभव–सा था। यह पक्षी अभयारण्य मेरी पसंदीदा जगह थी। अलग–अलग जगहों से भिन्न प्रजातियों के पक्षी यहाँ आते थे–उन्हे निहारना मुझे अच्छा लगता था।

बाईक पर जाते–जाते मैने एक सुनहरे पंखवाले पक्षी को एक तरफ जाते देखा, मैने तुरंत अपनी बाईक सडक के किनारे लगा दी और जल्दी से बॅग से कॅमेरे को निकालकर उस दिशा में दौडा, वह पंछी काफी उचाई पर उड रहा था और झाडियों की वजह से ओझल होते चला जाता था। तो मैने जूम लेन्स वाली अपनी कॅमेरा के फ्रेम में आनेवाली दूसरे पक्षियों की गतिविधीयों की तस्वीरें उतारना शुरू किया। मैने बहुत–सी नायाब तस्वीरें कॅमेरा में कैद कर ली। मैं कॅमेरा के झुम लेन्स को अलग दिशाओं में घुमाकर फ्रेम में झांकता था।

अचानक कैमरा के फ्रेम में एक अजीब दृश्य देखा। मैंने 'उसे' देखा, जी हाँ! मैने उसको देखा जो कभी मेरी थी। वह उसी के साथ थी, जो पांचगणी में उसके साथ रंगरलिया मना चुका था। दोनों में बातचीत चल रही थी। मैं बिना कोई आवाज किए उनके करीब आकर झाड़ियों के पीछे छुप गया। अब उनकी आवाजें मुझे साफ सुनाई दे रही थी। उसका असली प्रेमी उसे कह रहा था, "अरे अब शांत भी हो जाओ।" उसने कहा, "कैसे शांत हो जाऊ? शायद उसे सब कुछ पता चल चुका है, यह डबल गेम अब मुझसे बर्दाश्त नहीं होगा, उससे नजरें मिलाना भी मेरे लिए नामुमकिन–सा हुआ है।" वह बहुत परेशान लग रही थी। प्रेमी ने कहा, "बस्स! थोड़ी देर और सही, उस रईसजादे से मोटी रकम ऐठनी है, बाद अपना रास्ता अलग।" उसने कहा, "मैं अब उससे पीछा छुड़ाना चाहती हूँ। यह नाटक अब मुझसे और नहीं होगा।"

उसने कहा, "हो सकता है, वह कुछ भी जानता ना हो? अच्छा थोडा सोचते हैं।" इतना कहकर वह जेबें टटोलने लगा, परेशान होकर उसने कह, "तुम रुको, मैं पाँच मिनिट में सिगरेट लेकर आता हूँ।" यह कहकर वह चला गया और उसी वक्त मैंने उसके सामने आने का फैसला किया। अब वह अकेली थी, मैं

झाड़ियों के पीछे से उसके सामने आकर खड़ा हुआ और पूछा, ''कैसी हो तुम? तुम बिल्कुल सही कह रही हो कि मैं सब कुछ जान चुका हूँ।'' मुझे देखते ही उसके होश उड़ गए। वह जोर से चिल्लाई, उसका चेहरा सफेद पड़ चुका था। मैंने उससे कहा ''तो तुम मुझसे पैसा ऐठना चाहती हो, क्या जरूरत थी यह सब करने की? वैसे भी मेरा सब कुछ तो तुम्हारा होने वाला था। सिर्फ एक बार कह देना था, कितने पैसे चाहिए थे...... एक लाख? दो लाख? पाँच लाख? जब मैं अपनी जान तुम पर निछावर कर सकता था, तो यह चार पाँच लाख मेरे लिए कोई अहमियत नहीं रखते थे।'' मैं बोलता चला गया......''मैंने अपने घरवालों से आपको मिलवाया था, सब की रजामंदी थी। अब उन सब के सवालों का मैं क्या जवाब दूंगा?''

मेरे यह कहने भर की देर थी कि मेरे सिर पर किसी भारी चीज से प्रहार हुआ। मैं दर्द से कराह उठा और जमीन पर गिर गया। मैंने देखा वह उसका प्रेमी था, उसके हाथ में लोहे का डंडा था। वह मुझसे कहने लगा, ''कुत्ते अब तुझे किसी के सवालों का जवाब देने की जरूरत नहीं पड़ेगी, क्योंकि मुर्दे कभी बोला नहीं करते, मुर्दों की जुबान नहीं होती। हमारे बारे में जानना चाहते हो तो सुनो। हम एक दूसरे से बेहद प्यार करते हैं। हमने सोचा था, तुम से थोड़े पैसे ऐठते हैं और तुम्हें भूल जाते हैं।''

यहाँ वह बहुत जोर से रोने लगी, उससे कहने लगी, ''यह क्या कर दिया तुमने?'' उसने कहाँ, ''इस कमीने को अब मरना ही होगा।'' कहकर एक बड़ा–सा पत्थर उठा कर दो तीन बार मेरे मुँह पर, सर पर मार दिया। मैं पहले से अधमरा था, उस बडे पत्थर की मार से पूरी तरह खामोश हुआ। मेरी आत्मा मेरे शरीर से निकलकर थोड़ी ऊंचाई पर चली गई। मैंने देखा, वह गहरे सदमे में थी, हत्यारे ने उसे जैसे तैसे मनाया / समझाया, तब जाकर कही उसने उस के साथ मिलकर मेरी लाश को झाड़ियों के पीछे खींचकर छुपा दिया और उसे डंडे और पत्थर को भी वही छुपा दिया। उसने उससे झगड़ते हुए कहा, ''ऐसा क्यों किया तुमने? ऐसा करके क्या हासिल हुआ? मैंने तुम्हारे ही कहने पर उस पर प्यार किया था, जाल बिछाया था, बहुत–सी ऐसी बातें

कि जिसकी मुझे शर्म आ रही थी। लेकिन फिर भी मैने किया और अब तुमने मुझे इस हत्या में भी फँसाया?''

प्रेमी ने उसके कंधों को पकडकर जोर–जोर से हिलाया...... "ये सब हमारे लिए था।'' उसने प्रेमी को धक्का देकर पीछे हट गई, सर पीटते हुए कहने लगी, ''मै तुमसे प्यार करती थी, तुम्हारे साथ कैसे भी, किसी भी हालत में रहने को तैयार थी। बस्स! कोई ढंग का काम करके इज्जत की रोटी कमाने की बजाय तुमने मुझे इससे झूठा प्यार करवाके इसके पैसे से मुफ्त की ऐश करने की प्लॅनिंग की। मैने कही बार मना करने के बावजूद मुझे भी गलत काम में ढकेल दिया। यहाँ तक तो ठीक था लेकिन खून करने की फितरत तुम रखते हो यह मैंने कभी सोचा भी नहीं था।'' उसने कहा, "गलती हुई! वह जिस तरीके से तुम से बात कर रहा था, वह मुझसे बर्दाश्त नहीं हुआ, मुझे पास में पडी एक लोहे कि रॉड मिल गई और मैंने उस पर दे मारी। उसकी जबान को पूरा खामोश कर दिया, डरो मत किसी को पता नहीं चल सकेगा।''

मेरी आत्मा यह सब सुन रही थी। मैं उन्हें उनके किए की सजा देना चाहता था, लेकिन क्या यह मेरे हाथ में था? अचानक मुझे स्मरण हुआ कि मैं अपनी इच्छा अनुसार जन्म ले सकता हूँ। मैने थोड़ी देर सोचने की जरूरत महसूस की। यहाँ वह दोनों मुझे खींच कर ले जा थे...। इतने में मैंने देखा कि झाड़ियों से निकलकर एक बड़ा–सा कोबरा नाग अचानक उनके सामने आ खड़ा हुआ। यह देखकर वह प्रेमी बहुत ही डर गया। यहाँ तक उसने 'उसका' हाथ छोड़कर पीछे कि तरफ भाग खडा हुआ।

वह कोबरा नाग बहुत ही बड़ा था। बड़ी शान से उसने अपने फन निकालकर उनकी तरफ देखा और दूसरी तरफ निकल गया। प्रेमी थरथर काँप रहा था उसने कहा, ''मैं सब कुछ कर सकता हूँ लेकिन मुझे साँपों से–से बहुत डर लगता है। मैं छोटा था तब मेरे एक चचेरे भाई की मेरे सामने साँप ने डस कर हत्या की थी। तब से मेरे दिलो दिमाग में साँप का डर–सा बैंठ गया है।''

मेरे सामने हुए वाकये से, मुझे मेरे मुश्किल सवाल का जवाब आसानी से मिला की "मुझे अगला जन्म कौनसा चुनना है?"

हालांकि भगवान ने मुझे बड़े साफ तौर पर कहा था कि "पहले दो जन्म तुम्हारी आयु बहुत ही कम होगी, लेकिन तीसरे जन्म में ज्यादा!" और मैंने हड़बड़ाहट में पहले ही मनुष्य जन्म को चुना। पहला जन्म अपने अल्पायुषी होने का सबूत पेश कर चुका था। अब आगे देखना था।

यहाँ...... वह दोनों खूनी तुरंत वहाँ से निकल भागे। मैं वहाँ गया जहाँ मेरी लाश पड़ी हुई थी। उसे देख कर मुझे वह सारे लम्हे...... मेरे प्यारे माँ बाप, भाई बहन, दोस्त तथा अपने शानदार जिंदगी की एक झलक नजर आई, इस जिंदगी में उसका प्रवेश से लेकर अभी घटित हुई घटना तक, चंद पलो में आँखों के सामने चलचित्र के स्वरूप में दिखाई देने लगी, मेरे आँसू निकल आए।

यहाँ मेरे खून की गंध पाकर कुछ कौए और चूहे उसके आसपास मंडराने लगे। "हे भगवान, मुझे मदद करो।" और भगवान..... तुरंत सामने प्रकट हुए। मैंने प्रणाम किया, मैंने कहा, "भगवान मेरी लाश को यहाँ सडने मत देना। उसकी खबर मेरे घर पर कर देना।" भगवान ने कहा "इस विनाशी शरीर के प्रति इतना मोह?" मैंने कहा, "क्या करूं?" भगवान ने कहा, "ठीक है! अभी तुरंत कर देता हूँ, वह देखो...।" देखते–देखते वहाँ एक बाइक रुकी और बाइक पर जवान जोड़ा बैठा था। उसमें से लड़का उतरकर लघुशंका के लिए बिल्कुल वहाँ आया जहाँ मेरी लाश पड़ी थी। उसने लाश देखी और हांफता हुआ बाहर की तरफ दौड़ा। उसने अपने गर्लफ्रेंड को बताया, वह भी सदमे में आ गई, लडके ने तुरंत एक फोन लगाया।

कुछ ही पलो में वहाँ पुलिस कार और एंबुलेन्स आकर रुकी, उस लड़के ने दिखाए गए स्थान पर गई। पंचनामा कर, उठाकर मुझे एंबुलेन्स में लेकर गई। भगवान ने कहा, "खुश? और कुछ?" मैंने बिनती करते कहा, "हे भगवान अगर मेरी इच्छा अनुसार जन्म चुनने का अधिकार तो आपने मुझे दे ही दिया है, मैं मेरे अगले

जन्म में कोबरा नाग बनना चाहता हूँ। एक बहुत बड़ा कोबरा नाग! मैं मेरे शहर के आसपास ही जन्म लेना चाहता हूँ, ताकि मैं उन दोनों से अपनी मौत का बदला ले सकू।" भगवान ने कहा "तथास्तु! आप पर यह मेहरबानी है इसलिए हो रही है कि इससे कुछ जन्म पूर्व आप एक पुण्यात्मा थे, बहुत लोगों को निरपेक्ष वृत्ति से आप ने मदद की थी। आप जो चाहे वही होगा। आपको याद होगा कि आपका अगला जन्म भी अल्पायुषी होगा।" मैंने कहा, "जी हाँ! मैं जन्म लेने से पहले थोड़ा समय चाहता हूँ।" भगवान "तथास्तु!" कहकर अंतर्धान हो गए।

आत्मा रूपी में तुरंत अपने घर पर पहुँच गया। मेरी मौत की खबर अब तक सब जगह फैल चुकी थी। उन्होंने अपना जवान बेटा भाई खोया था। आसपास मातम छाया हुआ था, माँ का तो रो-रो कर बहुत बुरा हाल हुआ था। अफसोस मैं बेबस था, उनको उस हालत में देखने अलावा मैं कुछ भी नहीं कर सकता था। मेरे स्कूल कॉलेज के बहुत से दोस्त वहाँ हाजिर थे। मेरा गुस्सा तब सातवें आसमान पर जा पहुँच गया, जब मैंने देखा कि मेरी 'वो' भी वहाँ मेरे पार्थिव शरीर के अंतिम दर्शन लेने अपने सहेलियों के साथ आई थी। वह मेरी बहन के पास गई, मेरी बहन ने उसे गले से लगाया और 'वो' कमीनी घड़ियाली आँसू बहाने लगी। मेरी बहन उसे शांत कर रही थी।

कुछ देर नाटक निभाने के बाद उसने सब से विदा ली। मैंने उसका पीछा किया तो देखा कि कुछ दूरी पर उसका प्रेमी / मेरा कातिल बाइक पर उसका इंतजार कर रहा था। वह दोनों तुरंत बाईक पर सवार होकर निकल पड़े। मेरा खून खौल रहा था, लेकिन बदकिस्मती से मैं कुछ भी नहीं कर पा रहा था। मैं उन्हें दर्दनाक मौत देने का निश्चय कर चुका था।

इच्छा जन्म 2) कोबरा नाग

अब मैंने अपने शरीर और इस जन्म के सगे संबधियों से मोह छोड़ने का फैसला किया और मेरा विधिवत अंत्यसंस्कार होने के बाद मैंने भगवान का स्मरण किया और इच्छित अगले जन्म का नाम तीन बार दोहराया। पास ही जंगल में एक ब्लैक कोबरा ने कुछ अंडे दिए थे, उसमें से एक में मेरी आत्मा समा गई। यथावकाश मैंने जन्म लिया और कुछ ही सालों में मैं इस लायक हो गया कि मैं मेरे काम खुद कर सकूं। धीरे-धीरे मेरा शरीर एक लंबे विशाल नाग में ब्लैक कोबरा में परिवर्तित हो चुका था, जिसको देखने मात्र से डर पैदा हो जाता था और अगर फन निकाला गया तो पूछो ही मत...... देख कर ही दिल दहल जाए।

इस बीच प्रकृति के नियमानुसार एक शानदार नागिन से जोड़ी बनाकर उसके द्वारा अपने वंश को आगे बढ़ाने का काम को भी मैं अंजाम दे चुका था। बचपन से ही मुझे अपना पिछला जन्म और इस जन्म का मेरा जीवित कार्य अच्छी तरह से याद था। मैं इंसानों की भाषा समझ सकता था। मेरा यह जन्म भी अल्पायुषी था, इसलिए मुझे अपना अवतार कार्य शीघ्र ही पूरा करना जरूरी था। बहुत समय गुजर चुका था। पता लगाने पर मैंने जाना की मेरी वालीने उसके प्रेमी का साथ छोड दिया था।

मुझे 'मेरी वाली का घर' तो पता था। लेकिन मेरे कातिल का ठिकाना पता करना पडा। उसका घर जंगल से सटकर बनाई गई एक छोटी-सी कॉलनी की चाल में था। हैरत की बात यह थी कि उस नीच को पेड़ पौधों का बहुत शौक था। उसने अपने घर के आगे एक छोटा-सा गार्डन बना कर रखा था, जिसकी देखभाल वह खुद किया करता था और इसी बात का मुझे फायदा उठाना था।

मैंने उसके आने जाने के वक्त का मुआयना किया। वह नीच हमेशा देर रात घर लौटता था। अपनी बाइक बाहर खड़ी कर करके घर के अंदर जाता था और खाना खा खाकर हाफ पैंट

और बनियान में टहलने आ जाता था। उसे उसके किए की सजा देने के लिए, सबक सिखाने के लिए इसी वक्त को मैंने चुना। एक दिन जैसे ही वह टहलने के लिए झाड़ियों के पास पहुँचा ही था... ... कि मैं अचानक उसके सामने प्रकट हुआ, अचानक इतने बड़े साँप को फन उठाते हुए इतने समीप पाकर उसे तो जैसे लकवा मार गया।

मैंने उसके दोनों पैरों को अपने लंबे शरीर से लपेट लिया, ऐसा करते ही वह नीचे गिर गया, मेरी पकड इतनी मजबूत थी कि वह पैर भी हिला नहीं पा रहा था। वह छटपटा रहा था। हाँफ रहा था और अचानक ही मैं मनुष्य वाणी में बोल उठा, ''क्यों दोस्त! कैसे हो? मजा आ रहा है क्या?'' एक खतरनाक सांप को मनुष्य वाणी में बोलता देखकर वह हक्का बक्का–सा रह गया।

''क... क... क... क। कौन? कौन? कौन?'' वह कमीना हाँफते–हाँफते कह उठा। मैंने कहा, ''क्या दोस्त! इतने जल्दी भूल भी गए?'' रात के अंधेरे में भी उसकी आँखों में, चेहरे पर उठते भांवों को मैं साफ पढ़ सकता था।

''भूल गए? बस इतने जल्दी में भूल गए? कैसे तूने और तेरी माशूका ने मिलकर मुझे मारा था, पनवेल की जंगल में!'' यह सुनकर उसका मूँह जितना खुल सकता था खुला और खुला का खुला रह गया। ''हाँ हाँ ...... मेरे प्यारे दोस्त!'' फिर मेरे मूँह से गुर्राहट निकली, ''कमीने साले, मैं वही हूँ जिसको तूने पहले लोहे की रॉड से और बाद में पत्थर सर पर पटकपटक कर मार डाला और मेरी लाश को चील कौओं को खाने के लिए छोड़ दिया। मैं तुझे इतनी आसानी से मरने नहीं दूँगा।'' वह गिडगिडाने लगा, ''मुझे माफ कर दो, मुझसे गलती हुई, मैं बहक गया था। प्लीज!'' उसका रोना धोना लगातार चालू था। लेकिन उस हलकट पर दया करने का कोई सवाल ही नहीं था।

इंसान के जन्म में...... मैंने कराटे के कुछ पैतरे सीखे थे, जैसे कौन–सी जगह पर वार करने पर, उन अंगों को निष्क्रिय या चेतनाहीन किया जा सकता है, यह मैंने सीखा था। वैसे उसे खत्म करने के लिए मेरा एक दंश ही काफी था। पहले मैंने

उसके पैरों की नसों को इतनी ताकत से जकड़ लिया कि उसके वह पैर निष्क्रिय हो गए, जैसे लकवा ग्रस्त हो गए हो। फिर मैने एक-एक करके उसके हाथों को पंजो से लेकर कंधो तक बेकार किया, मुझे कोई जल्दी नहीं थी। मैने हाथों की हड्डियो का चकनाचूर कर दिया। वह बेपनाह दर्द से कराह रहा था और मैं उसके मौत का बडे मजे से तमाशा देख रहा था।

इतने में मुझे कुछ आहट सुनाई दी। दूर से कुछ लोग इसी तरफ आ रहे थे। वह लोग किसी भी समय मेरे पास पहुँच सकते थे, मेरे पास अब वक्त कम था, गुस्सेसे मैं उसके पूरे बदन में अपने बेहद जहरीले दातों से दंश देता गया, उसने तडप कर मेरे सामने दम तोड दिया। मैं तुरंत वहाँ से तेजी से दूर निकल आया। मुझे बड़ा सुकून मिला, मैं बहुत ज्यादा खुश हुआ, मैंने अपने हत्यारे को दर्दनाक मौत देकर मेरा बदला पूरा किया। पूरा किया? नही, नहीं! अबतक "वो" जीवित थी, उसे उसकी बेवफाई की, बेईमानी की सजा जरूर मिलनी थी।

उसके लाश का पोस्टमार्टम किया गया, तब तो सब हैरत में पड़ गए। कि एक ही आदमी को किसी साँप ने इतना तड़पा कर कैसे? और क्यो मारा होगा? एक साथ उस पर इतने सारे काटने के निशान कैसे? खैर उसकी लाश की हालत जब मेरी 'वह' देखेगी तब उसे मेरी दुर्गति जरूर याद आएगी। अब उसकी बारी थी, मैंने 'उसके आने जाने के समय का बड़ी बारीकी से अध्ययन किया था

और इसी तरह एक दिन मैंने' उसको' अकेला (गांठकर) पाकर उसके सामने प्रकट होते ही वह बेहद डर गई और एक साँप की मनुष्यवाणी सुनकर तो उसकी आँखे दंग रह गई। मैंने जब खुदका परिचय दिया, तो तड़प उठी, माफी मांगने लगी। मैंने बड़े ही सख्त अंदाज में कहा, "विश्वासघात किया है, तो सजा तो भुगतनी ही पड़ेगी।" फिर उसने अपनी आँखे बंद करके कहा, "मैं तुम्हारी गुनहगार हूँ, मुझे हर सजा मंजूर हैं।" मैं उसका वह खूबसूरत अंदाज देखकर भावविह्वल, भाव विभोर हुआ, एक पल लगा जाने दो, उसे छोड़ देते हैं। पर दूसरे पल सोचा, मेरी लाश

इसने भी घसीटी थी। इसे कैसे छोड़ दूँ ? उस हत्यारे के प्यार में पागल होकर इसने सिर्फ मेरा ही नही, मेरे पूरे खानदान का विश्वासघात किया। ये सोचकर उसे दंश किया। उसने दम तोड़ते हुए उसका सर मेरे सामने माफी के अंदाज में झुकाया था।

उसे मौत दे दी। लेकिन तड़पा–तड़पा कर नहीं, बस एक बार होठों पर डस लिया। इस तरह मेरा बदला पूरा हुआ। संतुष्टि से मैं अपने ठिकाने पर लौट आया। मेरी नागिन और हमारे छोटे बच्चों के साथ खुशी से वक्त बिताने लगा। इस जन्म में भी मेरी आयु कम थी, यह बात मुझे बिल्कुल याद थी। लेकिन कितनी कम? ये मैं जान नहीं सकता था। बच्चे अब बड़े होने लगे, कुछ ही दिनो में वह सब अपना खुद का घर बसाने निकल जायेंगे। साँप बनकर मैंने एक अच्छी जिंदगी बसर की थी।

एक दिन की बात हैं, मैं भक्ष की तलाश में जंगल में भटक रहा था, तो एक नेवला राह में आ गया, मुझे उससे लड़ने का कोई शौक नहीं था। लेकिन उस नेवले को बहुत ज्यादा गर्मी थी। उसने मुझ पर हमला किया, मैं भी पूरी ताकत से लड़ता रहा, ये लड़ाई देर तक चल रही थी। मैं उसपर भारी पड़ रहा था, अचानक दो बड़े से नेवले पता नहीं कहाँ से वहाँ आ गए, वह भी बेकार में मुझपर झपटने लगे। शायद उस कमजोर पड़ते नेवले को बचाने के लिए हमारी लड़ाई में कूद पड़े हो? खैर ...... अब पाँसा पलट चुका था। वह तीन थे और मैं अकेला। तीनों के ताकत के आगे मैं बहुत कमजोर पड़ते चला गया। एक को संभालता तो दूसरे दो नोंचते रहते, उन्होने मेरी बहुत बुरी हालत कर दी।

एक नेवला होता तो बात कुछ और होती, मैं उसे आसानी से मार देता था लेकिन उन तीनों की ताकत के आगे मैं बहुत कमजोर पड़ गया लेकिन मैंने उनमे से एक नेवले को ड़सकर कर मौत के घाट उतार दिया। लेकिन तब तक उन्होंने मेरी वह दुर्गत बनाई थी जो किसी दुश्मन को भी नसीब ना हो। मुझे अधमरे हालत में छोड़कर वह दो नेवले लौट गए।

इच्छा जन्म 3) मच्छर

मैं समझ गया कि मेरा अंत समय आ गया हैं। अब मैं सोच रहा था कि मेरा आखिरी जन्म कौन-सा होगा? मैं भगवान को याद कर ही रहा था कि पता नहीं मच्छरों का झुंड वहाँ आया और मेरे जख्मों को कुरेद-कुरेद कर खून चूसने लगा। मेरा ध्यान पूरी तरह मच्छरों की ओर था, दर्द कि तरफ था। मुझे पता ही नहीं चला कि भगवान कब मेरे सामने प्रकट हुए? और कब उन्होंने पूछा कि "अगले जन्म कौन-सा चाहते हो?" मैं मच्छरों के काटने से इतना परेशान था कि मेरे मुंह से आवाज निकली "ओ मच्छर-मच्छर मच्छर!"

"अच्छा!" भगवान ने हँसकर, "तथास्तु!" कहा। तब जाकर मुझे वास्तविकता का परिचय हुआ। मुझे मेरी गलती का एहसास हुआ लेकिन तब तक बहुत देर हो चुकी थी। मेरा अगला जन्म अब लिखा गया था, वह था 'मच्छर' का।

कुछ ही पलों में मैं साँप के शरीर से मुक्त हो गया। मैंने देखा कि मेरे साँप के शरीर को कौए, चूहे और मच्छर आदि अपना भोजन बना रहे हैं। हताशा से मेरी आह निकल गई। मेरी आत्मा कुछ पल के लिए उस जगह गई जहाँ मेरा घर था। मैंने अपने बिल में जाकर नागिन और अपने बच्चों को प्यार भरी नज़रों से देखा, सोचा, पता नही, उनको मेरे बारे में कब पता चलेगा? बोझल मन से मैं वहाँ से निकला।

तद् उपरांत मैंने एक मच्छर के बीज में प्रवेश किया। और तब से मैं यह जिंदगी जी रहा हूँ। इस तीसरे और आखिरी जन्म में लंबी आयु के वरदान के तहत में हर मुश्किलों से बचता गया और अब तक मैंने एक लंबी आयु जी ली। इतनी आयु किसी भी मच्छर की नहीं होती। मैं सबसे बूढ़ा और बुजुर्ग था। आखिर कर मुझसे एक गल्ती हो ही गई के मीठे खून के लालच में मैंने आपको डस कर आपका खून बहुत बार चूस लिया और आज मैं इसका खामियाजा भुगत रहा हूँ। मेरा अंत आ चुका था। अब मैं

एक बात कह सकता था कि बुढ़ापे की वजह से पहले ही मैं कमजोर था।"

वो मच्छर थक गया था, हाँफ रहा था। मैंने कहा, "बड़ी ही दिलचस्प और रोचक कहानी है आपकी। इस पर तो किताब लिखी जा सकती है!" उसने कहा, "जरूर लिखना!" मैंने उसे पुछा, "आपका नाम क्या है?" उसने कहा, "हममें कोई नाम नहीं हुआ करते, फिर भी आप मुझे नातू कह सकते हो।"

"तो महोदय! अब मेरा अंत आ चुका है। अब तीनों जन्म समाप्त हो चुके हैं। पता नहीं मेरा अगला जन्म कौन–सा होगा? एक बुजुर्ग होने के नाते मैंने मेरे सारे मच्छर गण को चेतावनी दी है ...... कि वह आपके आसपास भी ना फटके। क्या मैं आपको एक सलाह देने की जुर्रत कर सकता हूँ? मैंने कहा," हाँ हाँ! क्यों नहीं! अधिकार से कहिए।" उसने कहा, " आपकी यह बीमारी बड़ी खतरनाक है। उसका अच्छे से इलाज करना।"

और...... मेरे सामने ही उसने दम तोड़ दिया। मैंने उसे बड़े प्यार से एक कागज पर उठा लिया, उस पर गोमूत्र छिड़का कर, गंगा जल भी छिड़का और उस कागज को अग्नि दी। उस मच्छर ने मुझे सच्चाई से अवगत कराया कि कितनी खतरनाक बीमारी को मैं नजरअंदाज कर रहा था।

और अब मैं अपने खाने पर नियंत्रण रख रहा हूँ। दवाईयाँ वक्त पर लेने का हर संभव प्रयास कर रहा हूँ। सोचता हूँ, "पता नहीं मेरा अगला जन्म कौन–सा होगा? पिछला कौन–सा था? लेकिन हे भगवान मुझे कभीभी मच्छर और साँप का जन्म मत देना, प्लीज!" उसी वक्त चारों तरफ देदीप्यमान प्रकाश फैल गया और एक आवाज गूंज उठी, जैसे आकाशवाणी हो...... !

"तथास्तु! तथास्तु! तथास्तु!"

समाप्त

चाँद और भूत योनि

चाँद और भूत योनि एक दिलचस्प कहानी

'चाँद' उस हसीन लड़की का सम्बोधन है, जिसे हम चाहते हैं।

चाँद शायद मैं आपको समझ नहीं पा रहा हूँ। आपके हाव-भाव मनोदशा पढ़ने में मैं असमर्थ हूँ। कभी तो......बेपनाह गुस्से और बेइंतेहा प्यार में आपके चेहरे पर मुझे समान भाव नजर आते हैं, हो सकता हैं यह मेरी आँखों का धोखा हो?

सुबह के आधे घंटे की ओझल-सी मुलाकात के लिए मैं दिन भर तड़पता रहता हूँ और हाथ कुछ भी नहीं आता। पानी सामने होता है लेकिन पानी को छूने की हिम्मत नहीं होती, क्योंकि यह पानी मामूली नहीं होता..... मीठा तो बहुत है, लेकिन उसमें 360 वोल्ट का करंट दौड़ते रहता है। मरने से मुझे कोई डर नहीं, लेकिन ऐसा मरना भी किस काम, जिसमें हमारे मरने का किसी को कण मात्र अफसोस ना हो और किसी को फायदा? बहुत दूर की बात है!

विस्मय की बात तो यह हैं कि मेरे मरने से सबसे बड़ा नुकसान तो मेरा खुद का ही होगा, क्योंकि मरने के बाद मैं आपको देख जो नहीं पाऊंगा, जान। आपके अलग-अलग अंदाज को अपने सीने में दफन भी नहीं कर पाऊंगा। हमने सुना है कि अधूरी इच्छाएँ रख कर मरने वाले आत्मा बनकर दरबदर भटकते रहते हैं। क्या फायदा अगर मरने के बाद भी वही दर बदर की ठोकरें खानी हो तो?

वैसे हमने सुना है चाँद कि आत्मा को नियंत्रित करने वाली कोई शक्ति होती है और उस ताकतवर शक्ति के अधीन सारी छोटी मोटी आत्माएँ रहती है। नही....... हमें नहीं रहना उनके अधीन! हम तो सिर्फ और सिर्फ आप के अधीन रहना चाहते हैं जान, उन सड़ेल आत्माओं के नहीं।

खैर, मजा तो तब आ सकता है जब हम आत्मा बनकर हर उस जगह पर खुलेआम घूम सके, जिस–जिस जगह पर आपका बसर हो और आपको पता तक ना चले की हम आपके करीब हैं। हमने यह भी सुना है कि आत्मा अनिर्बंध संचार कर सकती है, उसे कोई दीवारें रोक नहीं सकती तो क्या हम उनके बेडरूम में भी झांक सकते हैं? उनका किया कराया सब कुछ देख सकते हैं? आपको गहरी नींद में या फिर पूरी तरह नींद के आगोश में देखना कितना हसीन होगा, नही? लेकिन आँखे बंद रहते मैं भला आपकी आँखों में कैसे डूब पाऊँगा? जैसे जिंदा रहते डूब सकते हैं।

हमने तो यहाँ तक सुना और सिनेमा में देखा भी है कि आत्माएँ सिर्फ रात को निकलती है और उनका रिपोर्टिंग टाईम रात के 12:00 बजे से शुरू होकर सुबह 4 से 5 बजे तक चलता है। कभी कभार सूरज निकलने तक ओवर टाइम भी किया करते हैं साले। लेकिन यह समय तो मेरे चाँद के नींद का है। जिसमे ज्यादा से ज्यादा आपको गहरी नींद लेते देख पाऊंगा? वैसे तब हममें कोई भाव भावनाएँ भी नहीं बची होंगी जिससे उल्टा पुल्टा कुछ देख कर उबाल आ सके। हम कौन से कपड़ों से धक्के हुए होंगे? क्या आत्माएँ वस्त्र पहनती होंगी?

क्या चाँद मेरी आहट जान पाएगी? उस वक्त तक तो शहर का बंदा–बंदा जान चुका होगा कि हम जिंदा नहीं है। वैसे हम जिंदा थे ही कब? एक लाश ही तो थी हमारी जिंदगी, जिस में बदलाव की कोई गुंजाइश नहीं थी। ऐसा हो ही नहीं सकता कि वह जान ना पाए की एक कोने में बैठा उसे घंटों तक तांकता / घूरता शक्स नदारद हैं, गायब है। उसे कुछ तो महसूस हुआ होगा? शायद उसके यार दोस्त उसे मेरे बारे में बताएँ।

क्या वह आत्मा रूपी मुझे देख पाएगी? पहचान पाएगी? आत्मा बनने के बाद मैं अपने मूल रूप में दिखाई दे सकता हूँ? यह मुमकिन है? मेरी सोचे आगे जा रही थी बहुत–बहुत आगे।

छी! ये सिनेमा वालों ने आत्मा की परिभाषा ही बदल दी। कुछ भी दिखाते हैं साले...... कुछ भी...... की आत्मा दिन भर उस

हीरोइन के साथ घूमते रहती है, उसे घुमाती रहती है, यहाँ तक वह दोनों साथ गाने भी गाते हैं, रोमांस का दौर भी चलता है। आखिर में हमें पता चलता है कि वह वही मनहूस आत्मा है, जो उसकी जान ले कर उसे अपने साथ उसकी दुनिया में ले जाना चाहती है और फिर वही फिल्मी डायलॉग, ''तुम अगर मेरी ना हुई तो तुम्हें किसी और की भी ना होने दूंगा, इतने सालों से मेरी आत्मा बस इसी वक्त की तलाश में भटक रही थी, बदला–बदला बदला।''

वह साले चक्रम भाटे तथा उन कमीने 'भाटे' प्रभृतियों को उल्टा नंगा लटकाकर, लाल मिर्च का धुआँ उनके नीचे से छोड़ना चाहिए।

मुझे तो लगता है कि देश विदेश के जाने–माने भूत इन 'भाटे' मंडली से बदला लेने को बेताब होंगे, क्योंकि उनके लिहाज में इन चांडाल चौकड़ी ने भूतों का नाम विश्व भर में बदनाम कर–कर छोड़ा हैं।

अगर भूतों का विश्वस्तरीय अधिवेशन भरवाया जाता तो उसमें जो कायदे/संकल्प सर्वसम्मति से पारित होंगे वह कुछ इस प्रकार होंगे......।

भूतों के अध्यक्ष का भाषण का प्रास्ताविक ......

''इस विश्व स्तरीय भुत सम्मेलन में आमंत्रित/उपस्थित आप सभी भूतों का मैं हार्दिक स्वागत करता हूँ। और बिना वक्त गवाएँ महत्त्वपूर्ण विषयों पर चर्चा का दौर शुरू करता हूँ। हमारे सामने जो अहम मुद्दे हैं वह है...।

1) इन सिनेमा वाले भाट प्रभृतियों ने हमारे इस विशाल स्वरूप भूत योनि का नाम मिट्टी में मिलाने का काम किया है इसका हम सब एकजुट होकर निषेध करते हैं। सब लोग कहते हैं, ''धिक्कार–धिक्कार हो, धिक्कार हो।'' उनके द्वारा की जा रही हमारी सर्वश्रेष्ठ योनि की बदनामी के खिलाफ हम हमारे इस न्यायालय में फैसला करेंगे।

2) दूसरा मुद्दा, वह दूसरे हरामी "कामसे बंधूओं" ने लोगों के मन में हमारे महान योनि के प्रति घृणा उत्पन्न करने का काम बहुत सालों से बहुत ही लगन से कर रहे हैं, इन हरामजादे ने हमारे समाज को बहुत ही घृणित, विकृत अवस्था में पेश करने का घोर अपराध किया है। उनके द्वारा दिखाए गए हमारे को भयानक स्वरूप को देखकर हम स्वयं भी डर गए थे। लानत हैं उनपर, हम सब उनका धिक्कार करते हैं। सब कहते जाते हैं, लानत है, लानत है।

कामसे बंधू में से कुछ लोग मृत्यु पश्चात हमारे योनि में शामिल हो चुके हैं। शायद हमारे और विकृति करण की उनकी इच्छाएँ अधूरी रह गई है, इसलिए वह भूत बन गए। जो उनके परिवार के बचे सदस्य पूरा करना चाहते हैं। वास्तविक इन दरिंदों को भूत योनि में प्रवेश देखकर हमारे इस महान योनि का अपमान नहीं करने दिया जाना चाहिए था। वैसे हम में सम्मिलित होकर वे जान चुके होंगे कि जिस विकृत अवस्था में उनके द्वारा भूतों को दिखाया जाता है, हम वैसे होते नहीं है।

लेकिन क्या फायदा यह सब जानकर? हमारा जो कुछ बिगाड़ना था, वह तो कब का बिगाड़ चुके हैं। वह पूरे बदन में फोड़े वाला भूत मुझे अभी भी याद आता है। याद आते हैं मुझे बहुत डर–सा लगता है तब। हमारा यह विकृतिकरण ताबडतोब बंद करने के लिए हमें दबाव बनाना चाहिए। सब एक साथ हाथ उठा कर कहते हैं, "ठीक है! ठीक है!"

3) कुछ विदेशी ताकतें भी इस घृणित कार्य में उनके हाथ पैर बटोर रहे हैं। यह काम मुद्दतों से चला आ रहा है। उन्होने तो 'यु विल डेड' जैसा सिनेमा बनाकर बहुत बड़ा अपराध किया है। उपस्थितों में से कुछ सन्माननीय, आदरणीय आमंत्रित विदेशी भूत इससे सहमत है? विदेशी भूत हाथ उठाकर सहमति जताते हैं। हमारे अंग्रेजी जानने वाले कुछ भूतों ने उसे सिनेमाघरों में जाकर देखा था और वह बहुत ही डर गए थे। बाद जब उनके हिन्दी संस्करण निकालने की वजह से सारी समस्त भूत योनि उसे देख पाई, समझ पाई।

उन के निर्माता निर्देशक महोदय उसके एक भाग से संतुष्ट ना होकर उन्होंने उसके अलग–अलग पार्ट बनाना शुरू कर दिया। जैसे की...... 'यु विल डेड' 1, 2, 3, 4, 5 वगैरह। इन सारों को तो सूली पर चढ़ाना चाहिए। सारे विदेशी भूत भी चिल्लाते हैं, ''यस यू आर राइट मिस्टर प्रेसिडेंट, वुई आर विथ यू, गो अहेड!''

अध्यक्ष महोदय आगे कहते हैं, आजकल सीडी, डीवीडी, पेन ड्राइव और यूट्यूब के जमाने में सारे छोटे बड़े उमर के लोग आसानी से इन सारे पार्ट को टीवी पर देख पाते हैं। कुछ एक डर जाते हैं, तो कुछ एक इसकी भयानकता का मजाक उड़ाते हंसते हैं। हमारे कुछ गणमान्य भूतों ने उसके कुछ पार्ट उन मानवी बच्चों के साथ उनके बड़े से फ्लॅट स्क्रीन पर देखें और वह देख कर वह सब बहुत देर तक उल्टियाँ करते रहे। उनको तो मेडिकल की दुकान से दवाई चुराकर खानी पड़ी तब जाकर हालात में सुधार हो गया।

सब लोगों ने कहा, ''हम इन विदेशी निर्माताओं का धिक्कार करते हैं।'' अध्यक्ष आगे कहने लगे। हमारे श्रेष्ठ योनि में किसी को प्रवेश देना है या नहीं! यह भगवान ने वास्तविक हमारे योनि के वरिष्ठ सदस्यों पर छोड़ना चाहिए था, ना की किसी भी दंडनीय अपराधी, बलात्कारी तथा अनैतिक रूप से काम करने वालों को मृत्यु उपरांत लात मारकर यहाँ भेजना चाहिए।

किसी की यह मजाल कि वे हमारी श्रेष्ठ योनि में आकर किसी प्रकार का घृणित कार्य करने की सोच भी सकें। हमारे यहाँ यह सब अक्षम्य अपराध है। हम मरने के उपरांत मनुष्य योनि की किसी भी गतिविधियों में शिरकत नहीं करते।

खैर...... हमारे इस विकृति करण के लिए हमें उन्हें दंड देना ही होगा और वह है एक भयानक मौत! हमारी महान योनि की निंदा स्वरूप हमारे अदालत में हम उन्हें दोषी मानकर उन सभी अपराधियों को मृत्युदंड की घोषणा करते हैं। उनका मृत्युदंड निश्चित है। किसी ने उठकर कहा कि ऐसा करने का मतलब यह

होगा कि उन्होंने हमारे बारे में फैलाई बातों को हम सच साबित करते हैं?

दूसरे भूत ने कहा, "हमें ऐसा कुछ करना होगा जिससे साँप भी मरे और लाठी भी ना टूटे।" अध्यक्ष ने कहा, "मरना तो उन सभी को होगा, लेकिन उनके मृत्यु को अमानवीय हस्तक्षेप की बू नहीं आनी चाहिए। किसी चतुर खूबसूरत भूतनी ने कहा, "यह हरामी जिन रास्तों से गुजरते हैं उन रास्तों के ब्रिज के सारे नटबोल्ट उखाड़ देते हैं।" एक बुजुर्ग ने अपने सिर पर हाथ मारते हुए कहा, "अरे बेवकूफ दो—चार लोगों के लिए हमें बाकी बेगुनाह लोगों को बेमौत मारना नहीं चाहिए। किसी ने तिलमिलाते हुए कहा, "उन कमीनों को बिजली के तारों के खंभों पर लटका देते हैं।" दूसरे ने बात काटकर कहा, "लोग सवाल पूछेंगे की वह खंभे पर चढ़कर कर क्या रहे थे?" बुजुर्ग ने कहा, सभ्यजनों मौत नैसर्गिक या हादसा लगनी चाहिए, ना की भूतों की करतूत! "किसी ने कहा, "जहरीले साँप से कटवाते हैं।" "लेकिन उसके लिए उन्हें जंगल भेजना पड़ेगा और जिस इलाके में वह रहते हैं वहाँ जहरीले सांप का मिलना मतलब साजिश की बू आएगी।"

किसी और ने कहा कि "ट्रक के नीचे उसके कार को कुचलवा देते हैं"।" किसी दूसरे महाभाग ने कहा शायद यही सही होगा, उस ट्रक ड्राइवर के अंदर हम में से कोई एक प्रवेश कर उसको उसके कार पर दे मारेगा। "" लेकिन इसमें आग फैलने की या फिर दूसरे लोगों के मरने की संभावना ज्यादा है। "किसी दूसरे विद्वान ने कहा," हम उन कमीनों के शरीर में प्रवेश कर कार को किसी पेड़ से टकराते हैं तो कैसा रहेगा? जब वह बिल्कुल अकेला होगा तब उसके अंदर घुसकर?"

बुजुर्ग ने कहा, "नहीं यह ठीक नहीं है।" कोई और उठ कर खड़ा हुआ, "उसके अंदर घुस के उनसे जबरदस्ती से बिल्डिंग के ऊपर से छलांग लगवाते हैं, तो कैसा रहेगा? बुजुर्ग ने कहा, "शत्रु के ऊपर वार करना है तो उसकी कमजोरियों का पता करना जरूरी है, उनके ठिकानों का पता होना चाहिए। मैंने पता करवाया है कि यह सारे किसी बिल्डिंग में नहीं तो एक मंजिला

कोठी में अपने बीवी और बच्चों के साथ रहते हैं, अगर एक मंजिल से कोई छलांग भी लगा देगा तो ज्यादा से ज्यादा उसके हाथ या पैर फ्रैक्चर होंगे और हम उनकी दर्दनाक मौत चाहते हैं।"

किसी विद्वान ने कहा, "अगर मौत देने के बदले हम उन्हें अपाहिज बना कर रखते हैं ताकि सारी जिंदगी वह मौत को तरसते रहेंगे तो कैसा रहेगा?" किसी ने उसकी बात काट कर कहा, "नहीं नहीं... वह कमीने जब तक जिंदा रहेंगे तब तक सिनेमा बनाना नहीं छोड़ेंगे और हमें बदनाम करते रहेंगे, उनकी एक ही सजा है...... सजा–ए–मौत! वह भी वास्तविक लगे ऐसी! या निसर्ग नियमानुसार एक्सीडेंट लगना चाहिए।"

किसी और बुद्धिजीवी भूत ने कहा, "उन्हें मारने के पश्चात उनके द्वारा लिखे गए स्क्रिप्ट को जलाकर राख करना चाहिए।" इस बात पर सारे भूतों ने बुद्धिजीवी भूत की बहुत प्रशंसा की। उसने आगे कहना जारी रखा, "ऐसा करते हैं कि उनके ऑफिस और स्टडी रूम में शॉर्ट सर्किट से आग लगवाते हैं। बुक्स और तमाम स्क्रिप्ट आग में जलकर खाक होने पर फायर ब्रिगेड को संदेश भिजवाते हैं। ताकि उन कमीनों की अगली पीढ़ी, अगले सात पुश्ते भी स्क्रिप्ट के बारे में सोच भी ना सके।"

बुद्धिजीवी के दिमाग के तारे बहुत ही दौड़ रहे थे, उसने कहा, "हम उन कमीनों को उनकी सारी रचना स्क्रिप्ट आदि इकट्ठा कर कहीं ले जाने पर मजबूर करते हैं, जैसे स्टोरी सिटिंग्स! स्थान माथेरान या महाबलेश्वर वगैरा...... वह अपनी कार को वहाँ की गहरी खाई में गिरवायेगा, अगर उसके साथ कोई होता भी है तो ऐसी फिल्मों से ताल्लुक रखता हर शख्स सजा का हकदार है और हमारे भूत योनि में आने के बाद ही उन्हें पता चलेगा कि वह कैसे मरे थे साले।"

भूतों ने उस प्रस्ताव का ताली बजाकर स्वागत किया। बुजुर्गों ने कहा, "चलो उनमें से एक कमीनी को कैसे मारना है यह तय हो गया लेकिन उन सारे कमीनों की मौत अलग–अलग तरीके से होनी चाहिए ताकि संदेह ना हो।"

एक होनहार भूत ने हाथ उठाकर अपनी बात रखी, ''मैंने बड़ी ही गोपनीय खबर का पता लगाया है कि 'चक्रम भाटे' अपनी अगली फिल्म में बहुत ही धमाका करने वाला है और वह इस फिल्म में हम सारी भूत योनि की बैंड बजाने वाला है, उसने अपनी अगली फिल्म का नाम ही सोचा है वह है 'भूतों से बदला' उसने इस खतरनाक फिल्म के स्क्रिप्ट को अपने निर्माताओं को सुनाते हुए मैंने सुना था, संक्षिप्त में कहानी कुछ ऐसी है कि;

–एक सिद्ध योगी और उसके बहुत सारे शिष्य मिलकर हर उस बाधित जगहों पर जाते हैं और वहाँ के भूतों को कैद कर बहुत तड़पाते हैं, तब तक, जब तक वह भूत उस जगह को न छोड़ दें। फिर उनके तप सामर्थ्य से उन सारे भूतों को अदृश्य जंजीर में जकड़ कर बहुत यातनाएँ देते हैं।''

अध्यक्ष ने कहा, ''बाप रे! यह तो बड़ी खतरनाक कहानी है। यह साला कभी सुधरेगा नहीं, इससे पहले कि वह एक फिल्म का निर्माण करने के बारे में सोचें उन सब सम्बंधियों को मरना होगा। कोई और भूत खड़ा होकर, ''मैंने पढ़ा है कि 'चक्रम भाटे' की खासियत है कि स्टूडियो में शूटिंग करने से ज्यादा वह आउटडोर में शूटिंग ज्यादा महत्त्व देता है। हमेशा पुराने बंगले या घरों की तलाश में रहता है ताकि उसके फिल्म में ताजगी बनी रहे, क्यों ना हम। जब वह ऐसी लोकेशन देखने जाएगा तब कोई हादसा करके उसे मौत के घाट उतारे? जैसे पुराने कोठी की सज्जा या ऊपर का ढांचा उसके सिर के ऊपर गिराते हैं या बाहर किसी पेड़ को तोड़कर उसके ऊपर गिराते हैं या फिर कोठी में ही आग लगा दी जाए?''

सारे भूतों ने तालियाँ बजाकर इस प्रस्ताव का भी स्वागत किया। उस हाईटेक भूत ने अपनी बात आगे बढ़ाई, ''चक्रम भाटे की सबसे बड़ी कमजोरी है कमसिन और जवानी से भरपूर लड़कियाँ! क्यों ना हम किसी स्ट्रगलर और भरी पूरी जवान लड़की के अंदर घुस कर उसके द्वारा चक्रम भाटे को खास स्थान पर बुलाये? वह हरामी उस लड़की से मिलने बेताब होगा, वह सारे काम को बाजू में रखकर किसी को बिना बताए किसी छुपे

घोंसले में उसे बुलाएगा और वहीं पर हम उसकी दशक्रिया का बंदोबस्त करते हैं जैसे...... उसका ब्लड प्रेशर हाई करवाते हैं या फिर हार्टअटैक से मारते हैं। या फिर उसके सामने उसी घृणित स्वरूप में पेश होते है...... वह हमें देखकर वैसे ही मर जाएगा।''

और यहाँ हमारा पहला बुद्धिजीवी फिर जाग उठा, ''ऐसा करते हैं कि उसके अंदर घुसकर उसकी छैल छबीला को मार डालते हैं फिर पुलिस को गुमनाम फोन करके उसे रंगे हाथ पकड़वाते हैं, साला सारी उम्र जेल में सड़ता रहेगा।'' बुजुर्ग ने कहा, ''नही, वह जेल में रहकर भी अपनी सड़ेल फिल्म के स्क्रिप्ट बनाकर हमारी माँ बहन एक करते रहेगा, वह जिंदा नहीं बचना चाहिए...... सुना? दर्दनाक मौत!''

किसी और ने कहा, ''बिजली के तारों को उसके कार के ऊपर गिराते हैं।'' अध्यक्ष ने कहा कि है जो अच्छा लगे वैसा करना लेकिन निरपराध व्यक्तियों की जान नहीं जानी चाहिए। बस यही एक इन्सानियत हमें हममे बाकी रखनी चाहिए और याद रहे हादसा ही लगना चाहिए, साजिश नहीं। हम इस कार्य को अंजाम देने के लिए एक समिति का गठन करते हैं, वह समिति पहले अभ्यास करेगी परिस्थितियों का जायजा लेगी। यह सब काम तुरंत करेगी, देश में गठित समितियों जैसे सालों साल नहीं लगाएगी, इतना वक्त नहीं है हमारे पास। समिति एकजुट होकर निर्णय लेगी की कब और कैसे मारना है? किसको कौन–सी जगह मारना है? यह सब तय करेगी उसका विस्तृत विवरण अगले रविवार को देगी और उसके अगले एक हफ्ते के अंदर कार्य को पूर्णता संपन्न करेगी। विदेशी निर्माताओं के लिए कुछ विदेशी भूतों की अलग समिति होगी। सब मिलकर उसको अंजाम देने का काम करेगी।''

इस तरह उन्होंने कुछ गणमान्य लोगों की समिति बनाई। ''अब अध्यक्ष होने के नाते इस सभा को समाप्त करने से पहले एक महत्त्वपूर्ण निवेदन करना है। इस महान योनि का नाम खराब करने वाला कोई कार्य ना करें। अगर कोई करता है तो तुरंत मुझे एक इतल्ला करना हैं। आपके मनुष्य योनि से सम्बंधित

किसी भी प्रकार का प्यार मोहब्बत, या बदले की भावना को त्याग देने की प्रतिज्ञा ले। मृत्यू के साथ ही हमारे सारे रिश्ते खत्म होते हैं, समाप्त होते हैं। अब इस योनि में आए हैं और यहाँ भी घृणित कार्य करते रहेंगे तो फिर इस योनि से मुक्ति असंभव है, आप सब यह प्रतिज्ञा लीजिए कि हम हर उस मोह को त्याग देंगे, हर उस जगह को छोड़ देंगे, जहाँ हमारा मृत्यु पूर्व रिश्ता था। शरीर के साथ सारे रिश्ते भी खत्म होते हैं, होने ही चाहिए। आज की सभा में किसी कारणवश अनुपस्थित रहें आपके दोस्तों या रिश्तेदारों को इस बात से अवगत कराया जाए। जन्म और मृत्यु के सृष्टि के चक्र को बनाए रखें, उसमें खलल ना डालिए।"

सारे गणमान्य भूत उठकर खड़े होते हैं और हाथ उठाकर प्रतिज्ञा लेते हैं। अध्यक्ष कहते हैं "शुक्रिया दोस्तों! अब मैं इस सभा को समाप्त करने की घोषणा करता हूँ।"

हुssssssssssश!

मैंने अपने ख्यालों में, अपनी सोच में इतना उलझा हुआ था कि पूरा का पूरा भूत योनि के अंदर समाते चला गया, क्या करें लेखक जो हूँ! इस सम्मेलन की समाप्ति के साथ मैं भी इस भूतिया चक्र से बाहर आ पाया। खड्डे में जाए सारी भूत योनि! किन–किन ख्यालों में खो गया था मैं? खैर मैं नहीं चाहता कि भूत योनि में सम्मिलित हो जाऊँ।

चाँद आप प्यार ना सही पर कृपया नफरत भी ना किया करो। एक बार मुस्कुरा कर देख लो मेरी तरफ, मेरी जिंदगी संवर जाएगी। हो सके तो अपने चेहरे के एक्सप्रेशन थोड़े से ठीक करना ताकी सामने वाले को पता तो चले आप खुश है? या गुस्सा?

ठीक है...... ठीक है, जो चाहे कर लो लेकिन यहाँ आना बंद मत करना। अगर मेरी घूरती नजरों से आपको परेशानी होती है तो मैं कल से काला चश्मा पहनना शुरू कर देता हूँ ताकि सामने वालों को यह पता ना चल सके कि मैं देख कहाँ रहा हूँ। काले चश्मे या गॉगल का एक फायदा और भी होता है कि आप की

भरी हुई आँखें कोई भी देख नहीं सकता और ना ही आपसे पूछ सकता है कि आप रो क्यों रहे हैं? जान सबको बता—बता कर मैं थक चुका हूँ कि, "कुछ नहीं मेरे आँखों में कचरा गया है।"

चाँद मुझे कभी—कभी अँधों पर बहुत जलन होती है क्योंकि "वह खूबसूरती ही देख नहीं पाते" इस वजह से उन्हें किसी से लगाव भी नहीं होता और प्यार भी! याने अगर प्यार नहीं तो दुख भी नहीं होता, सारी परेशानी से मुक्त खुशहाल जिंदगी है उनकी। शायद गए जन्म में उन्होंने ढेर सारे पुण्य किए होंगे तब जाकर भगवान ने इस जन्म में उन्हें अँधा बना कर भेजा है। ताकि वह खुश रहे, किसी को परेशान ना करें और खुद भी शांत रहें। बस—बस थोड़ी ठोकरें खानी पड़ती है उन अँधों को...... वह तो क्या अच्छे भले इंसान भी खाते रहते हैं। शायद अक्ल के अँधे या फिर प्यार के अँधे। जैसे मैं खुद!

खैर...... काले गॉगल से जमाना यह जान नही पाएगा कि हमारी नजरें कहाँ है किसी को पता भी नहीं चलेगा कि हमने हमारी नजरे आपकी नजरों में गाड़ दी है वैसे भी आपको देखती मेरी नजरों को आसपास के छछुंदर भी दिखाई नहीं देते, पेड़ पौधे नजर नहीं आते ना जमी नजर आती है, ना आसमाँ नजर आता है।

बस मदहोश अपने ही धुन में चलती हुई आप नजर आती है। एक स्वर्गीय आभा आपके इदगिर्द फैली रहती है। आसपास की घूरती नजरों से बेखौफ आप राह में बिछे पत्तो पर भी अपने मुलायम पाँव इस तरह रखती है कि पत्तों की सरसराहट दुनिया के किसी भी शक्तिशाली माइक्रो साउंड मशीन को भी ना सुनाई दे। इतनी नजाकत, आपके इस मदहोशी को देख कर सारे मर्द भी क्या? तमाम औरतें भी धरी की धरी रह जाए, यह अद्भुत नजारा देखकर पंछियों की कलरव कुछ देर के लिए थम जाती है। यहाँ तक मैना भी अपनी सुरीली लकीर को/तान को/अपने बेहद मीठे स्वर को रोककर आपके पदन्यास से निकलती स्वर्गीय सुरावट में खो जाती है। पेड़ की गिलहरी चहकना भूल आँखें फाड़ती रहती हैं। कुत्ते तो सिर्फ दुम हिलाते रह जाते हैं। सोचिए

अगर पशु-पक्षियों का यह हाल होता हैं तो मेरी क्या दुर्गति होती होगी?

इस अविस्मरणीय नजारे को देखते वक्त किसी बेसुरी की आवाजाही भी मेरी इस तल्लीनता को भंग नहीं कर सकती। मेरे पास कोई कैमरा नहीं, बस मेरी शक्तिशाली आँखें आपकी तस्वीरे उतार देती है और मेरे दिलो-दिमाग में आपके छवियों को सेव करते रहती हैं ताकि आपके ना रहते कहीं पर भी दिलो-दिमाग की इन तस्वीरों को मैं पलट-पलट कर देखता हूँ। मेरी आँखों से आपके अलग-अलग एंगल से दिए गए भाव मुद्राओं के क्लोज-अप दुनिया के किसी भी नामचीन फोटोग्राफर के लिए चुनौती दे सकते हैं। इसके स्टोरेज के लिए किसी भी मेमोरी कार्ड, हार्ड डिस्क, पेन ड्राईव्ह की जरूरत नहीं, इसे किसी एमबी, जीबी, टीबी की बंदीशे मर्यादित नहीं कर सकती, सीमित नहीं रख सकती। आपकी अदाएँ भी ऐसी है जो रिपीट नहीं होती, हर वक्त हर पल एक अलग अंदाज, हर दिन हजारों की मात्रा में इमेजेस कॅच होती रहती है।

मैं लेखक हूँ, चित्रकार नहीं और मुझ में इतनी प्रतिभा नहीं कि मैं आपके किसी एक छवि को कैनवास पर उतार सकूं। नाकाम कोशिश करके आपके शक्ल सूरत को बिगाड़ने का घोर अपराध में नहीं करना चाहता, ना ही किसी व्यवसायिक चित्रकार को आप का वर्णन कर आपको गुनाहगार बनाना चाहता हूँ। दूसरी वजह है मेरे दिलो दिमाग में बसी आपकी इतनी सारी तस्वीरों में से किसी एक को चुनना मेरे बस की बात नहीं हैं।

कभी-कभी लगता हैं मैं बहुत ही खुशकिस्मत हुँ क्योंकि आपकी आधे घंटे की ओझल-सी मुलाकात का एक-एक पल युगों-युगों के समान होता हैं और बेवजह मर कर मैं इन हसीन पलों को खोना नहीं चाहता। बशर्ते आप आती रहो, मेरे सीने को रौंदते रोज चला करो। कम से कम से कम आपके किसी हमशक्ल को भेज दिया करो, क्या आपकी कोई सगी बहन नहीं हैं? हो तो उसे भेज दिया करो। जब आप नहीं आ सकती तब! कुछ एक तो आंशिक समानता होगी आप दोनों में!

अरे बुरा मत मानना जान...... मैं तो मजाक कर रहा था, आदत जो ठहरी। वैसे हमें तो आपकी परछाई भी चलेगी लेकिन वह आप की होनी चाहिए। आपकी ना सही......आपके परछाई की तस्वीर उतारते रहूँगा, उसमें भी कम अदाए नहीं होगी।

अरे यह क्या 'चाँद' आपके जाने का समय भी हो गया? एक युग जो रुका–सा जा रहा है। आज के लिए!

और चाँद निकल पड़ा...... अच्छा 'चाँद' कल मिलते हैं। कल गॉगल पक्का लगाऊंगा, वादा रहा मेरा!

अलविदा चाँद ...... अलविदा! चाँद तुझे अलविदा...... खुशामदीद!

★

छोटी बोधपर कहानियाँ

अनोखी सजा (दंड)

वह एक विशाल मैदान में कड़ी धूप में खड़ी थी। भले ही सुबह के साढ़े दस बज रहे हों, लेकिन गर्मी का दिन होने की वजह से वातावरण बहुत तप्त था। वह अपने छोटे से रूमाल से अपने माथे से निरंतर बहते पसीने की धाराएँ पोंछ रही थी। समय-समय पर घड़ी में देखने के मोह को महत्प्रयास से टाल रही थी । पर आखिरकार उसने अपना संयम खो दिया और अपनी घड़ी की ओर देखा और अपने आप से कहा, "अभी भी आधा घंटा बाकी है।"

इतनी प्रखर धूप में इस तरह खड़े रहना कोई आसान बात नहीं थी। एसी केबिन में बैठने की, यहाँ तक स्कूल आते जाते वक्त अपनी कार में भी ए.सी. लगाने की आदत कि वजह से कड़ी गर्मी उसे हद से जादा परेशान कर रही थी। उसने सामने देखा, सामने एक तीन मंजिला इमारत खड़ी थी। उसका ध्यान इमारत पर लगे बोर्ड की ओर खींचा चला जाता है। "आदर्श माध्यमिक और उच्च माध्यमिक विद्यालय" बाद उसकी आँखे घूमते-घूमते स्कूल की पहली मंजिल पर बने केबिन पर जाकर... वहीं बस जाती हैं।

वह उस केबिन को अच्छी तरह से जानती है, इसके चप्पे-चप्पे से परिचित हैं। वह जानती है कि टेबल के किस खाने में क्या रखा है। वहाँ के शानदार टेबल पर खुबसूरत डिजाइन और सुंदर हिन्दी अक्षरों से सजी उसकी नेम प्लेट रखी हुई हैं, "वीणा ज, मिश्रा, प्रधानाध्यापिका" उसे तो उसने बहुत सोच-समझकर बनवाया था। वह मुस्कुराई, यह याद करते हुए कि जब किसी बेवकूफ डिजाइनर ने उसके उपनाम में 'मिश्रा' के पहले 'मि' के बजाय दूसरा 'मी' बनवाया था तो उसने उसे बहुत डाँट दिया था तब उसका मुँह देखने लायक हुआ था।

वह जल्द ही सोच से जाग गई। घंटे के अंत में, जो शिक्षक अपनी कक्षा में जा रहे थे, वे उसे देख रहे थे। उनमें से प्रत्येक

की आँखों में 'दर्द, अफसोस, उदासी' दूर से ही स्पष्ट रूप से महसूस की जा सकती थी, क्योंकि उनकी लाड़ली 'प्रधानाध्यापिका' उन्हें आत्मदंड के कारण तपती धूप में खड़ी देख रही थी। हर कोई उसका अभिवादन कर रहा था और वह धीमी मुस्कान के साथ उसे स्वीकार कर रही थी।

पिछले पाँच साल से वह इस नामी पाठशाला को हेडमास्टर बनकर इसे बड़े ही समर्थता से संभाल रही थी। इन सालों में उसने बड़ी ही कुशलता से सम्मानजनक प्रभुत्व बनाया। उसने सोची समझी और कार्यान्वित की गई सारी योजनाएँ सफल सिद्ध हुई थी। हर शिक्षक बड़े ही सहजता से खुलकर उसे अपनी पाठशाला सम्बंधित या निजी समस्याएँ बताते थे और वह भी बड़े ही चतुराई से उसका निवारण करती थी। साथ में ही वह कठोर अनुशासक भी थी, गल्ती को माफी नहीं मिलती थी।

आज उसे आत्मदंड से परावृत्त करने का अथक प्रयास पाठशाला के सारे शिक्षक तथा बाकी कर्मचारियों ने किया लेकिन वह अपने फैसले पर अटल रही, अड़ग थी। क्योंकि उसकी नजर में उससे जो भूल हुई थी, गल्ती हुई थी, उसे दंड से वंचित रखने का प्रावधान उसके तत्वों में नहीं बैठता था।

याद करते—करते करते......सुबह से लेकर अब तक का पूरा घटनाक्रम उसकी आँखों के सामने चलचित्र समान दिखाई देने लगा......

आज सुबह की प्रार्थना, अच्छे विचार और छात्रों के लघु नाटक की जिम्मेदारी 'आठवीं ए' कक्षा में सीखने वाली 'अनघा' की थी। सभी लड़कियाँ 'अनघा' का इंतजार कर रही थीं और उसका कोई पता नहीं था। नियोजित समय भी टल गया तो ना चाहते हुए उन्हें प्रार्थना, अच्छे विचार आदि कार्यक्रम किसी और छात्र से जैसे तैसे कर लपेटना पडा, महत्त्वपूर्ण नृत्य नाटक को कल के लिए स्थगित करना पड़ा। सारे कार्यक्रम समाप्त होने के बाद उसने...... भागदौड़ कर पाठशाला में दाखिल होते अनघा को देखा तो वह आग बबूला हो उठी।

वह तुरंत अपने केबिन में चली गई, उसने तुरंत अनघा को अपने केबिन में बुलवाया। उसे ऐसी अशिष्टता बिल्कुल पसंद नहीं थी। उसने यह पूछना तक जरूरी नही समझा की 'अनघा' लेट क्यों हुई थी? अनघा उसे विनती कर कुछ बताना चाहती थी। लेकिन उसने उसे बताने का मौका नही दिया। इतने साल के अनुभव के तहत वह जानती थी की अनघा लेट आने के क्या क्या बहाने बतायेगी, जैसे......"मुझे बस नहीं मिली, टिफिन तैयार नहीं था, मुझे अच्छा नहीं लग रहा था, तबीयत खराब थी, आते वक्त पैरों में मोच आई......" वगैरह वगैरह।

'अनघा' ने केबिन में प्रवेश करते ही उसकी एक ना सुनते हुए उसने उसे सजा सुनाई थी, वह थी....... दो पाठ कक्षा के बाहर खड़ी होने की सजा! वह भी बॅग पीठ पर लिए।

अपने केबिन आते जाते वक्त अपनी कक्षा के बाहर दफ्तर पीठ पर लिए सिर झुकाए मायुस खड़ी 'अनघा' उसे नजर आती थी लेकिन उसके मन में करूणा उत्पन्न नहीं हुई। होनी भी नहीं चाहिए थी। "दंड के बिना कोई ज्ञान नहीं है। सजा के बिना आपका दिमाग दुरूस्त नहीं हो सकता।" ऐसी उसकी धारणा थी। अब वह कभी देर से नहीं आयेगी ऐसा उसे दृढ़ विश्वास था।

सजा सुनाये मुश्किल से पंद्रह मिनिट हुए होंगे की सखाराम पीयून आकर कहा, "कोई औरत उसे मिलने आयी है, साथ एक छोटी बच्ची भी हैं।"

उसने सोचा कि वे अगले साल के प्रवेश के बारे में, दाखिले के बारें में बात करना चाहती हो? आदर्श विद्यालय नामचीन स्कूल होने की वजह से इस स्कूल में दाखिला मिलना प्रतिष्ठा का लक्षण माना जाता था। आए दिन इच्छुक मिलने आया करते थे, यह सोचकर उसने उन्हें अंदर आमंत्रित किया। वह दिखने में खूबसूरत नयन नक्ष वाली एक अच्छे घर की महिला थी, उसके साथ सात साल की प्यारी–सी बच्ची भी थी। जो स्कूल युनिफॉर्म में थी।

उस बच्ची के चेहरे और अंगों पर खरोंच के ताजा निशान थे। उस पर लगी लाल दवाई साफ नजर आ रहीं थी। पाठशाला के प्रथमोपचार किट के डिब्बे में ऐसी दवाईयाँ वह अक्सर रखते थे। खैर, उसने उस महिला से पुछा, ''क्या आप हमारी स्कूल में इसका दाखिला करने आई हैं?'' उस महिला ने 'ना' में सिर हिलाया। तो उसे बेहद आश्चर्य हुआ, कुछ ही क्षण उसने मन ही मन में सोचा की, फिर इसका मुझसे कौनसा काम होगा? जब उस महिला ने अपने आने का जो कारण बताया वह सुनकर वह दंग रह गई।

तड़ाक से उसने सखाराम को बेल मार कर अंदर बुलाया और ''अनघा को तुरंत अपने वर्ग में बैठने के लिये कहना।'' ऐसा संदेशा भिजवाया।

और एक बात उसने तुरंत की...... उसके सामने का माईक चालू कर एक घोषणा की। वह माईक सारे वर्ग/कक्षा से जुड़ा था, एकसाथ सभी को किसी महत्वपूर्ण सूचना देते वक्त उसका इस्तेमाल किया जाता था।

''अपनी कक्षा के सभी शिक्षकों को बच्चों को लेकर मैदान में आना हैं, जिस तरह सुबह प्रार्थना के वक्त खड़े रहते है वैसे उन्हे खड़े करना है।'' माइक से पूरे स्कूल को सम्बोधित करते हुए उसने अपनी रौबदार और कड़ी आवाज़ में कहा।

अगले कुछ ही मिनिटों में जब सारे बच्चे मैदान में उपस्थित हुए तब वह वहाँ के स्टेज पर उपस्थित थी, पास में ही वह औरत और उसकी बेटी बैठी थी। उसने बोलना प्रारंभ किया, ''नमस्ते बच्चों, एक महत्वपूर्ण सूचना देने के लिए आप सभी को दुबारा यहाँपर आमंत्रित किया गया हैं।'' बाद उसने नाम लेकर अनघा को मंच पर बुलाया और उसे कहा, ''अनघा आज सुबह तुम्हे स्कूल आने में देर क्यो हुई? ये सभी को विस्तार से बताना हैं।''

अनघा सहमी–सी माईक पर बोलने लगी...'' आज सुबह मैं थोड़ी जल्दी घर से निकली थी। मैंने सोचा कि मुझे पहली बस पकड़कर स्कूल जाना चाहिए क्योंकि मैं प्रार्थना गीत के लिए

जिम्मेदार थी और साथ ही मैंने नृत्य नाटक आयोजित किया था। दूर से पहली स्कूल बस आती दिखाई दी, मैं उसमे चढने को तैयार थी। तभी... मैंने देखा कि एक छोटी बच्ची आनन–फानन में सड़क पार कर स्कूल जा रही है। इससे पहले कि मैं उसे रोकने की कोशिश करूँ...... एक रिक्शा ने उसे साईड़ से टक्कर मार दी और वह बिना रुके चली गई।

मैं स्कूल बस छोड़कर उसकी तरफ दौड़ी, मैंने उस छोटी बच्ची को उठाकर एक तरफ बिठा दिया। उसे कई जगह खरोंचे आई थी, हल्का सा खून भी बह रहा था। सबसे पहले मैंने घाव पर लगे मिट्टी को पानी से निकाला। मैं हमेशा अपने बैग में एक छोटी प्राथमिक चिकित्सा किट रखती हूँ। मैंने उसके जख़्मों पर डेटॉल लगाकर साफ किया और दो जख़्म ज्यादा गहरे थे उन पर बॅन्ड़ेज पट्टियाँ लगाई।

उससे माँ का नंबर लिया। चूंकि मेरे पास मोबाइल फोन नहीं था, इसलिए मैंने ऑफिस जा रही एक महिला को विनती कर स्थिती से अवगत कराया, उसी के मोबाइल से कॉल कर उस लड़की की माँ को सब बताकर वहाँ बुलाया। पांच मिनट में उसकी माँ स्कूटर पर आ गई। मैं उसे माँ के पास छोड़कर तुरंत वहाँ से निकली, पर इन सब बातों में सारी स्कूल बसें चली गईं... जब वक्त पर रिक्शा भी नहीं मिली तो मैं स्कूल की ओर भागकर पहुँची लेकिन तब तक बहुत देर हो चुकी थी। मुझे खेद है कि मैंने प्रार्थना करने की अपनी जिम्मेदारी पूरी नहीं की। "फिर उसकी तरफ मुड़कर अनघा बोली,द "महोदया क्षमा करें! ऐसी गल्ती दुबारा नहीं होगी, अगली बार मैं वक्त पर पहुँच जाऊँगी।"

उसने उसे रोका और कहा था "अनघा ऐसी गल्ती बार–बार हुई तो भी चलेगी, क्योंकि तुमने एक छोटी लड़की को आधार दिया था, यह जिम्मेदारी प्रार्थना और गीत से भी बड़ी हैं। दरअसल, सॉरी मुझे कहना चाहिए था, तुम्हे आने में देरी क्यों हुई उसका कारण तुम मुझे समझाने की कोशिश कर रही थी, लेकिन मैंने तुम्हारी बात सुने बिना तुम्हें दण्डित किया। इस लड़की की माँ मुझसे मिलने आई और पूछने लगी "क्या आज आपके स्कूल

की कोई लड़की बहुत देर से स्कूल पहुँची थी क्या?'' और बाद उसने विस्तार से मुझे सब बताया तब जाकर मुझे समझ में आया कि आपको देर क्यों हुई थी।'' अनघा मंच से उतरकर नीचे जाकर खडी होती हैं।

इस बीच, लड़की की माँ ने अनुरोध किया, वह बोली ''इस लड़की ने हमारी बहुत मदद की और मैं उसका नाम तक नहीं पूछ पाई। दरअसल बेटी के जख्मों को देखकर इसे 'धन्यवाद' कहने का सामान्य शिष्टाचार तक भूल गई। मेरी बेटी ने मुझसे कहा, ''आपने दीदी को 'थैंक्स' तक नहीं कहा।'' ''तब जाकर मुझे गलती का अहसास हुआ। कमसे कम इसे अपनी स्कूटर से स्कूल तक तो छोडना चाहिए था। मैंने इसका नाम भी नहीं पूछा था, और ना ही मुझे इसके स्कूल का नाम पता था। बस इसके स्कूली गणवेश से हमने इस स्कूल का पता किया। खैर, अनघा को हमारी मदद के लिए बहुत–बहुत धन्यवाद! मैं उसे सौ रुपये का उपहार देना चाहूंगी। मैं चाहती हूँ अनघा इसे स्वीकार करें।'' उसने अपना कथन समाप्त किया। मैने अनघा को दुबारा मंच पर बुलाया।

अनघा मंच पर आई। लेकिन उसने यह कहते हुए पैसे लेने से साफ इनकार कर दिया की, ''मुझे नहीं लगता कि मैंने बहुत बड़ा काम किया है। मैं सिर्फ साधारण शिष्टाचार का पालन कर रही थी। हम स्कूल के बोर्ड पर सुविचार लिखते हैं कि जो मुसीबत में हैं उसे मदद करनी चाहिए। बस मैंने थोड़ी–सी मदद की इतना ही!'' और उस औरत को प्रणाम कर अनघा मंच से उतर गई।

मैं अनघा के विचारों से काफी प्रभावित हो गई। मैने मन ही मन कुछ फैसला लिया और सबको सम्बोधित कर कहाँ की, ''अनघा इतनी देर से क्यों आई? यह जाने बिना मैंने उसे–उसे दंडित किया। मेरे जैसे जिम्मेदार पद पर कार्यरत व्यक्ति के लिए यह बिल्कुल भी उचित नहीं है, शोभा नहीं देता इसलिए मैंने स्वयंम को सजा देने का फैसला लिया हैं।

"मैं अभी से एक घंटाभर इस गार्डन के बीच खडी रहूंगी। शायद इससे मैं अपनी जिम्मेदारी के प्रति और जागरूक हो जाऊँगी। अब सारे छात्र लाईन से अपनी कक्षा में जाएँगे।"

अनघा और बाकी सभी ने मुझे इस निर्णय से परावृत्त करने का बहुत प्रयत्न किया पर मैं अपनी बात पर कायम थी। अगले ही पल मैं गार्डन के बीच पहुँच भी चुकी थी। "अब बहुत कम समय बाकी हैं, मुझे अहसास हैं कि ऐसी बेवकुफाना हरकत मुझसे दुबारा नहीं होंगी।"

वह सोच ही रही थी की अचानक, बीच की छुट्टी की घंटी बजी और वह विचारचक्र से जाग गई। साथ ही उसने देखा कि कितने सारे शिक्षक उसकी ओर लगभग दौड़कर आ रहे हैं। "मॅडम, एक घंटे का वक्त पूरा हुआ हैं अब तो अंदर चलियें।" उन्होने कहा, उनका उसके प्रति स्नेह देख उसकी आँखे भर आई।

अनघा भी उसके पास दौड़कर आई और उसके पास खडी हो गई। वह खामोश थी। मैने अनघा को अपने पास लिया और उसके सिर पर बडे प्यार से अपना हाथ फेरा और उसके साथ स्कूल की ओर चलने लगी। जैसे ही वह छाया में पहुँची, उसे बहुत शीतलता महसूस हो रही थी। उसने मुड़कर सूरज को, तपतपाती धूप को देखते हुए, वह बुदबुदाती हुई बोली, "यह दिन हमेशा मेरी याद में रहेगा।"

जन गण मन

एक विशाल खेल का मैदान जिस पर हरियाली थी और उसके दो तरफा लंबे घने पेड़ थे। सूरज की दिशा के अनुसार उसकी परछाई छोटी बड़ी होती रहती थी। गार्डन के चारों और चौड़े रास्ते थे। उन सड़कों पर वाहनों की आवाजाही दिन भर चालू रहती थी, क्योंकि यह रास्ते मुंबई के सबसे अहम इलाकों पर पहुँचते थे। बेस्ट बस, टैक्सियाँ, छोटी बड़ी गाड़ियाँ वहाँ से गुजरते रहती थी। उसकी दूसरी और ऊंची-ऊंची इमारतें थी, एक नामचीन स्कूल भी था। सडक के किनारे महंगी देशी विदेशी गाड़ियाँ पार्क थी। कुल मिला-कर यह मुंबई का रईसी इलाका था।

अब चलते है खेल के मैदान की ओर...... इस विशाल मैदान में जगह-जगह बनाये गए क्रिकेट पिच पर नेट लगाकर प्रॅक्टिस चल रही थी। हालांकि, यह पिच आरक्षित है... क्रिकेट कोचिंग के तहत इसका इस्तेमाल नेट अभ्यास के लिए किया जाता है। कुछ छोटे बच्चे क्रिकेट के युनिफॉर्म मे, सफेद कमीज-पैंट, पैड आदि पहनकर, हेल्मेट पहने बड़े प्यारे लग रहें थे। युवा प्रशिक्षु अपनी बल्लेबाजी या गेंदबाजी का नंबर का इंतजार कर रहे थे, उनके कोच समय-समय पर उनका मार्गदर्शन करते नजर आते थे।

कुछ छोटे और बड़े समूह टेनिस या रबर की गेंद से क्रिकेट खेल रहे थे, कुछ नियमित रूप से तीन स्टंप के साथ क्रिकेट खेलते और कुछ जो स्टंप खरीदने का पैसा नहीं जुटा पाए वह सब दो या तीन ईंटों के साथ, अपने स्वयं के नियम स्थापित करते खेल रहे थे, जैसे 'अंडरआर्म या एक टप्पा कैच आऊट । उनका उत्साह/जोश भी उतना ही था जितना पिच पर खेलनेवाले रईस बच्चों का था। समाज के हर तबके के बच्चे पूरे जोश के साथ दुनिया के इस महान खेल का आनंद उठा रहे थे। गार्डन के किसी कोने में कुछ छोटे बच्चे फुटबॉल से खेल रहे थे इस छोटे से फुटबॉल को उनके पैरों से उनकी पूरी ताकत

लगाकर मारने की कोशिश में थे। बड़ा प्यारा–सा नजारा था। कुछ तो उनके बैडमिंटन के शौक को भी आजमा रहे थे।

इन्हीं में...... रबर की गेंद से क्रिकेट खेलने वाला एक ग्रुप ऐसा भी था जो आसपास के सभी का ध्यान अपनी ओर खींच रहा था। क्यों ना खींचे ? खेलते–खेलते पूरा वक्त उनकी भंकस जो चल रही थी। एक दूसरे का मजाक उडाना उनकी फितरत थी। कुछ हिंदु बच्चे मुस्लिम बच्चों पर जातिवाचक टिप्पणियाँ करते थे, जिसमे से एक लडका कहता था.........

"साले शब्बीर, कल के मॅच में तुम्हारे 'पाकिस्तान' की कैसे बूच मार दी, भारत ने, क्युं उस्मान सही है ना?" इतना कहने की देर थी की सारे मुस्लिम बच्चे भड़ककर कहते, "अबे, हम पाकिस्तानी नहीं हैं, तुम्हारे जैसे हम भी भारतीय हैं, कितनी बार बताना पड़ेगा?"

इस प्रकार के झगड़े उनके रोजमर्रा की जिंदगी का हिस्सा बन चुके थे। रोज के इन बहस का अंतिम परिणाम एक दूसरे के 'गाली गलौज' करने में, तो कभी एक दूसरे की कॉलर पकड़कर एक दूसरे को मारने तक पहुँच जाता था और फिर क्या क्रिकेट छोड़ कर वह सारे एक दूसरे से लड़ते झगड़ते रहते थे।

पास ही में खेलने वाला एक छोटा–सा बच्चा उसके हाथ में एक छोटा–सा फुटबॉल पकड़े उन बच्चों के झगड़े रोज सुनते रहता था। वह देखता था कि उनके झगड़े चल ही रहे होते हैं लेकिन...... जैसे ही पास के स्कूल से राष्ट्रगीत शुरू होता था, तो सारे अपने झगड़ों को तुरंत रोक कर राष्ट्रगीत के सम्मान में सावधान की मुद्रा में खड़े हो जाते थे। सबसे मजे की बात तो यह थी कि राष्ट्रगीत के खत्म होते ही... फिर अपने झगड़े शुरू करते थे।

छोटा–सा प्यारा–सा छह साल का वह बच्चा बड़ी ही बारीकियों से रोज चलने वाली इस गतिविधियों को देखते रहता था। इसी बीच स्कूल की छुट्टी शुरू हो गई। स्कूल का बच्चों से

भरा पूरा गेट खामोश हो गया। वहाँ उनके गेट पर छुट्टियों का बोर्ड भी लिखा हुआ है नजर आ रहा है।

आज का दिन भी रोज की तरह ही है। उनके झगड़े आज भी शुरू है, इतने में...... राष्ट्रगीत बजता है, रोज की तरह आज भी 'राष्ट्रगीत' के शुरू होते सारे सावधान की मुद्रा में खड़े हो जाते हैं। राष्ट्रगीत खत्म होते ही दोबारा एक दूसरे की कॉलर पकड़ना शुरू करते हैं। कुछ मिनट के बाद दोबारा 'राष्ट्रगीत' शुरू हो जाता है, वे दुबारा सावधान मुद्रा में शांति से खड़े हो जाते हैं। राष्ट्रगीत रुकते दोबारा झगड़ा शुरू...।

अचानक जब राष्ट्रगीत तिसरी बार शुरू हो जाता है, तब उनके नजरों में आश्चर्य आ जाता है, उन्हें किसी गड़बड़ी की आशंका होती है तो सारे सावधान मुद्रा में ही खड़े होकर ही आसपास कुछ तलाशने लगते हैं, टटोलने लगते हैं और उन्हें वह छोटा–सा बच्चा नजर आता है, जिसके हाथ में मोबाइल है और उसी के मोबाइल से राष्ट्रगीत की आवाज आ रही है, यह सब जान जाते हैं। सारे लड़के उस छोटे बच्चे की तरफ गुस्से से देखने लगते हैं। उनकी तरफ देखकर और उनके हाव भाव देखकर वह बच्चा बहुत डर जाता है और मोबाइल का बटन दबाता है......उसी पल राष्ट्रगीत रुक जाता है;

–वह बच्चा डर–डर कर उनके पास आता है। थोड़ी दूरी पर खड़ा होकर कान पकड़ कर उठक बैठक निकालता है। सब उसे गुस्से से देखते रहें हैं कि वह बच्चा उनके पास आता है, कंधे पर रखे बैग से एक फूल और ग्रीटिंग कार्ड निकाल कर उन लड़कों में से झगड़ालू लड़के के हाथ में देता है और तुरंत दूर हट कर खड़ा हो जाता है। बाकी सारे लड़के उसके अजीब बर्ताव से चकित हो जाते हैं। सारे साथी उस लड़के के पास इकट्ठा होते हैं जिसे उस छोटे बच्चे हैं ने ग्रीटिंग कार्ड दिया है। बच्चे ने ऐसा क्या दिया है? यह देखने की उनकी उत्सुकता बहुत बढ़ती है।

जिसके हाथ में ग्रीटिंग और फूल थमाया जाता है वह उसे हाथ में पकड़े उनकी और तो कभी उस बच्चे की ओर देखता है। उसके पास में खड़ा मुस्लिम लड़का जिससे वह कुछ देर पहले

झगड़ रहा होता हैं वह उस ग्रीटिंग कार्ड को उसके हाथ से लेकर निकाल कर देखता है। ग्रीटिंग कार्ड के मुखपृष्ठ पर एक तिरंगा लहराते दिखाया गया है। जिसे सलाम करते हुए कुछ लड़के छोटे बच्चों के चित्रकारी के अंदाज में हाथ से बनाये गए हैं। सब उसे देखते हैं कि वह लड़का अब वह ग्रीटिंग कार्ड उस मुस्लिम लड़के के हाथों से दोबारा लेकर जल्दी–जल्दी में खोल कर अंदर देखता है और अंदर छोटे बच्चों के अक्षर में लिखा गया संदेश थोड़े उँची आवाज में पड़ता है। अंदर लिखा है.........

"आप राष्ट्रगीत को इतना मान देते हो, और आपस में हमेशा झगड़ते रहते हो? दोस्ती कर लो, एक दूसरे से दोस्ती कर लो।"

यह पढ़कर /सुनकर वह लड़के हैरत से एक दूसरे को देखते रहते हैं। इतने में अचानक वह लड़का सहमा–सा उनके पास आता है और झगड़ा करने वाले हिंदू मुस्लिम लड़कों का हाथ पकड़कर एक दूसरे के हाथ में देता है और दोबारा जाकर दूर खड़ा हो जाता है।

वह दोनों लडके वैसे ही हाथ में हाथ पकड़े हुए स्थिति में, उस बच्चे की तरफ बढ़ते हैं, चेहरे पर गुस्सेल भाव लिए। ये देख लड़का डर कर आँखें बंद कर देता है......... वे दोनों आकर उस बच्चे के दोनों तरफ घुटनों पर बैठते हैं, एक उसके सिर पर हाथ रखकर बड़े प्यार से घुमाता है, तो दूसरा उसके पीठ पर हाथ फेरता है। उनके सारे साथी उनके चारों और इकट्ठा होते हैं।

वह छोटा बच्चा जब आँखें खोलता है तो उसके चेहरे की मासुमियत देखकर सब हँसने लगते हैं। उनको हँसते हुए देखकर छोटे बच्चे के जान में जान आ जाती है, वह भी थोड़ा मुस्कुराने लगता है। अब वह छोटा बच्चा आश्वस्त हो जाता है कि इन लड़कों से अब उसे कोई डर नहीं है। हमेशा झगड़ने वाले वाला हिंदू लड़का अचानक उसे उठाकर गोद में उठाता है;

–बाद उसे गोल–गोल घुमा कर जमीन से रखता है। गोल–गोल घुमाने से उस बच्चे का सिर चकराने लगता है, वह

लड़का अब थोड़ा बहुत लड़खड़ाने लगता हैं। सब लड़के उसे इस तरह से होश खोते देख जोर-जोर से हँसने लगते है।

सब लड़के अब बारी-बारी से उस लड़के के सर पर प्यार से हाथ फेरते है, कोई उसके गालों को सहलाता हैं। वह सब को बाय करके निकल जाता है।

वह दिन ढल जाता है, दूसरे दिन सुबह वह छोटा बच्चा रोज की तरह गार्डन आता है। उसे देखते ही सारे लड़के एक दूसरे को इशारा करते हैं और झूठ मुठ का झगड़ा करने लगते हैं। कोई जानबूझकर कॅच छोड़ता है, तो उस्मान कहता है, ''अबे दीपक साले 'इंडियन' इतना हलवा कॅच छोड़ा? हरामी डूब मर।'' दीपक कहता है, ''साले उस्मान, तू इंडियन......तेरे अब्बू इंडियन......तेरी अम्मी इंडियन...तेरी फूफा इंडियन......... तेरा सारा खानदान इंडियन!''

छोटा बच्चा टेंशन में आ जाता है, पर गौर से देखने के बाद में उसे पता चल ही जाता है कि वह सारे झूठ मूठ का झगड़ा कर रहे हैं। अब वह प्यारा बच्चा भी हँसने लगता है, जोरजोरसे हंसता है। सारे रुक कर उसे देखते लगते हैं और सारे उसकी तरफ देखकर हँसने लगते हैं।

सब धुँधला हो जाता है, एक संदेश आकाशवाणी की तरह घूमता है.........

''दोस्ती कर लो, राष्ट्र मजबूत कर लो, झगड़ों से सारे सवाल हल नहीं होते।''

बगीचा

शहर के ठीक बीचो बीच स्थित यह विशाल बगीचा! विभिन्न प्रकार के सजावटी और फूल वाले पौधे, बड़े और छोटे, जिनकी अच्छी तरह निगरानी भी रखी जाती है। इस उद्यान की एक महत्त्वपूर्ण विशेषता इसका सुनियोजित प्रदक्षिणा मार्ग है।

सुबह के मॉर्निंग वॉक से लेकर शाम–रात तक सैर करने के लिए आसपास के क्षेत्र के लोगों का आना–जाना यहाँ लगा रहता है। गार्डन में योग साधना के लिए आरक्षित एक बड़ा हॉल, बैडमिंटन कोर्ट, जगह–जगह पीने के पानी की सुविधा, एक कोने में पुरुषों और महिलाओं के लिए साफ शौचालय, ऐसी सारी सुविधाओं वाला बगीचा भला किसे पसंद नहीं होगा। पर जैसे कहावत हैं कि 'चांद में भी दाग होते हैं' वैसे ही इस खूबसूरत जगह एक सरपट थी, उसे एक श्राप था;

–और वह था......इस सुनहरे बगीचे में पेड़ों का, झाड़ियों का सहारा लेकर या कोने की बेंचों पर अलग–अलग उम्र के जोड़ों की चलती रासलीला! ये मुक्त भोगी जन बंद कमरे के अंदर का प्रेमालाप, सेक्स क्रिड़ाएँ गार्डन में बिल्कुल सरेआम पेश किया करते रहते थे। इन धीट बेशर्म लोगों को दुनिया से देखे जाने का कोई ड़र नहीं था/फिक्र नहीं थी।

आने जाने वाले सभ्य/शरीफ जन जब वहाँ से गुजरते तो बड़े ही शर्मिंदगी के साथ नजरे फेर लिया करते थे, उनकी अश्लिल हरकतों को साफ नजरअंदाज कर दिया करते थे।

सुमति नियमित रूप से इस बगीचे में अपनी दोस्त समीक्षा के साथ आती थीं, उसका वजन काफी बढ़ रहा था। उसे नियंत्रित करने हेतू वह गार्डन के कुछ चक्कर लगाया करती थी। आज सुमति उसकी पांचवी कक्षा में पढ़ने वाली होनहार बेटी 'प्रियांका' को साथ लेकर आई थी। जिसके स्कूल को आज के दिन छुट्टी थी।

एक-दो चक्कर लगाने के बाद प्रियांका ने उन मुक्त भोगियों की तरफ इशारा करते पूछा, ''ये लोग क्या कर रहे हैं माँ?''

सुमती और समीक्षा उसके इस प्रश्न से हडबडा जाती हैं। सुमती कहती हैं, ''कुछ नहीं प्रिया'' प्रियांका ने पूछा ''कुछ नहीं ?'' सुमती कहती हैं ''तुम वहाँ ध्यान ही मत दो, बड़े होने पर तुम्हे पता चलेगा।'' प्रियांका ने पूछा ''क्या हर कोई बड़ा होकर ऐसा ही करता है ? क्या मैं भी वही करूँगी ?'' सुमती और समीक्षा को देखते हुए, ''क्या आप दोनो ने भी ऐसा ही किया था?''

सुमती एकदम से भडक उठती है और चिल्लाकर कहती हैं, ''प्रियांका, चुप रहो।'' सुमती थोड़े गुस्से से कहती है तो समीक्षा उसे शांत करने के इरादे से उसका हाथ दबाती है। सुमती थोड़ी संभल जाती है, वह प्रियांका के सर पर हाथ फेर कर कहती है ''बेटा ऐसा नहीं कहते हैं, वह जो कर रहे हैं वह गलत है। हमारे जैसे अच्छे घरों के लोगों को ऐसी चीजों पर ध्यान नहीं देना चाहिए।'' समीक्षा उसे कहती है, ''तू बिल्कुल भी उस तरफ मत देखना।''

सुमती प्रिया को अपने साथ लाने पर पछताती है, ''तुझे थोड़ी देर में ट्यूशन जाना है ना? पढ़ाई भी करनी होगी! बस हम अभी निकलते हैं, ठीक है?'' सुमति प्रिया से कहती है। पर.....प्रिया अपने ही खयालों में खोई है, अचानक थोड़ी ऊंची आवाज में कहती है, ''माँ अगर यह सब गलत है, तो यह लोग ऐसे खुलेआम क्यों करते हैं? कोई उन्हें चिल्लाता क्यों नहीं? रोकता क्यों नहीं?'' प्रियांका के इस बाल सुलभ सवालों से सुमति और साथ समीक्षा भी सकते में आ जाती हैं। उनके चेहरे का रंग उड़ जाता है। सुमति और समीक्षा भारी निराशा से एक दूसरे की ओर देखते रहते हैं।

समीक्षा प्रियांका के पास आकर उसके पीठ पर हाथ रखकर कहती है, ''प्रिया देखो जब पुलिस आएगी तो उन सब पर चिल्लाएगी और उन्हें यहाँ से भगा देगी, ठीक है?'' प्रियांका कहती है, ''हम लोगों ने इतने चक्कर काटे लेकिन अब तक एक

भी पुलिस वाला नजर नहीं आया।" समीक्षा कहती है, "प्रिया अब कितने सवाल पूछेगी? तुझें पढ़ाई नहीं करनी है क्या? चलो हम निकलते हैं।"

प्रियांका परेशान–हाल जोर से चिल्ला उठती है, "मौसी हम सब पुलीस के आने का इंतजार क्यो करते रहते हैं? हम सब मिलकर उनको चिल्ला कर यहाँ से भगा नहीं सकते क्या?"

उसके ये शब्द 'एको साउंड' की तरह पूरे गार्डन में घूमते रहते हैं। आस–पास के मॉर्निंग वॉक करने वाले स्त्री–पुरुष रुक जाते हैं। सारी आवाजें रुक जाती हैं। यहाँ तक पंछियों की कलरव तक थम–सी जाती है। धीरे–धीरे सब लोग सुमती, समीक्षा और प्रियांका के चारों ओर इकट्ठा होते हैं, सबके चेहरे पर बहुत गंभीर भाव हैं, धीरे–धीरे वह सब मुस्कुराने लगते हैं।

उन में से एक साठ साल की एक औरत आकर प्रियांका के सामने घुटनों पर बैठती है, उसकी पीठ थपथपाते कहती है, "बेटी बहुत खूबसूरत और अच्छे विचार है तुम्हारे!"

सुमती और समीक्षा को समझ नहीं आता कि उन्हें ऐसी हालत में क्या करना चाहिए जब सब लोग उनको घेरे खड़े हो। भीड़ में से दूसरी एक औरत कहती है, "कितनी सही बात कही इस ने, देखा जाए तो यह सब हमें बहुत पहले ही सोचना चाहिए था। दूसरा एक आदमी तुरंत कह उठता है, "बिल्कुल सही कहा आपने! हम हर बात पुलिस के भरोसे छोड़ते हैं, उन पर ढकेलते हैं। एक दक्ष नागरिक होने के नाते क्या हमारा इस विषय में कुछ भी कर्तव्य नहीं?"

दूसरा कहता है, "इन सब बुरी बातों का ऐसी उम्र के छोटे बच्चों पर, समाज पर कितना बुरा असर होता है। आखिर यह हम समझते क्यों नहीं?"

सुमति उन सबसे हाथ जोड़ कर कहती हैं, "आप ऐसा क्या करते हो, यह बहुत छोटी बच्ची है, मात्र पांचवी कक्षा में पढ़ रही है। भला इसे क्या समझ?"

बूढ़ी औरत कहती है, ''इतनी छोटी होकर उसने जो सोचा, वह हम भी नहीं सोच सके थे। आस–पास चलने वाले इन गंदे प्रकार को, गंदगी को हमें मिलजुलकर रोकना होगा।'' दूसरी एक औरत कहती है, ''ठीक कहा आपने! हम आंखों पर पट्टी बाँधे गार्डन में नहीं घूम सकते।''

सुमति परेशानी से कहती है, ''लेकिन हम कर भी क्या सकते हैं।'' वह बूढ़ी औरत कहती है, ''क्यों कुछ नहीं कर सकते? हम सब छोटे–छोटे समूह बनाकर बगीचे के हर कोने में जाएंगे और ऐसी शर्मनाक हरकते करनेवालों को पकड़कर उनके घर वालों को बुलाकर उन्हें उनके बच्चों के कारनामों के बारे में बताएंगे।'' एक कहता है, ''मैं पुलिस को फोन करता हूँ!'' दूसरा कहता है, ''कोई जरूरत नहीं पुलिस को बुलाने की, अब जो करना है। बस हम सबको मिलकर करना है।'' बूढी कहती है, ''हम छह सात लोगों का ग्रुप बनाकर अलग–अलग जगह जाकर उन सबको पकड़ते हैं।'' सारे सहमति में सिर हिलाते हैं।

और वह सब वैसे ही करते हैं, सब लोग गंदी हरकतें खुलेआम करने वाले प्रेमियों को पकड़कर उन्हें थप्पड़ लगाते हैं। सारे इश्कजादे इन सब बातों से बेखबर होते हैं, उनके प्रेमालाप में, उनकी प्रेम क्रिड़ाओ में अचानक बाधा उत्पन्न होने पर वह सब हड़बड़ा जाते हैं। पर उन्हें बात की गंभीरता का एहसास हो जाता है। वह सब उनसे हाथ जोड़कर विनती करने लगते हैं। कोई कहते हैं कि ''माफ करना! हमसे भूल हो गई है, ऐसा दोबारा नहीं होगा।'' वह बूढ़ी औरत उन पर चिल्लाती है, ''गलती हुई! यह कहने में शर्म नहीं आती आपको? इस अनिर्बंध और स्वैर आचरण से हमारे बच्चे भी बिगड़ सकते हैं। ना समझी की उम्र में उन्हें क्या कुछ नहीं देखना सहना पड़ता है।''

दूसरा उनसे कहता है, ''तुम्हें इस बेशर्मी की सजा मिलेगी, चलो अपना आय कार्ड और घर का नंबर दे दो।'' और उन सब से उनके घर का नंबर लिया जाता है और घर वालों को उनके ही मोबाइल से फोन करके बुलाया जाता है। घर वाले आते हैं, तब उन्हें उनके बच्चों के करतूत बताए जाते हैं, उनके घर वाले

भड़क उठते हैं और अपने बेटे बेटियों को जोरदार थप्पड़ लगाते हैं और पीटना शुरू करते हैं। वे सब से हाथ जोडकर कहते हैं कि ''प्लीज! इन्हें पुलिस में मत दीजिए, प्लीज! प्लीज! इनकी जिंदगी खराब हो जाएगी, यह दोबारा, ऐसा नहीं करेंगे, यह हमारा वादा है।''

सब प्रेमी मिलकर दस—दस उठक बैठक लगाते हैं, तब जाकर उनकी विनती को सब का विचार लेकर मान लिया जाता है। इतने में कुछ पुलिस हवालदार वहाँ आकर दबंगगिरी दिखाते बेपर्वाई से सब से पूछते हैं कि ''क्या चल रहा है यहाँ पर?'' वास्तविक परिस्थिति जानने के बाद पुलिस वाले कहते हैं, ''हम क्या करें? हम किसी को गार्डन आने से रोक भी तो नहीं सकते।'' बूढ़ी औरत पुलिस पर भड़क उठती है, ''उन्हें खुलेआम गंदी हरकत करने से तो आप रोक सकते हैं या नहीं? बताओ!'' पुलिस शर्मिंदा होकर सिर हिलाते हैं।

कोई उनसे कहता है, ''आपकी ड्यूटी अब हम कर रहे हैं, ऐसी हरकतें किसी भी जगह दोबारा ना हो इसकी खबरदारी बरतनी चाहिए।'' पुलिस सिर झुका कर कहते हैं, ''हम सब इसका ठीक से ध्यान रखेंगे।'' सब लोग ठीक है, ठीक है, के अंदाज में सिर हिलाते हैं।

सारे प्रेमवीर अपने—अपने माँ बाप के साथ सिर झुकाकर निकल जाते हैं।

इस सब चक्कर में सुमति, समीक्षा और प्रियांका होनेवाली घटनाएँ देखते मात्र रहते हैं। बूढ़ी औरत सबसे कहती है, ''इस छोटी बच्ची ने आज हमारी आंखें खोल दी।'' एक आदमी कहीं से फूलों का गुलदस्ता लाता है और प्रियांका को भेट करते कहता है, ''यह मेरी तरफ से आपको भेंट!'' प्रियांका अपनी माँ सुमति को देखती है जैसे पूछ रही हो कि अब मैं क्या करूँ? सुमति कहती हैं, ''ले लो।'' माँ के हाँ कहने के बाद वह बुके ले लेती है। अब बारी बूढ़ी औरत की...... वह अपने बैग से एक पेन का बॉक्स निकालकर प्रियांका कि ओर बढ़ाती है।

सुमति कहती है, "अरे, इसकी कोई जरूरत नहीं।" बूढ़ी औरत कहती है, "नहीं नहीं...... जरूरत है, यह पेन का बॉक्स मैंने मेरी लड़की को परीक्षा में अच्छे मार्क्स मिले इसलिए लिया था, वह आज मैं इसे दे रही हूँ, मेरी लड़की के लिए दूसरा ले लूंगी। यह भी तो मेरी बेटी जैसे ही तो है।" माँ के हाँ करने के बाद प्रियांका वह पेन बॉक्स लेती है, उसे बहुत शरम आ रही हैं कि सब लोग उसे प्यार और आदरभाव, से देख रहें है इसकी।

एक कहता हैं, "कितना बड़ा काम किया है, सब लोगों को जागृत करने का।" यह सब देख कर सुमति की आँखें भर आती है और वह प्रियांका को पास लेकर बड़े प्यार से उसके सर पर हाथ घुमाती है। प्रियांका जिसने पेन दिया उनको और बाकी सब को "धन्यवाद!" कहती है। तो वह सब कहते हैं "अरे थैंक्स तुझे नहीं हमें कहना चाहिए, तेरी वजह से आज यह सब हो सका। आज का दिन हमारे लिए हमेशा यादगार रहेगा।"

सुमति उनके सामने हाथ जोड़ती है, और सब से कहती हैं, "अब हमें निकलना होगा, इसकी क्लास है।" प्रियांका सबको बाय कहती है और वह–वह तीनों गार्डन के बाहर के दिशा में चलने लगते हैं। सब लोग उसके जाने वाली आकृतियों को देखकर तालियाँ बजाते हैं।

अपंग / अपाहिज

मुंबई एक विशाल महानगर! इसी महानगर का 'दादर' एक बहुत ही महत्त्वपूर्ण शहर है। इसी शहर के बीचोंबीच स्थित शिवाजी पार्क, जिसे मुंबई तथा आसपास के दूसरे शहरों का भी बच्चा-बच्चा जानता है ;

—एक बहुत बड़ा गार्डन, इस के बीचो बीच बहुत सारे क्रिकेट पिच बनाए हुए हैं। इसके एक कोने में एक छोटा-सा एक मंजिला क्लब हाउस है, यहाँ कैरम, शतरंज वगैरह खेलों का शास्त्र शुद्ध प्रशिक्षण दिया जाता है। कुंग फू, कराटे, चित्रकला ऐसे विविध प्रकार के छंद वर्ग यहाँ निरंतर चलते रहते हैं। शिवाजी पार्क की एक पहचान यह भी है कि यहाँ बौद्ध धर्म का, बाबासाहेब आंबेडकर का प्रार्थना स्थल है, जहाँ छह दिसंबर को श्रद्धालुओं की भीड़ उमड़ पड़ती है।

खैर आज सुबह से ही यहाँ बहुत चहल-पहल चल रही थी। आसपास के पूरे इलाके को केसरिया, सफेद और हरे रंग की पताकाओं से सजा दिया गया था। इसी रंगों का इस्तेमाल कर क्लब हाउस के प्रवेश द्वार पर बड़े ही कल्पनाशीलता से भव्य रंगोली बनाई गई थी। उस मनमोहक रंगोली के बीचो-बीच 'वंदे मातरम' भी लिखा गया था।

श्वेत वस्त्र परिधान करने वाले स्त्री पुरुषों का जमावड़े में से जो पुरुष थे, उन्होंने सफेद शर्ट या फिर सफेद कुर्ता और सफेद लहंगा तथा स्त्रियों ने सफेद सलवार कमीज ऊपर तिरंगे रंग की ओढ़नी या फिर सफेद साड़ी जिसका पल्लू तिरंगा था।

पास के दो पेड़ो के बीच में फ्लेक्स बॅनर बाँध लिया गया था। जिस पर गणतंत्र दिवस की शुभकामनाएँ लिखा गया था। क्लब हाउस के आंगन में एक ऊंचे लोहे के खंबे के ऊपरी छोर पर तिरंगे को लपेट कर रखा गया था, उसके अंदर किसी बुद्धिजीवी ने केसरिया सफेद और हरे तीनों रंग के फूलों को छिपाया था।

अतिथि के हाथों से तिरंगा लहराया जाना था। उसी के आसपास कुछ दूरी पर एक लंबे से टेबल पर माइक, पानी के छोटे बॉटल्स तथा फ्लावर पॉट रखा गया था। जिसमें रंग बिरंगी ताजे फूल सजाकर रखने का काम जारी था। मेहमानों को बैठने के लिए कुर्सियाँ थी, सामने घास की चादर पर एक चद्दर बिछाकर भारतीय बैठक की व्यवस्था भी की गई थी।

टेबल के पास ही एक खोके में पानी के कुछ बॉटल्स और पारले जी बिस्किट के छोटे पैकेट थे। उसी के पास की एक प्लास्टिक थैली में वेफर के आधे किलो के चार पैकेट–पैकेट थे। कुछ कार्यकर्ता शर्ट पर बॅच लगाए कार्यक्रम की व्यवस्था में थे। वह सारे एक दूसरे के संपर्क में थे, ''अरे उसने समोसे भिजवाये क्या?'' एक कार्यकर्ता ने दूसरे से पूछा। दूसरे ने कहा, ''अरे नहीं, वह कुछ ही देर में गरमा गरम समोसे लेकर आने वाला है।'' ''उसे कहना, समोसे के साथ लाल, हरी चटनी भिजवाना ना भूले।'' किसी ने पूछा, ''चाय की व्यवस्था?'' जवाब था, ''चाय वक्त पर आ जाएगी, वह एक बड़े से थर्मस में देने वाला है, ताकि देर तक गरम रह सके, मैंने उसे कहा कि मेरा फोन आते ही भिजवा देना।''

''और मेहमानों के सत्कार के लिए फूल बुके वगैरह तैयार है ना? चाहे तो चार–पांच ज्यादा ही मंगवाकर रखना, क्योंकि कम नहीं पडने चाहिए।'' ऐसे अनगिनत सवाल वह कार्यकर्ता एक दूसरे से करते रहते थे। इस गणतंत्र दिवस के कार्यक्रम में कोई भी भूल चूक ना हो इसलिए वे सारे दक्ष थे।

उनकी संस्था की ओर से अनेक सामाजिक कार्यक्रम जरूरतमंदों के लिए चलाए जाते थे। आज भी ऐसा ही कार्यक्रम शुरू होने से पहले जोर शोर से तैयारी चल रही थी। कुछ लोग थोड़ी दूरी पर खड़े रहकर इस तैयारी का उत्सुकता वश जायजा ले रहे थे। इन्हीं में से एक अपंग बालक भी था, जो अपनी बैसाखी लिए खड़ा था। कुछ देर बाद वह अपंग बालक बैठने के लिए बिछाए गए भारतीय बैठक की व्यवस्था की ओर गया में और

एकदम पीछे की तरफ जा कर बैठ गया। अपनी बैसाखी उसने अपने पास ही में रखी थी।

प्रमुख अतिथि तथा मान्यवरों का आगमन होते ही जल्द ही कार्यक्रम शुरू हुआ। संस्था की प्रमुख ने अपने भाषण में आए हुए अतिथियों का परिचय दिया, उनका हार पुष्पगुच्छ देकर स्वागत किया। बाद प्रमुख अतिथि ने जैसे ही ध्वजारोहण किया केसरिया, सफेद और हरे रंग की फूलों की जैसे बरसात हो गई। बाद वंदे मातरम के लिए सारे उपस्थित जन खड़े हो गए।

वह अपंग बालक भी अपने बैसाखी का सहारा लेकर खड़े होने का प्रयास करने लगा, कार्यक्रम व्यवस्था का बॅच धारक युवक उसे देख उसकी मदद करने उसके पास आना चाहता था, पर जैसे ही उसकी नजरें उस अपंग बालक से मिलती हैं, वह अपंग बालक ने उसकी मंशा जानकर उसे नजरों से ही मना कर दिया और खुद ही उठने लगा। पहली कोशिश में वह चूंक जाता है, लेकिन अगली बार ठीक से सहारा लेकर खड़े होने में कामयाब हो जाता है। वह युवक और उसकी खूबसूरत साथी उसे चिअर्स करके अंगूठा दिखाते हैं, उसका जोश बढ़ाते हैं। वह भी उनकी तरफ देखकर मुस्कुराते सिर हिलाता हैं।

राष्ट्रगीत के बाद सम्माननीय अतिथि अपने छोटे से भाषण में इस संस्था के सराहनीय उपक्रम की जमकर तारीफ करते हैं और उनके इस उपक्रम में उन्हें उनकी ओर से मदद करने का आश्वासन देते हैं।

कार्यक्रम खत्म होते ही वह अपंग बालक निकलने की तैयारी करता है तो वह युवक उसे रूकने का इशारा करता हैं। उसके पास आकर उसे कुर्सी पर बिठाता है और नाश्ते की प्लेट लाकर देता है। समोसा वेफर और गुलाब जामुन खाते–खाते वह अपंग बालक उस युवक और उसकी हसीन साथी की ओर देखते रहता है। वह युवक और उसकी साथी मेहमानों की आवभगत में मग्न है।

बालक सोचता है, कितनी धांधली में भी उस युवक और युवती को उसके जैसे शूद्र अपंग युवक का ध्यान रखा, इस बात से वह गदगद होता है। दोनों की तरफ देखते हुए वह सोचने लगता है कि कितनी खूबसूरत जोड़ी है इनकी! ऐसा लगता है, यह एक दूसरे के लिए ही बने हैं। उसी सोच में डूबा रहता है कि अचानक उसकी पीठ पर किसी के स्पर्श को महसूस कर वह सोच से जाग जाता है, देखता है...... वह युवक ही उसकी पीठ थपथपा रहा होता है, साथ में उसकी वह खूबसूरत, साथी भी है।

वह युवक बिना कुछ बोले अपना पाकिट निकाल कर उसमें से एक विजिटिंग कार्ड निकालकर उसके हाथ में थमाता है। बालक देखता है वह किसी रोटरी क्लब का कार्ड है, कार्ड के पीछे वह युवक पेन से दोनों के नंबर लिख देता है और उसे बाद में फोन करने को कहता है। बालक हाँ में सिर हिलाता हैं, उनको प्रणाम करता हैं, उनसे हाथ मिला कर निकल जाता है।

कुछ दिन गुजर जाते हैं...... आज भी 'रोटरी क्लब' का कार्यक्रम चल रहा है। इस कार्यक्रम में आगे से दूसरे लाइन में यह बालक बैठा है । संस्था के नियमानुसार उनके हर कार्यक्रम की शुरूवात राष्ट्रगीत से होती हैं । वह बालक बिना किसी बैसाखी के सहारे के तुरंत उठ खड़ा होता है । तब पता चलता है कि उसके पास अब कोई बैसाखी नहीं है । जब उसके पैरों की तरफ नजर जाते ही हमें पता चलता है कि उसे जयपुर फुट बिठाया गया है ।

उसके बिल्कुल सामने उसी की तरफ मुंह किए वह युवक और उसकी साथी भी सावधान मुद्रा में उसकी तरफ देख कर होठों की कोनो से मुस्कुरा रहें है।

इस चल रहे कार्यक्रम में भी उसके जैसे जरूरतमंद लोगों को इस संस्था की ओर से मदद की जा रही है। वह भी पूरी तरह निशुल्क!

कार्यक्रम के खत्म होते यह बालक उनकी तरफ जाता है और उस युवक के पैर छूने के लिए झुकता है। वह युवक उसे ऐसा

करने नहीं देता बल्कि उसे अपनी बाहों में भरता है। यह भावपूर्ण दृश्य देखकर आसपास के सभी तालियाँ बजाते हैं और अपने रोने को हमेशा अपने से कोसों दूर रखने वाला वह अपंग बालक उस युवक के सीने से लिपटे रोने लगता है, साथ में खड़ी उसकी साथी प्यार से उसके सिर पर हाथ फेरती है......।

----------- ★ -----------

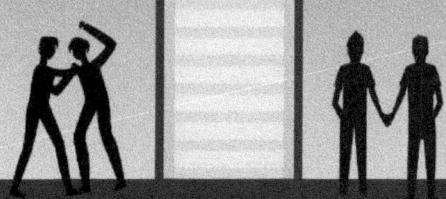

रेल सफर
रेल सफर
RAIL SAFAR
एकांकिका लेखक : हेमंत चोडणकर

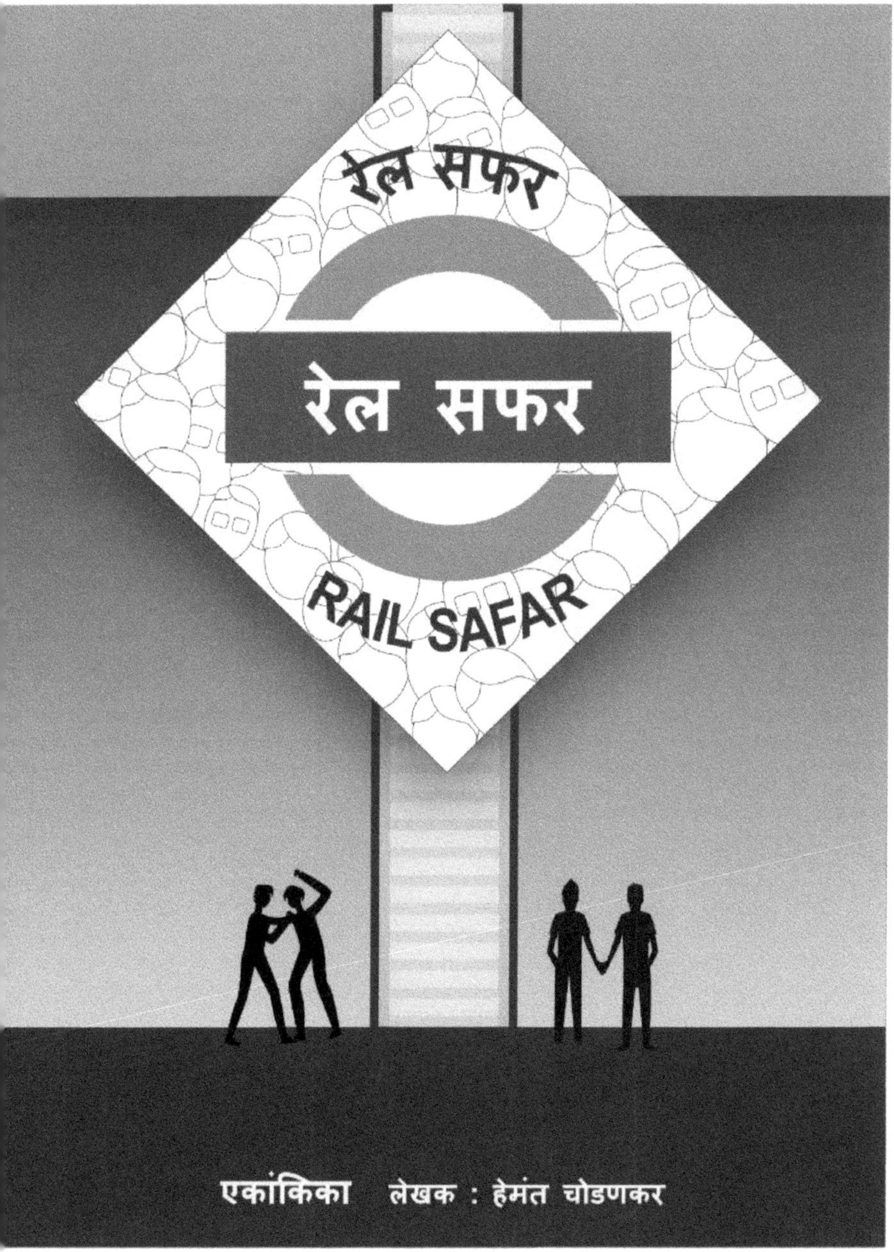

रेल सफर : एकांकिका

रेल सफर इस समूची एकांकिका को मुंबई के रेलवे प्लॅटफॉर्म तथा लोकल ट्रेन की पार्श्वभूमि है। रोजमर्रा की जिंदगी में सफर करते लोगों की परेशानियां तथा विभिन्न मानसिकता का प्रतिबिम्ब इसमें झलकता है। इनका सफर शुरू होता है शाम के वक्त दादर स्थानक से, और गंतव्य है डोंबिवली तथा कल्यान! प्रवासियोंका दो समान परिस्थितियों में किया गया सर्वथा भिन्न आचरण ...... कहानी में कैसे बदलाव लाता है। इसी के ऊपर आधारित है, हमारा यह नाटक रेल सफर !

पात्र परिचय

सुत्रधार : २५ साल की एक खूबसूरत लड़की (सफेद पंजाबी ड्रेस)

वो : याने हमारा हीरो, तीस से पैंतीस साल का एक युवक,

सामने वाला : ३० साल का बांका नौजवान जो नाटक का अहम किरदार

हमसफर एक : ४० साल का थोड़ा बौना आदमी

हमसफर दूसरा : २५ साल का नवयुवक

हमसफर तीसरा : ५० से ६० साल का व्यक्ति

हमसफर चौथा : ३० से ४० साल का व्यक्ति

अन्य प्रवासी : पाँच से छह २० से ४० साल के स्त्री–पुरुष, जो रेल्वे प्लॅटफॉर्म पर खड़े होंगे।

परदा खुलने से पूर्व महत्वपूर्ण

(सूत्रधार के रूप में २५ साल कि एक खूबसूरत लड़की, जो नाटक के कथानक के बारे में विशेष टिप्पणी कर आपको आगाह

करती है। इसमें दो प्रमुख पात्र है। एक है जिसे हम 'वो' कहेंगे, जो हमारा हीरो है और इस कहानी का प्रमुख किरदार। दूसरा है 'सामनेवाला' यह विशेष किरदार हैं। हमारे 'वो' कि उस 'सामनेवाले' से नोकझोंक होती रहती है। कहानी के ये दो पात्र मात्र रंगीन कपड़ों में है। वो ने भगवे रंग की शर्ट और नीले रंग की पँट तो 'सामनेवाला' पीले रंग की शर्ट और हरे रंग की पँट पहने हुए है।

कहानी के बाकी सारे पात्र और उनकी वेशभूषा कृष्ण–धवल रंगोंकी छटाओ में है, याने की ग्रे कलर के अलग–अलग शेड में।

जब पर्दा हटाया जाता है..... उस दृश्य में शाम के समय का दादर रेलवे स्टेशन और वहाँ कि गतिविधियों का नजारा दिखाई देता है। प्लॅटफॉर्म की भीड़, गाड़ी पकड़ने कि प्रतिद्वंविता, गाड़ी में चढ़ने में विफल होने पर चेहरे पर नजर आती निराशा, अफसोस... .. अगली लोकल कौन सी होगी? यह इंडिकेटर में देखने वाले तथा मोबाइल ऍप्स के जरिए देखनेवाले यात्री और इन्हीं लोगों कि भीड़ से मार्ग निकालकर हमारा हीरो आगे की तरफ आता है। उसके चेहरे पर निराशा की पुट साफ झलक रही है। एक हमसफर भी नाउम्मीद होकर उसके पास आकर रुकता है। उसके चेहरे पर हताशा निराशा साफ दिखती है। वह कभी हाथ की घड़ी कि तरफ, तो कभी इंडिकेटर कि तरफ देखता है। वह हमारे 'वो' कि तरफ देखता है .....

उससे बात करनी है या नहीं? इसी कशमकश में कुछ पल गुजरते हैं। बाद में कहीं जाकर वह हमसफर जिसे हम 'बौना' कहेंगे, वोह धीरज समेट कर हमारे इस हीरो से, 'वो' से बात करना शुरू कर देता है। यहाँ हमारा हीरो अपनेही दुविधामें खोया हुआ है)

'बौना' हमसफर : आप ..... आप..... आपको कहां जाना है ?

'वो' : डोंबिवली! और आप ?

सहप्रवासी एक : बदलापूर!

'वो' : बापरे ! बहुत ज्यादा आगे हैं।

बौना हमसफर : विडंबना देखिए जिसे बदलापुर जाना है, वह दादर से बदलापुर कर्जत

तथा खोपोली गाड़ी में चढ़ ही नहीं पाता!

'वो' : क्यो ?

बौना हमसफर : अजी जनाब क्यों क्या ! यह सब यूजलेस लोग कुर्ला, घाटकोपर, थाने और डो..... डो..... (उसे डोंबिवली कहना है लेकिन उसे ध्यान आता है, कि साथवाला डोंबिवली जा रहा है वह बौखला कर रुकता है) देखिए ना जिसे कल्यान से आगे जाना है, उन्हें दूसरी गाड़ी पकड़कर डोंबिवली या फिर कल्यान उतरना पड़ता है, और एक लंबी दौड़ लगाकर इस प्लॅटफॉर्म को पार कर दूसरे प्लॅटफॉर्मपर जाकर वहाँ से कर्जत–कसारा लाइन कि गाड़ी पकड़नी पड़ती है। और इस चक्कर में कहीं वह गाड़ी छूट जाती है, तो उस सूरतमें अगले ट्रेन के इंतजार में आधा– आधा घंटा चने चबाते बैठना पड़ता है। यह सब ऐसे बेवकूफों कि वजह से होता है, जिनकी बेवकूफी कि कोई सीमा नहीं होती।

'वो' : मैं आप से बिल्कुल सहमत हूँ। हम डोंबिवली वाले भी इन्हीं में समाविष्ट होते हैं। सबको जल्दी होती है घर पहुंचने की और फिर डोंबिवली–कल्यान कि ओर जाने वाली सभी सेमी–फास्ट, धीमी लोकल को छोड़कर फास्ट कर्जत–कसारा कि दिशा में जानेवाली गाडी में घुस जाते हैं।

'बौना' हमसफर : (अपना चश्मा ठीक करते हुए कहता है) इस समस्या का कोई ना कोई समाधान जरूर ढूंढना चाहिए।

'वो' : है..... इस समस्या का समाधान है।

'बौना' हमसफर : (चौंककर) क्या! उपाय है? आपने यही कहा ना?

'वो' : जी हुजूर..... आपने ठीक सुना ।

बौना हमसफर : क्या मैं जान सकता हूं, कौन सा तरीका है इस समस्या को भगाने का, समाप्त करने का ?

'वो' : देखिए सबसे पहले तो छोटे–छोटे अंतराल के लिए जलद ट्रेन का इस्तेमाल करने पर पाबंदी लगनी चाहिए, रेलवे प्रशासन की तरफ से ! मतलब लोकल ट्रेन उन स्थानकों पर रुकेगी, लेकिन सिर्फ और सिर्फ गाड़ी में चढ़नेवाले यात्रियों के लिए। अंदर के यात्रिंयों को उस स्टेशनपर उतरना पूरी तरह से मना होगा। इससे भीड़ भी हिस्सो मे बँट जाएँगी।

बौना हमसफर : वाह..... वाह! बहुत ही उत्तम उपाय है।

'वो' : निर्बंधित स्टेशनपर उतरने की मूर्खता करनेवालोंसे जबरन दंड वसूला जाना चाहिए।

बौना हमसफर : बहुत खूब! लेकिन क्या ऐसा संभव है? क्या प्रशासन में इतने समझदार लोग मौजूद है? मैं तो कहता हूँ सारे प्रशासनिक अधिकारियों को तथा उनके सम्बन्धियोंको दादर से होकर यात्रा करना अनिवार्य करना चाहिए। ताकि उन्हें एहसास हो कि दिल्ली कितनी दूर है।

'वो' : दिल्ली ? ओहोहो (मतलब समझकर) खैर ! कितनी तूफानी भीड़ इकट्ठा होती है इस दादर स्टेशन पर। शाम के समय यहाँसे ट्रेन में चढ़ना मतलब भरी दोपहरी के वक्त खजूर के पेड़पर चढ़ने जितनाही मुश्किल है।

बौना हमसफर : बिल्कुल सही फरमाया आपने! कभी–कभार तों मैं दादर से छूटनेवाली लोकल ट्रेन से जाता हूँ, फिर चाहे वह पूरी धीमी ही क्यों न हो।

'वो' : दरअसल मेरा गाने का क्लास होता है। यही वजह है के मुझे घर पहुँचने की जल्दी होती है। फिर भी..... किसी रोज वक्त रहते मैं भी आपके साथ दादर से छूटने वाली गाड़ी में जरूर सफर करूंगा।

बौना हमसफर : अच्छा जनाब ! आप गाने– बजाने का भी शौक फरमाते हैं।

'वो' : बजाने का नहीं..... सिर्फ गाने का! मैं हिंदुस्तानी शास्त्रीय संगीत सीख रहा हूँ ।

(इतने में रेलवे स्टेशन कि अनाउंसमेंट शुरू हो जाती है, वैसे पहले भी वह बिल्कुल धीमीसी आवाज में बैकग्राउंड में बजती रहती है । लेकिन अब वह खुली आवाज में सुनाई देती है)

अनाउंसर : कृपया ध्यान दिजिए। प्लॅटफॉर्म नंबर एकपर आनेवाली गाड़ी टिटवाला के लिए धीमी गाड़ी है। प्लॅटफॉर्म नंबर ४ के यात्रियों विशेष ध्यान दिजिए। ७:१० मिनट पर कल्यान जानेवाली तेज लोकल थोड़े ही समय में प्लॅटफॉर्म नंबर चार पर आ रही है। यह लोकल थाने तक तेज जाएँगी, आगे सब जगह पर रुकेगी। ट्रेन कमिंग ऑन टू प्लॅटफॉर्म नंबर फोर इज फास्ट ट्रेन टू कल्याण, लोकल विल स्टॉप फ्रॉम दादर टू कुर्ला, कुर्ला टू घाटकोपर, घाटकोपर टू थाना, स्टॉप ऑल स्टेशन फ्रॉम थाना..... कृपया उतरनेवाले यात्रियोंको पहले उतर जाने दीजिए .....)

बौना हमसफर : अच्छा जी! (हाथ मिलाता है) दोबारा मिलेंगे! (और निकल जाता है)

'वो' : (दर्शकों से बात करता है) दरअसल मुझे डोंबिवली जाना है, थाना ट्रेन छोडकर मैं किसी भी ट्रेन से जा सकता हूं। कर्जत गाड़ी मुझे मजबूरन छोड़नी पड़ी। कल्याण से डोंबिवली जाने वाले यात्रियों के लिए कर्जत–कसारा मार्ग पर जाने वाली गाड़ियों में सफर करने का विचार करना भी मूर्खतापूर्ण है। अब बताइए सारे विद्वान् पैदा होंगे तो फिर सृष्टिका संतुलन ही बिगड़ जाएँगा। विद्वानोंके साथं..... मतलब खुद को शाने समझनेवालोंके साथ मूर्ख, महामूर्ख, शतमूर्ख तो होने ही चाहिए, तब तो जिंदगी का असली मजा आता है। (घड़ी में देखता हैं..... यहाँ–वहाँ देखता है) इस कल्यान लोकल में तो मुझे चढ़ना ही चढ़ना हैं। घर पहुंचकर गाने के क्लास को जाना है जो सप्ताह में मात्र तीन दिन होता है।

(इतने में सारे प्रवासियों की आवाजें शुरू हो जाती है। आली..... .. आली..... आली गाडी आली, आ गई..... आ गई..... आ गई.....

ट्रेन आ गई। चलो चलो चलो जल्दी चलो भाईसाब..... और थोड़ा शोरगुल होता है के..... . स्टेज पर अंधकार छा जाता है और इसी अंधकार में कुछ क्षणों बाद एक स्पॉटलाइट गिरती है। उस प्रकाश में हमें नजर आती है एक २० से २५ साल की एक खूबसूरत लड़की जो सफेद पंजाबी ड्रेस पहने हैं। बिल्कुल रंगमंच के सामने आकर रूकती है और दर्शकों से संवाद करना शुरू कर देती है , याने की बोलना शुरु कर देती है)

सूत्रधार : नमस्कार मित्रों मैं सूत्रधार हूँ, इस नाटक की! रंगमंच पर अभी जो अविष्कार आप देखने जा रहे हैं, उन सारी कहानियों की! वास्तव में देखा जाए तो हर यात्रा आपको तरह–तरह के अनुभव प्रदान करती हैं। और यह रेल यात्रा? तो पूछो ही मत..... वह तो ऐसे अनगिनत अनुभवों का एक पूरा के पूरा दालन आपके सामने खोलती है। यह सफर आपके जीवन के साथ इतना जुड़ जाता है के घर पहुंचते ही आप अपनों को या दोस्तों को 'आज की ताजा खबर' सुनाने लग जाते हैं। किसी दिन अगर ट्रेन लेट हो जाती है, या फिर किसी तकनिकी खराबी के कारण रद्द करनी पड़ती है......तो ये उन्हे हरगिज बर्दाश्त नहीं होता.....वे आग बबूला हो जाते हैं। यहाँ तक आपके आनेवाले दिनों की, कल की यात्रा सुखमय हो, इस कारणवश लिया गया मेगा–ब्लॉक भी उनके पल्ले नहीं पड़ता....... अब बताइए।

खैर हमारे इस छोटे से नाटक का विषयही आपके इस रोजमर्रा के जिंदगी के इस अविभाज्य घटक रेलयात्रा जिसे जीवन वाहिनी कहते हैं, उसपर आधारित है। इस सफर के दौरान अगर आप थोड़ा संयम बरतते है तो सफर कैसा यादगार और खुशनुमा हो जाता है। यह आप इस नाटक के दूसरे चरण में देखेंगे। और अगर आप क्रोध मे संयम खो देते हैं तो उसकी क्या जबरन कीमत आपको चुकानी पड़ सकती है, उसका क्या अंजाम भुगतना पड सकता है। यह हम आपको पहले चरण में दिखाएंगे। तो गौर फरमाइएगा, ध्यानसे देखिएगा, इस सफर को यादगार बनाते है।

पहला चरण.......

(जब रंगमंच प्रकाशमान हो जाता है। तब आपको नजर आती है लोकल ट्रेन की अंतर्गत रचना याने लोकल ट्रेन के अंदर का इंटेरियर। सारे यात्री ग्रे कलर के याने कृष्ण–धवल रंगके भिन्न छटाओ वाले शर्ट–पँट पहने हैं, अर्थात ब्लैक एंड व्हाइट सिवाय दो यात्रियोंके! उनमें से एक 'वो' है जो हीरो है, जिसने भगवा/ऑरेंज रंग का शर्ट और नीले रंग की पँट पहनी है। दूसरा है 'सामनेवाला' उसने पीले कलर का शर्ट और हरे रंग की पँट पहनी हुई है। गाड़ी हिलते रहने के कारण सबको अपना संतुलन बनाए रखना पडता हैं। इस प्रकार का दृश्य रेल सफर में अक्सर देखा जाता है।)

बौना हमसफर : दादर स्टेशन से जो ट्रेन में चढ़ते हैं उनके लिए यह सोच पाना मुश्किल हो जाता है कि उन्हे किस तरफ खड़े रहना है एक तरफ कुर्ला–वाले बाहर जाने को बेताब है, तो दूसरी तरफ घाटकोपर–वाले उतरनेकी तैयारी में रास्ता रोके खडे है।

हमसफर १ : जाएँ तो जाएँ कहा थाना ....(तलत महमूद का गीत बडबडाता है)

हमसफर २ : बिल्कुल सही फर्मा रहे हैं जनाब! और इसमें फंसे थाने डोंबिवली – कल्यान वालों की परेशानियां उनको भगवान ही बचाए। (सारे हँसते है)

हमसफर १ : क्या करें मजबूरी है, जो रोज भुगतनी भी है।

कुछ हमसफर : चलो भाई कुर्ला–वाले चलो.......

हमसफर : चलो घाटकोपर–वाले....... उतरायचं नाही तर साइडला व्हा. उतरना नहीं तो साइड में हो जाइए ...... चलो।

कुछ हमसफर : चलो अंदर चलो....... साईड मे हो जाओ.......

हमसफर ३ : हां भाई, बेशक आ जाओ! बहुत सारी जगह है साइड में खड़े रहने की।

कुछ हमसफर : काय करणार भाऊ ? यह है मुंबई मेरी जान (सब लोग हँसने लगते है)

(इसी बीच कुर्ला स्टेशन आ जाता है, कुछ लोग बाहर निकलते हैं, तो पहले के मुकाबले और ज्यादा लोग अंदर घुसते हैं। इसी हड़बड़ी में हमारा वह हीरो उस 'सामनेवाले' से जा टकराता है। और 'सामनेवाला' पता नहीं किस दुनिया का वासी है, जो उसे थोड़ा सा धक्का लगने पर उसके चेहरे पर गुस्सैल भाव प्रकट हो जाते हैं...... इसी धाँधली मे घाटकोपर स्टेशन भी पीछे छूट जाता है....... थाने स्टेशन बस आनेवाला ही है)

कुछ हमसफर : चलो थाने चलो...... बाकी साईड मे हो जाओ.....

(थाना के बाद एक जोरदार धक्का हीरो को लगता है और हीरो का सारा संतुलन बिगड़ जाता है और 'वो' उस 'सामनेवाले' से जोर से टकराता है)

सामनेवाला : (पीछे मुडकर) तेरी मां की......

'वो' : (थोडा गुस्सेसे) भाई साहब धक्का पीछे से लगा है, आप गाली मत दीजिए, समझे आप !

सामनेवाला : तेरा भाई साहब गया तेल बेचने! साले ठीक से पकड़कर खड़े नहीं रह सकता क्या ?

(और मुड़कर एक जोरदार मुक्का हीरो पर लगाता है । मुक्का हीरो के मुँहपर लगते ही हीरो भी गुस्सेसे पागल हो जाता है)

'वो' : साला हरामी, मेरी कोई गलती नहीं, फिर–भी ? साले तेरी हिम्मत कैसे हुई मुझपर हाथ उठाने की ? अब तू गया......

सूत्रधार : (बाजू से आकर कहती है) हीरो एक के बदले तीन–तीन मुक्के 'सामनेवाले' पर बरसाता है। सामने वाला भी जवाबी हमला करता है। इस भयानक भीड़ में वो दोनों 'लड़ाए हुए मुर्गों की तरह' एक–दूसरे पर मुट्ठी–प्रहार की बारिश करते हैं। इनके इन झगड़ों की वजह से बाकी लोग बहुत परेशान हो जाते हैं, तकलीफ में आ जाते हैं। वो उनको समझाने की कोशिश करते है।

हमसफर : अरे यार जाऊ दे ना आता।

हमसफर २ : जाने दे ना यार!

हमसफर ३ : इतनी गर्दी में थोड़ा बहुत धक्का तो लगता ही है, कोई जानबूझकर थोड़े ही मारता है।

(आसपास खड़े रहने वाले उनका झगड़ा मिटाने की, छुड़ाने की ईमानदारी से कोशिश करते हैं पर वे दोनों किसी भी तरह पीछे हटने को तैयार नहीं होते)

हमसफर : मारो सालों को दोनों को पकड़कर मारो। (सारे हँसते है)

हमसफर ४ : अरे दोघांना पकडा आणि बाहेर ढकलून द्या, पनवती साले कशाला झक मारायला येडझवे या डब्यात आलेत, कुणास ठाऊक? फुकटचा त्रास!

हमसफर १ : बाहर ढकेल दो इन चूतियों को।

सूत्रधार : (बाजू से आकर कहती है) भीड–भरी हालत में भी बाकी सब के चेहरों पर हास्य व्यंग्य उत्पन्न होता हैं। इसी बीच डोंबिवली स्टेशन नजदीक आता है। उतरनेवाले तूफानी धक्का बुक्की या धक्का–मुक्की के साथ बाहर की तरफ जाने लगते हैं, यात्री कहते हैं, चलो चलो डोंबिवली...... चलो...... वे दोनों झगड़ालू एक दूसरे की कॉलर पकडे होते हैं। (कहकर बाजु मे खडी हो जाती है)

सामनेवाला : साले तू उतर स्टेशनपर तेरी सारी हेकड़ी निकाल देता हूँ।

वो : हा हा, उतर हरामी तेरी मस्ती निकालता हूँ । तब तुझे पता चलेगा।

(स्टेशन आ जाता है रंगमंच अंधकारमय हो जाता है। सारा प्रकाश हट जाता है मतलब ब्लैक आउट हो जाता है। इसी अंधेरे में रंगमंच की व्यवस्था में बदलाव किया जाता है। जब रंगमंच प्रकाशमान होता है। तब डोंबिवली स्टेशन का प्लॅटफॉर्म नजर आता है। वे दोनों अभी भी एक दूसरे से जुड़े हुए हैं। लोग

उनको छुड़ाने कि कोशिश कर हार जाते हैं। उनका झगड़ा शुरू ही रहता है।)

सामनेवाला : पागल कहीं का!

वो : चुतिया साला !!

(दोनों के कपड़ों की हालत बदतर हुई है, नाक–मुँह से खून निकलता रहता है। इतने में पुलिस आती है, और उन्हें पकड़ कर ले जाती है। पास मे एक छोटे से केबिन में, एक टेबल के पीछे इंस्पेक्टर बैठा हुआ है, उसके बाजू में एक पुलिस हवलदार कंम्लेंट लिख रहा है। कुछ प्रत्यक्षदर्शी जो ट्रेन में उन दोनों के साथ थे वह पुलिस को आँखो देखा हाल सुना रहे हैं। हालात बया कर रहे हैं। इतने में सारे आवाज खामोश हो जाते हैं। और बिल्कुल इसी समयपर हमारी सूत्रधार आकर दर्शकों से बात करती है)

सूत्रधार : देखा आपने....... इतनी छोटी सी बात का कितना बतंगड़ बना दिया है उन्होंने! रोज ट्रेन में सफर करनेवालों को यह जानना आवश्यक था कि इतनी भीड़ में धक्का लगना तो लाजमी है। थोड़ा सा संयम दिखाने की, बरतने की आवश्यकता थी। लेकिन नहीं....... हमारा खून तो बहुत गरम है भाई! अब क्या होगा ? केस पुलिस के पास पहुंचा है। पड़ गई कलेजे में ठंडक आपके? अब भुगतों अपने कर्म के फल! कोर्ट–कचहरी के चक्कर काटने में आपका बेशकीमती वक्त जाया होगा, बहुत सारा पैसा खर्च होगा, बरबाद होगा सो अलग।

खैर, छोड़ो गुजरी बातों को....... अब बारी है दूसरे चरण की यानी कि संयम की। खुशनुमा और यादगार सफर की! आप भी क्या याद रखेंगे।

दूसरी घटना के सारे पात्र वही है जो पहलेवाली घटना में थे। बस स्वरूप थोड़ा बदल गया है। पहलेवाली नकारात्मक दृष्टिकोण से लथपथ थी। तो अब वाली घटना सकारात्मक दृष्टिकोण से सजधज है।

(रंगमंच पर पूरा अंधेरा होता है....... जब प्रकाशमान होता है तब बिल्कुल पहले वाले दृश्य की स्थिति लोकल ट्रेन के अंदर का दृश्य। बाकी सब वही है अपना 'वो' यानी हीरो और वह सामनेवाला सिर्फ रंगीन कपड़े पहने हैं बाकी सारे ग्रे कलर के....... जैसे पहले चरण में दिखाया गया था बिल्कुल वैसे ही)

बौना हमसफर : चलो चलो भाई अंदर चलो।

हमसफर ४ : चलो भाई अंदर बहुत जगह है...... अंदर जाने देना।

हमसफर : आईए महानुभाव! महान मानव के वंशजों, अंदर आपके लिए सोने की जगह रखी है...... चारपाई तैयार है।

हमसफर २ : माफ कीजिए सरकार! अगर आपने आपके आगमन की खबर पहलेही भिजवाई होती तो आपके हुजूर में शहनाइयां बजवाई जाती...... यहां तक कीमती कालीन बिछाई जाती।

(और वह शिवाजी के दरबार में जैसे सलाम करते हैं, वैसे मुजरा (सलाम) करता है। सारे यात्री हँसने लगते हैं, उसके व्यंग्य को सराहते हैं। भीड़ की परेशानियों को भुलाकर उन के बीच मजेदार बातचीत का दौर शुरू हो जाता है)

हमसफर ३ : चलो भाई, आज अपने डिब्बे में नाटक मंडली आई है।

हमसफर १ : इस कुरुक्षेत्र में आप सभी का हार्दिक स्वागत है।

हमसफर ३ : कुरुक्षेत्र? अरे भाई लड़ाई का मैदान में मार डालने का विचार है क्या महाशय?

हमसफर १ : अरे बापरे! लढाईच्या मैदानात दगा–फटका करुन मारुन टाकायचा विचार तर नाही ना हितशत्रुंचा?

बौना हमसफर : पांडव कौन ? कौरव कौन? ये भी निश्चित कर डालो भाइयों।

हमसफर ३ : सबसे पहले तो किशन भगवान कौन होगा? ये सोचो !

हमसफर २ : मैं दुशासन का पात्र जीने के लिए तैयार हूँ। लेकिन लड़ाई से पहले वस्त्रहरण का सीन रखना होगा। वस्त्रहरण के वजह से ही युध्द छिड़ गया था ना ?

हमसफर १ : वस्त्रहरण का सीन करना है तो द्रौपदी को भी फिक्स करना होगा।

हमसफर २ : इस दुशासन को पुरुष–पात्र नहीं चलेगा, असली लड़की चाहिए ही चाहिए।

हमसफर १ : द्रोपदियाँ तो बहुत सारी है मियां......विपदा ये है कि वे सारी इस विंडो के उस तरफ है। याने लेडीस फर्स्ट क्लास में।

हमसफर ३ : यहां कोई तृतीय पंथी होता तो उसी से काम चला लेते। है क्या रे भाई! कोई माई का लाल.......... या लाली? (हिजडों की ताली बजाता है)

हमसफर २ : अरे यार........ बहुत नाइन्साफी है ये!

(जोर जोर के ठहाके चारो दिशा से गूंज रहे थे........ धीरे धीरे उनकी आवाजे खामोश हो जाती है, और बाहरी ओर से सूत्रधार रंगमंच पर आती है........ उसने ओढ़नी सरपर ओढ़ रखी है)

सूत्रधार : (ओढ़नी सरसे हटाती है) जी नही! इस गलतफहमी मे मत रहना...... मै कोई द्रोपदी ब्रिपदी बनने नही जा रही हूँ।

(उनकी तरफ इशारा करके) इसी प्रकार हास्य और व्यंग्य के साथ उनका सफर जारी रहता है इसमें हमारा हीरो और वह सामने वाला भी शामिल होता है। इसी के चलते घाटकोपर आता है........ तूफानी भीड़ के कारण हमारे हीरो को जोरका झटका लगता है उसका बैलेंस बिगड़ता है और उसका बायाँ पैर ऊपर उठ जाता है बहुत देर उस पैर को पैर रखने की जगह नहीं मिल

पाती और बाद में वह कुछ जुगाड़ कर, पैर रखने की जगह बना ही लेता है और वह बाद राहत की साँस लेता है। हीरो सामनेवाले के बार-बार हिलने-डुलने से परेशान हो जाता है।

(सूत्रधार के कहे अनुसार लोकल ट्रेन मे सबकुछ घटते रहता है। अब वो थोडी साईड मे रहती हैं, ओझल हो जाती है)

'वो' : (मन ही मन मे) यह 'सामनेवाला' भी अजीब है, ठीकसे खड़ा भी नहीं हो पा रहा है। बार-बार बेवजह हिल रहा है।

सूत्रधार : कुछ समय और यूँ ही बीत जाता है। थाने स्टेशन भी चला जाता है औरों की आवाजें सुनाई देती है।

हमसफर : चलो उतरना है....... आगे बढ़ो उतरना नहीं है....... तो बाजू में आ जाओ।

हमसफर ३ : (उसे याद आता है) अरे भाई महाभारत शुरू हुई थी उसका क्या हुआ?

हमसफर १ : लगता है, कौरव और पांडव उनके शामियाने में आराम फरमा रहे हैं।

हमसफर : अपने अपने कुटी मे शांति से विश्राम कर रहे हैं।

हमसफर ३ : लगता है अब सारे महाभारत वाले डोंबिवली के कुरुक्षेत्र में पटक दिए जाएँगे।

हमसफर १ : बाकी की महाभारत कल के एपिसोड में देखते हैं हम लोग।

(सूत्रधार आगे आकर बात करती है)

सूत्रधार : हँसी-मजाक का माहौल अपने चरम पर पहुंचता है। पर यहाँ हमारा हीरो परेशानी में है। बेचैन है (साईड हो जाती हैं)

'वो' : (मन ही मन मे) ये सुधरने का नाम नहीं ले रहा है। पूरा वक्त बेकार में हिल डुल रहा है । उसे शायद पूछनाही पड़ेगा के महोदय दो मिनट शांति से खड़े रहने का आप क्या लेंगे?

(वही स्थिति कायम रहती है....... तो हमारा हीरो बहुत बिगड़ जाता है और सामने वाले से बात करने का निश्चय करता है)

'वो' : हॅलो, अरे भाई आप! जी हां, मैं आपसे ही बात कर रहा हूं।

(इससे पहले वह आगे कुछ कहे...... सामनेवाला मुड़कर उसे कहता हैं)

सामनेवाला : मजे की बात देखिए! कुछ लोग इस उम्र में भी अपने खुद के पैरों पर खड़े नहीं हो पाते। सही है ना?

'वो' : (गुस्से से) किस बारे में बात कर रहे हैं आप?

सामनेवाला : आप खुद ही सोच लीजिए! पढ़े–लिखे लगते हैं।

सूत्रधार : हीरो कुछ सोचने लगता है के सामनेवाले ने ऐसा क्यों कहा ? इतने में उसकी ट्यूब जलती है। उसके मस्तिष्क में प्रकाश की किरण आ जाती है। वह बड़ी मुश्किल से अपना बॅग हटाता है और अपने पैरोंकी तरफ देखता है....... उसे जो दिखता है वह देखकर उसे ३६० वोल्ट का करंट लग जाता है।

'वो' : (मन मे) बाप रे बाप! मैंने अपना पैर भांडुप से लेकर सामने वाले के पैर के ऊपर रख दिया था और यही वजह थी के......वो परेशान था, अस्वस्थ था।

(वह तुरंत अपना पैर उसके पैरोंके उपरसे हटाकर जगह करके बाजुमे रखता है)

'वो' : माफ करना...... सॉरी......सॉरी! मैं जान–ही नहीं पाया के मैंने अपना पैर आपके पैर पर रखा था। कम से कम आपको बताना तो चाहिए था।

सामनेवाला : चलता है यार ! बहुत ज्यादा भीड़ थी। रहने दीजिए थोड़ी एक्सरसाइज हो गई।

'वो' : और ऊपरसे मैं आपको ही कोस रहा था, कि आप बार–बार हिल–डुल क्यो रहे हैं ?

सामनेवाला : (जोर जोर से हंसता है) नसीब नसीब की बात है!

(इतने में "चलो चलो चलो" सब लोग उतरने कि जल्दी करते रहते हैं। और रंगमंच पर ब्लैकआउट/अंधेरा फैलता है और अंधेरे को चीरकर जब प्रकाश नजर आता है तब उस प्रकाश में हमें डोंबिवली का प्लॅटफॉर्म नजर आता है। सारे यात्री चारो ओर फैलते हैं! हमारा हीरो भी उतरता है और सामनेवाले को ढूँढते रहता है, इतने में उसे सामनेवाला नजर आता है। सामनेवाला साइड में खड़ा होकर अपने बूट निकालकर अपने पैरों को झटक रहा होता है। हीरो उसकी तरफ जाता है)

'वो' : माफ करना, मुझे लगता है के आप मुझे बहुत गालियाँ देते होंगे। सच बताइये ?

सामनेवाला : (उसकी तरफ देखकर हँसता है) अरे नहीं दोस्त! अगर गालियाँ देनी होती तो तब देता जब आपका पैर मेरे पैरपर पड़ा था।

'वो' : सच में...... मैं बहुत शर्मिंदा हूँ!

सामनेवाला : बुरा मत मानिए, ट्रेन के हर सफर के बाद कुछ मिनटों तक ऐसी कसरत मुझे करनी पड़ती है। उसी बहाने बुराई को झटक कर फेंक देता हूँ।

(ऐसा कहते हुए सामनेवाला उतारे हुए अपने जूते पहनता है, कपड़े ठीक–ठाक कर बॅग उठाकर उसके कंधे पर हाथ रख कर कहता है......)

सामनेवाला : अब बाकी सब भूल जाते हैं। कहीं बैठकर मस्त गरमा–गरम चाय पीते हैं। मजा आ जाएगा!

'वो' : चलेगा....... लेकिन एक शर्तपर!

सामनेवाला : शर्तपर ! कौनसी शर्त?

'वो' : चाय होगी...... लेकिन मेरी तरफ से!

सामनेवाला : अच्छा तो आप नुकसान भरपाई देना चाहते हैं मुझे !

'वो' : अरे नहीं नहीं...... नुकसान भरपाई वगैरा कुछ नही ।

सामनेवाला : नुकसान भरपाई की सूरत में, सिर्फ चाय से बात नहीं बनेगी । चाय के साथ कुछ खिलाना भी पड़ेगा आप को !

'वो' : जरूर जरूर ! आप जो चाहे मँगवा सकते हैं।

सामनेवाला : मैं तो मजाक कर रहा था। लेकिन मजाक मजाक में एक बात कन्फर्म हो गई।

'वो' : वह कौनसी बात?

सामनेवाला : नुकसान भरपाई देने की!

'वो' : (हँसकर) आप बातों में बहुत अच्छा पकड़ लेते हैं।

(बाद में वो दोनों एक दूसरे का हाथ थामकर पुराने खास दोस्तों की तरह बाहर की तरफ निकलते हैं। इतने में ब्लैक आउट हो जाता है । कुछ समय बाद एक राउंड फोकस एक टेबलपर आ गिरता है, जिस टेबल के आमने–सामने बैठकर दोनों चाय पीते–पीते बात करते नजर आते हैं)

सामनेवाला : मजे की बात यह है कि अब तक हम दोनों ने एक–दूसरे से जान–पहचान तक नहीं की है।

'वो' : अरे हाँ ! शर्मिंदगी का अहसास इतना ज्यादा था कि पहचान किनारे रह गई । खैर, (वो हाथ आगे बढ़ाकर कहता है) मैं समीर जोशी, कमर्शियल आर्टिस्ट, डिजाइनर हूँ, फ्रीलांसिंग काम करता हूँ।

सामनेवाला : अरे वाह ! आप तो बड़े काम के आदमी निकले।

'वो' : वो कैसे?

सामनेवाला : मैं संतोष उपाध्याय मैं प्रिंटर हूँ मेरा ऑफसेट प्रिंटिंग का यूनिट है। काम के सिलसिले में मुझे डिजाइनर की

जरुरत लगते रहती हैं, अपने। अगर आप चाहते हैं तो आपको भी काम दे सकता हूँ।

समीर : जरूर जरूर! मैं आपको निराश नही करुँगा।

(सामनेवाला याने संतोष उपाध्याय अपने जेब से विजिटिंग कार्ड निकाल कर अपने हीरो को याने समीर जोशी को देता है। समीर भी अपने जेबसे उसका कार्ड निकाल कर उस याने संतोष उपाध्याय को देता है)

संतोष : कभी ऑफिस में आ जाइए। बस कॉल करके आइयेगा........ रविवार का दिनउ छोड़कर कभीभी ! मेरा उसूल है के मैं रविवार को काम बंद रखता हूं, उस पर सिर्फ और सिर्फ मेरे घरवालों का हक है।

समीर : बहुत अच्छी सोच है आपकी! मैं जरूर मिलता हूं आपसे, शायद परसों ही।

(उन दोनों की बातचीत यूं ही जारी रहती है, पर अब उनकी आवाजें बंद है, खामोश है, यूं कहिए कि म्यूट है। और इसी वक्त सूत्रधार आती है। बैकग्राउंड में उन दोनों का गपशप जारी है)

सूत्रधार : देखा सकारात्मक दृष्टिकोन का नतीजा ! उसका अच्छा ख़ासा परिणाम ! कौन ? कौन सा समीर जोशी ? और कौन संतोष उपाध्याय ? अगर संयम ना किया होता, तो दोनों गुमनामी के अंधेरे में कही खो जाते !

(आगे की बात थोड़ी सी धीरे से) तो आगे समीर जाकर संतोष से मिलता है । (इस बीच वह दोनों हाथ मिलाकर एक दूसरे से विदा लेते हैं। और सूत्रधार आगे अपना कहना जारी रखती है) समीर जाकर संतोष से मिलता है । संतोष उसे काम देता है। उस कामसे, उसके अव्वल दर्जे से प्रभावित होकर, खुश होकर संतोष उसे ढेर सारा काम देते रहता है।

यानी अब समीर की तो चांदी हो गई। समझ रहे हैं ना ? ताजा खबर यह है के, दोनों खास दोस्त बन गए हैं, और उनका व्यावसायिक रिश्ता तुफानी रफ्तार से दौड़ रहा है।

सीरियस और गंभीर बात यह है के गर्दी में धक्का लगता है, और लगता ही है। ऐसे वक्त थोड़ासा संयम रखिये। कोई खुद आकर किसी पर नहीं गिरता । ट्रेन के अंदर घुसने के चक्कर में/फिराक मे थोड़ी बहुत धक्का-मुक्की हो जाती है और अंदरवाला किसी और से जा टकराता है।

खैर आपके सामने दो उदाहरण रखे हैं। इसमें से किस चरण को आपने चुना है? प्रथम चरण को? जिसमें आप अपनी सारी ताकत का प्रदर्शन कर गर्मी दिखाकर पुलिस तक पहुँचते हैं। या फिर दूसरे चरण को ? जिसमें जाने अनजाने ऐसे दोस्त मिल जाते हैं जिनका आपसे जिंदगी भर का रिश्ता बन जाता है।

तो आप लोग किस तरफ हो? यह आपको सोचना है! तो सोचेंगे ना ? सुरक्षित यात्रा करें। शुभं भवतु!

परदा गिरता है

— ★ ★ ★ —

परिचय पत्र

नाम हेमंत विष्णु चोडणकर, यह इनका प्रथम कहानी-संग्रह है।

जन्म से महाराष्ट्र के ठाणे जिले के निवासी है। कमर्शियल आर्ट में स्नातक किया, कुछ साल डिझायनर के हैसियत से काम करने के बाद अब स्कूल में ड्रॉईंग टीचर हैं।

मराठी और हिंदी दोनो भाषाओं में निरंतर कथा, रचनाएँ लिखते हैं। जिन्हे पुस्तक रूप से प्रकाशित करने का मानस है।

निकट भविष्य मे हास्य-व्यंग्य रचनाएँ प्रस्तूत करने का मंच तलाशना चाहते है। मराठी, हिंदी सिनेमा और वेब सीरीज की दुनिया में एक लेखक/पटकथा लेखक की हैसियत से मुकाम पाना चाहते है। उसके योग्य सही माध्यम तथा मार्गदर्शक की तलाश जारी हैं।

www.ingramcontent.com/pod-product-compliance
Lightning Source LLC
LaVergne TN
LVHW061343080526
838199LV00093B/6923

* 9 7 8 9 3 9 3 8 9 9 7 4 3 *